W0312232

Henrike Madest arbeitet nach einem Studium der Sozialwissenschaften seit circa zwanzig Jahren als freie Journalistin, zunächst für Zeitungen und Zeitschriften, inzwischen für Hörfunk und Fernsehen. Für die ARD, vor allem für den Westdeutschen Rundfunk, ist sie als Reporterin und Autorin vor und hinter der Kamera tätig. Nebenbei moderiert sie Diskussionsrunden und Veranstaltungen. Henrike Madest ist verheiratet und hat einen Sohn. »Sonne, Sand und Tod« ist ihr erster Roman.

Dieses Buch ist ein Roman. Handlungen und Personen sind frei erfunden. Ähnlichkeiten mit lebenden oder toten Personen sind nicht gewollt und rein zufällig.

HENRIKE MADEST

Sonne, Sand und Tod

KANAREN KRIMI

emons:

Mix
Produktgruppe aus vorbildlich bewirtschafteten
Wäldern und anderen kontrollierten Herkünften
www.fsc.org Zert.-Nr. GFA-COC-001223
© 1996 Forest Stewardship Council
FSC

© Hermann-Josef Emons Verlag
Alle Rechte vorbehalten
Umschlagzeichnung: Heribert Stragholz
Druck und Bindung: CPI – Clausen & Bosse, Leck
Printed in Germany 2010
ISBN 978-3-89705-716-6
Kanaren Krimi
Originalausgabe

Unser Newsletter informiert Sie
regelmäßig über Neues von emons:
Kostenlos bestellen unter
www.emons-verlag.de

Für meinen Bruder Friedo,
der viel zu früh gestorben ist.

EINS

Eine knubbelige grau-weiße Wolke wälzte sich unbarmherzig vor die Sonne. Sofort fiel die Temperatur von zweiunddreißig auf zwanzig Grad.

Lotte Köhler angelte fröstelnd nach dem gelben T-Shirt, das hinter ihr im Sand lag. Doch kaum hatte sie es über ihren sonnencremeverschmierten Körper gezerrt, war die Wolke wieder weg, und Lotte fragte sich genervt, wie sie die nächsten zehn Tage ohne Erkältung oder Sonnenbrand überstehen sollte. Eines von beidem, da war sie sich sicher, würde sie in Kauf nehmen müssen.

In der Liege neben ihr grunzte ihre Mutter zufrieden wie ein Ferkelchen, das sich im Schlamm suhlt. Klar, das elende Wetter machte ihr nichts aus. Elisabeth hatte alles, was das kanarische Herz begehrte: eine gehörige Speckschicht, die den unerträglichen Wind abhielt, und eine durch regelmäßige Sonnenstudiobesuche gegerbte Haut, der auch die starken UV-Strahlen in diesen Breitengraden nichts anhaben konnten. Nur gelegentlich reagierte sie lustlos mit ein paar Pigmentflecken auf den permanenten Sonnenangriff.

Lotte seufzte. Ihre Mutter trug heute einen Leoparden-Badeanzug mit rosa Rüschen am Ausschnitt. Furchtbar! Dass man so etwas überhaupt kaufen konnte! Schlecht gelaunt schlug sie nach der lästigen Fliege, die bereits seit fünfzehn Minuten immer wieder versuchte, auf ihr zu landen. So etwas Aufdringliches hatte sie schon lange nicht mehr erlebt.

»Charlotte, könntest du mir meine Limonadenflasche reichen?«

Lotte seufzte wieder, diesmal ein bisschen lauter. Aber es kam keine Reaktion. Also quälte sie sich hoch und ging zu der blau-rosa gestreiften Kühltasche, die sie seit zwei Tagen hinter ihrer Mutter herschleppte.

»Ach, und bitte auch noch einen von diesen köstlichen Trüffel-Schokoriegeln. Und vielleicht ein kleines Kokostörtchen.« Elisabeth nahm die Designer-Sonnenbrille von ihrer glänzenden Nase und blinzelte freundlich zu Lotte hinüber. Dann setzte sie die Brille wieder auf. »Danke, mein Kind. Lieb von dir. Es ist wirklich schön, dass du hier bei mir bist. Ich genieße unseren gemeinsamen Urlaub. Das sollten wir öfter machen.«

Lotte reichte ihrer Mutter kommentarlos die gewünschten Kalorienbomben und ließ sich mit einem lauten Plumpsen zurück in ihre Liege fallen.

So einen Urlaub würde sie sicher nicht öfter machen! Sie würde ihn nie wieder machen! Wenn das so weiterging, langweilte sie sich noch zu Tode. Es war einfach viel zu wenig los hier, und das, was sie bisher von der Insel gesehen hatte, gefiel ihr auch nicht besonders. Viel lieber wäre sie jetzt mit ein paar Freunden unterwegs.

Was für eine Schnapsidee, mit einer Mutter den Urlaub zu verbringen, die aussah wie ein gut durchgebratenes Steak und entweder aß, schlief oder redete. Wie hatte Elisabeth sie nur dazu überreden können? Lotte biss sich auf die Unterlippe. Genau genommen, war es gar nicht schwer gewesen. Ihre Mutter verfügte über ein beträchtliches Vermögen und lebte den Winter über auf der Insel. Sie hatte Lotte den Flug bezahlt und sie eingeladen, vierzehn Tage lang bei ihr zu wohnen und im Atlantik rund um Fuerteventura zu plantschen.

Das mit dem Plantschen erwies sich allerdings als problematisch. Das Meer hatte gerade mal abschreckende achtzehn Grad Wassertemperatur. Am allerschlimmsten aber empfand Lotte, dass Elisabeth neuerdings einen Verehrer hatte. Rudi! Zum Glück war er heute nicht mit ihnen am Strand, denn das dauernde Turteln der beiden Alten ging ihr ziemlich auf den Wecker.

Dass sie sie eingeladen hatte, war allerdings ziemlich nett von Elisabeth, das musste sie zugeben. Denn so anstrengend sie ihre Mutter fand, umgekehrt war es sicher auch nicht leicht. Und selbst hätte sie sich einen Urlaub nicht leisten können, da ihr Kontostand sich nur selten weit über den Nullpunkt bewegte. Das Leben war einfach zu teuer.

In Deutschland wohnte Lotte in Wuppertal und arbeitete als Redakteurin bei einem kleinen privaten Radiosender im Nachbarort Solingen. Zurzeit litt sie an einer Prä-Midlife-Crisis. So jedenfalls erklärte sie sich ihre dauernde Unruhe. Sie war gerade dreiunddreißig geworden und fand sich selbst nicht unattraktiv, aber ziemlich durchschnittlich. Einen Meter siebzig groß, schulterlange braune Haare, die immer ein bisschen zottelig aussahen, und recht sportlich. Na ja, ein paar Kilo um die Hüften waren zu viel, aber damit konnte sie leben. Damit es nicht mehr wurden, ging sie dreimal die Woche ins Fitnessstudio und quälte sich durch Bauch-Beine-Po-Trainings, Aerobic-Kurse und ähnlich masochistische Angebote.

Sie drehte sich auf die andere Seite und schaute sich um. Am anderen Ende der kleinen Bucht sah sie das Haus, das ihre Mutter gemietet hatte. Eigentlich konnten sie sich auch da sonnen, aber Elisabeth ging ganz gerne unter Leute. »Sehen und gesehen werden« war eins ihrer Lieblingsmottos. Obwohl es noch früh im Jahr war, war der Strand voller Leute. Dieselben wie gestern. Ein bisschen neidisch blickte Lotte auf die glücklich wirkenden Familien. Unendlich geduldige Eltern spielten mit ihren sandverkrusteten, niedlich vor sich hin brabbelnden Kleinkindern. Bullerbü ließ grüßen. Aber vielleicht wäre es gar nicht mal schlecht, selbst eine Familie zu gründen.

Zwanzig Meter weiter stand ein kleiner Zwerg, höchstens vier Jahre alt. Oben herum trug er eine Ferrari-Kappe und ein Bayern-München-Shirt. Unten herum trug er nichts. Dafür pullerte er ungerührt in den Graben seiner frisch erbauten Sandburg.

»Schau mal, Reiner, wie klug Kevin wieder ist«, rief die Mutter des Kleinen, eine rothaarige Frau in einem weißen Badeanzug. »Das ist ja nicht zu glauben, auf was für Ideen er kommt. Er bewässert seinen Kanal! Wahrscheinlich wird er mal Bauingenieur.« Stolz applaudierte sie dem geschickten Nachwuchsgenie.

Papa Reiner strahlte, grapschte in eine große graue Reisetasche und zückte eine Miniatur-Digitalkamera. »Ganz toll machst du das. Noch einmal von vorne.«

Wie nicht anders zu erwarten, war das Bewässerungssystem inzwischen versiegt, und Kevin brach in ein entsetzliches Gejaule aus. Zum Glück kam der Vater nicht auf die Idee, seinen Sohn bei der Kanalflutung zu unterstützen.

Schön, dass sie Single war. Sie würde wohl doch lieber keine Familie gründen.

Lotte holte ihren Discman aus dem Rucksack. Sie wollte kein Kindergeschrei mehr hören.

Mit dem Gerät in der Hand wollte sie sich gerade wieder gemütlich zurücksinken lassen, da erblickte sie in hundert Metern Entfernung, kurz vor der Surfschule, eine größere Menschenmenge. Sie riss die Augen auf und versuchte, etwas zu erkennen.

Dort standen mindestens fünfzig Leute herum. Merkwürdig. Vielleicht scharten sie sich um einen dieser aufdringlichen Händler, die angeblich echte Luxusuhren oder merkwürdige Elefanten und anderes Holzgetier »made in China« an die Kauflustigen verscherbelten. Angesichts der Menschenmenge müsste er aber ein ganz besonders gutes Angebot dabeihaben.

Oder aber dort lungerte wieder ein Kamelführer herum, mit einem dieser Tiere, die dazu ausersehen waren, faule Touristen durch die Gegend zu schaukeln. Lotte überlegte, ob sie mal gucken gehen sollte, entschied sich dann aber aus Bequemlichkeit dagegen.

Sie setzte ihre Sonnenbrille auf, rückte den Kopfhörer zurecht und widmete sich ihrem Liebesroman. Er spielte an einem wirklich schönen Urlaubsort mit gepflegten Palmen und einem karibisch warmen Meer. Die Protagonistin, eine geschiedene Frau Anfang vierzig, besaß dort ein Hotel. Einer ihrer Gäste war ein italienischer Arzt, den sie wohl recht attraktiv fand. Lotte überlegte, wann und ob sie wohl mal wieder einen interessanten Mann kennenlernen würde, der nicht verheiratet, uralt oder verhaltensgestört war.

Ein unangenehm jammerndes Geräusch riss sie aus ihren Tagträumen. Sie setzte die Kopfhörer ab. Eins, nein, zwei dieser ulkig klingenden, grell tönenden spanischen Martinshörner kamen immer näher. Lotte reckte den Hals. Ein Polizeiwagen und ein gelb-weißer Krankenwagen bogen um das Café an der Ecke und holperten die Strandpromenade entlang.

Hinter der Menschenansammlung schien sich also doch etwas Ungewöhnliches zu verbergen.

Lotte warf einen kurzen Blick auf ihre Mutter, die mit geschlossenen Augen auf dem Rücken lag und zufrieden auf irgendetwas herumkaute.

Das war mal wieder typisch, dass sie nichts mitbekam. Langsam hievte Lotte sich hoch und klopfte den Sand von ihren Beinen. Dann wickelte sie sich in einen orangefarbenen Pareo. Sie liebte diese Speckverstecker, die auch noch ausgesprochen modisch wirkten.

Gespannt schlenderte sie dem Zentrum der allgemeinen Aufmerksamkeit entgegen. Dort angekommen, schob sie sich vorsichtig an einigen der bestürzt dreinblickenden Schaulustigen vorbei, bis sie erkennen konnte, was genau vor sich ging. Platt wie eine Flunder lag eine Frau auf dem Boden. Eine pummelige grauhaarige Person. Sie trug ein champagnerfarbenes Kleid, das mit zahlreichen grellbunten Papageien bestickt war. Das Teil war hochgerutscht und zeigte schamlos eine schwarze Miederhose, aus der füllige dunkelbraune Beine quollen. Eine Frau in einem schwarzen Badeanzug kniete über ihr und presste gleichmäßig den Brustkorb der Liegenden zusammen.

Lotte überlegte, ob sie etwas tun konnte, aber ihr fiel nichts ein. Wie furchtbar, die Frau würde womöglich sterben, und sie stand einfach dabei und schaute zu, so wie alle anderen.

»Zwei, drei, vier. Zwei, drei, vier«, murmelten die Umstehenden im Gleichklang mit der Frau im Badeanzug. Lotte zählte in Gedanken mit. Die ganze Szene wirkte irgendwie makaber. Ein älterer Mann im roten Tanga versuchte sich in Mund-zu-Mund-Beatmung. Sein Kopf hatte dieselbe Farbe wie sein knappes Höschen. Er stöhnte und ächzte. Bei der Frau auf dem Boden tat sich aber trotzdem nichts. Nur in seinen String kam ein wenig Leben. Lotte verzog angewidert das Gesicht.

»Herzinfarkt oder Kreislaufkollaps. Wahrscheinlich durch die Hitze verursacht«, sagte eine dunkelhaarige Frau neben ihr.

Lotte nickte. »Der Alte ist gleich der Nächste, wenn er nicht aufpasst«, raunte sie ihr zu. »Ein unangenehmer Zeitgenosse, wenn Sie mich fragen. Ich glaube fast, er hat seinen Spaß an der Situation.« Sie zeigte auf die unanständige Ausbeulung in seiner Hose. Die Frau kicherte und nickte, eine andere starrte wütend zu ihnen rüber. Lotte starrte zurück. Was die Leute hier von ihr hielten, war ihr ziemlich egal. Sie würde sie alle nie wieder sehen. Gerade als sie versuchte, noch etwas näher an das Geschehen heranzukommen, wurde sie von den heraneilenden Sanitätern zur Seite geschoben.

»Gehen Sie alle weg, hier nicht zu gucken. Keine Turistico.« Ein dunkelblau gekleideter Polizist mit schwarzem Dreitagebart und Sonnenbrille versuchte, die wabernde Menge Kraft seines Amtes auseinanderzutreiben.

Vergeblich. Genau wie Lotte blieben auch die anderen Schaulustigen eisern stehen. Alle wollten wissen, wie die Sache ausgehen würde.

Ein grauhaariger Herr kam dazu und klopfte dem emsigen Tangamann, der immer noch mit Mund-zu-Mund-Beatmung beschäftigt war, auf die Schulter.

»Bitte gehen Sie zur Seite. *Trabajo!* Bitte, ich muss Arbeit machen. Das ist wirklich schlecht, was Sie machen. Hier ist vielleicht ein Verbrechen passiert.«

Der Grauhaarige trug eine weiße Hose, ein weißes Hemd und Chirurgenhandschuhe. Er war eindeutig Arzt. Der Tangamann ließ von der leblosen Frau ab und plumpste erschöpft in den Sand. Auch die Frau im Badeanzug trat nun zur Seite. Dadurch wurde der Blick komplett frei. Lotte konnte das Gesicht und das Kleid der Frau, die auf dem Boden lag, endlich richtig sehen.

Sie hielt den Atem an. Zwischen einem blau-gelben und einem grün-gelben Papagei durchbrach ein ekliger, großer roter Fleck das extravagante Muster. Das von strubbeligen grauen Haaren umrahmte Gesicht der Frau wirkte erschreckt und versteinert.

Lotte wurden augenblicklich drei Dinge klar.

Erstens, diese Frau war tot!

Zweitens, die Ursache war sicherlich weder ein Herzinfarkt noch ein Gehirnschlag, sondern irgendetwas sehr Gewaltsames.

Drittens, vor nicht mal vierundzwanzig Stunden hatte sie die zu diesem Zeitpunkt noch quicklebendige Leiche persönlich kennengelernt.

Um kurz nach zwei am Vortag hatte Lottes Mutter gerade ihre tägliche Siesta beendet und sich im deutschen Privatfernsehen irgendeine Talkshow angesehen. Es ging um die Fragen, welcher der drei Exfreunde einer Sechzehnjährigen wohl der Vater ihres fünf Monate alten Babys war, ob sie als kleines Kind von ihrem Großvater missbraucht worden war und warum ihre Mutter nur einen Hauptschulabschluss hatte. Dazu aß Elisabeth Schokoladenkekse und trank heiße Lumumba. Dieses Kakaogetränk mit Brandy war ihr erklärtes Lieblingsgetränk in jedem Spanienurlaub.

Plötzlich klopfte jemand an die Tür ihres Bungalows, und Elisabeth rief genervt: »Charlotte, Kind, wie überaus lästig! Mach du bitte auf. Ich möchte niemanden empfangen. Ich brauche meine mittägliche Ruhepause. Außerdem möchte ich Barbara Salesch auf keinen Fall verpassen. Außer natürlich, wenn es Rudi ist, der kann gerne reinkommen, aber das weißt du ja.«

Seufzend kam Lotte aus ihrem Zimmer, wo sie gerade in ihrem Liebesroman gelesen hatte. Rudi war der besagte Verehrer ihrer Mutter, ein flotter Endsechziger mit Dackelfalten auf der Stirn, einer stahlgrauen, militärisch kurz geschnitten Bürste auf dem Kopf und einer kleinen, früher einmal gebrochenen Nase.

Er war es dann aber doch nicht, der vor dem Bungalow stand, sondern zwei schrullige ältere Damen. Beide waren gut genährt und wirkten irgendwie verkleidet. Zu silberblonden Perücken mit halblangen lockigen Haaren trug die eine ein pinkfarbenes weites Minikleid mit Spaghettiträgern, ihre Mitstreiterin das entsprechende Pendant in himmelblau. Beide hielten riesige violettfarbene Lacktaschen in den Händen. Die Dekolletés der Damen waren faltig, glänzten aber wie Speckschwarten, und aus goldfarbenen Sandaletten mit überraschend hohen Absätzen blitzen rosa lackierte Fußnägel. Lotte, die sich nur bei ganz besonderen Gelegenheiten in hochhackige Schuhe zwängte und jedesmal einen Gelenkbruch befürchtete, war beeindruckt.

Sie fand die beiden einfach nur skurril, erkannte allerdings ziemlich schnell, dass es sich bei dem Duo nicht um Freundinnen ihrer Mutter handelte. Es waren auch sicher nicht die Jakob Sisters, die ihnen da einen Besuch abstatteten.

»Sind Sie vielleicht von den Zeugen Jehovas? Wir sind nicht religiös und wollen es auch nicht werden. Auch Ihre Hefte möchten wir nicht. Vielen Dank.«

Resolut versuchte sie, die Tür zu schließen. Das wäre wieder typisch, wenn die aufdringlichen Prediger auch vor harmlosen Urlaubern nicht Halt machten. Insgeheim überlegte sie sich schon eine Verteidigungstaktik, falls eine der beiden einen Fuß in die Tür stellen würde, um ihre Sprüchlein vom Stapel lassen zu können.

»Nein, nein, weit gefehlt! Wie kommen Sie nur auf so eine Idee?«, rief Paulchen Panther mit fisteliger Stimme und hob abwehrend die Hände. »Wir haben wunderbare Kosmetikprodukte aus reinen Naturstoffen im Angebot. Aloe Vera in absoluter Vollendung. Für eine jüngere Haut und ewige Jugend. Für frisches Braun, knackig wie nach vier Wochen Urlaub.«

Die Frau zögerte und schluckte. Dann holte sie einen Zettel aus der Tasche und las kurz etwas nach. Sie holte tief Luft, schnaubte asthmatisch und setzte ihren Monolog fort.

»Alle Inhaltsstoffe sind zu hundert Prozent biologisch und werden auf unserer wundervollen Insel angebaut und verarbeitet. Außerdem hat man kaum noch Hunger, wenn man die Lotion trinkt. Es gibt wirklich nichts Besseres als unsere Kosmetik.«

Lotte starrte die beiden entgeistert an. Sie überlegte, ob es auch auf den Kanaren so etwas wie »Versteckte Kamera« gab.

Bleib ruhig und höflich, sagte sie sich und verzog den Mund zu ihrem kultiviertesten Nein-Danke-Lächeln.

»Das ist sehr nett von Ihnen. Aber wir haben keinerlei Interesse an irgendwelchen Verschönerungsmittelchen. Wir sehen bereits gut aus und haben unsere eigenen Produkte. Ich wünsche Ihnen aber noch viel Erfolg und gute Geschäfte. Auf Wiedersehen.«

Sie hätte sich die geheuchelte Freundlichkeit schenken können, denn hinter ihr ertönte plötzlich die aufgeregte Stimme ihrer Mutter. Elisabeth klang wie ein Kind kurz vor der Bescherung.

»Doch, doch, kommen Sie rein! Zeigen Sie, was Sie haben. Wellness-Produkte kann man nicht genug verwenden. Charlotte, wie kannst du so etwas ausschlagen. Bitte die Damen in den Salon.«

Lotte blickte genervt zum wolkenverhangenen Himmel und rollte mit den Augen. Dann ergab sie sich ihrem Schicksal. Sie öffnete die Tür ein bisschen weiter und wies nach innen.

»Sie haben's ja gehört, gehen Sie durch. Meine Mutter liebt es, verschönert zu werden. Womöglich verzichtet sie auf Ihre Sachen, wenn sie sieht, wie sie bei Ihnen wirken. Aber versuchen Sie ihr Glück.«

Keine der beiden Damen schien die Ironie in ihren Worten zu bemerken. Sie strahlten um die Wette wie vom Himmel gefallene Putten, während sie an Lotte vorbei ins Haus stapften. Blaukleidchen flüsterte ihr noch freundlich zu: »Ach Kindchen, wir haben so exquisite Produkte, die werden sie sicher überzeugen. Am besten setzen Sie sich dazu. Wir haben auch einiges für Frauen im mittleren Alter.«

Was für eine Unverschämtheit! Lotte schüttelte empört den Kopf. Für wie alt hielten die Tanten sie? Wahrscheinlich waren sie kurzsichtig. Eine Verkaufsveranstaltung wollte sie nun wirklich nicht über sich ergehen lassen. Beleidigt verzog sie sich mit ihrem Buch auf die Dachterrasse. Dort tauchte sie gedanklich ab in die schöne heile Welt der Karibik.

Eine halbe Stunde später schallte von der Straße ein fröhliches zweistimmiges »Bis morgen dann« zu ihr herauf. Lotte legte das Buch zur Seite und ging die Treppe hinunter.

Elisabeth glänzte jetzt auch wie eine Speckschwarte, nicht nur am Dekolleté, sondern an jeder freien Körperstelle. Gesicht, Arme, Beine, eine durchgehende Schmierschicht. Dazu duftete sie wie eine Wagenladung verschiedenster Billigparfüms.

Sie hatte sich eine zweite Lumumba gemixt und studierte mit hochrotem Kopf einen Hochglanzprospekt, der vor ihr auf dem Tisch lag. Mit einem Kugelschreiber kritzelte sie von Zeit zu Zeit etwas auf das Papier. Lotte rümpfte die Nase. Dieser Gestank im Raum war unerträglich. Sie versuchte, etwas in dem Prospekt zu lesen, aber der kräftige Arm ihrer Mutter verhinderte jeden Blick darauf.

»Was ist das jetzt noch? Ein Preisausschreiben?«

Elisabeth blickte nicht mal hoch, sondern schrieb ungerührt weiter. Lotte stellte sich demonstrativ vor sie und räusperte sich lautstark. Endlich kam eine Reaktion.

»Also: Das ist ein Fragebogen der Firma Fuertebeauty. Der geht an alle guten Kundinnen. Wenn ich dem Profil entspreche, darf ich an einem ganz speziellen Programm auf der Beautyfarm teilnehmen. Das würde mich sehr interessieren. Die beiden Damen wollen den Bogen morgen wieder abholen.«

»Und wie viel musst du für das Spezialprogramm bezahlen? Das ist ja wohl kaum kostenlos, oder? Ich kann mir das jedenfalls nicht vorstellen. Wahrscheinlich wirst du dafür einen ganzen Haufen Geld ausgeben müssen.« Lotte sah ihre Mutter gespannt an.

»Das erfahre ich alles morgen. Es wird sich aber auf jeden Fall für mich lohnen, haben die beiden gesagt. Und sie waren sehr vertrauenswürdig.«

Auf dem flachen Rauchglastisch, an dem Elisabeth saß, stand ein winziger fliederfarbener Karton. Er war spärlich gefüllt mit drei Tuben, zwei Fläschchen und einem Tiegelchen. Daneben lag eine Rechnung.

Lotte warf einen Blick darauf und zuckte gehörig zusammen. Sie starrte wieder auf das minimalistische Sortiment und schüttelte entsetzt den Kopf. »Für die paar Sachen hast du zweihundertfünfzig Euro ausgegeben? Das kann doch wohl nicht dein Ernst sein. Das ist doch Betrug!«

»Qualität hat eben ihren Preis«, sagte Elisabeth mit Nachdruck. »Und ich kann es mir schließlich leisten. Was gibt es Wichtigeres als Schönheit und Gesundheit?« Sie nahm einen kleinen Spiegel vom Tisch und strahlte hinein.

»Hm, vielleicht gesunden Menschenverstand?«, konterte Lotte aufgebracht. Sie setzte sich fassungslos auf die Couch. Von dem Betrag musste sie manchmal einen ganzen Monat lang leben. Selbst wenn sie gut verdiente, gab es für ihre Haut meist nur die billige Lotion vom Discounter. Dabei hätte sie optisch noch richtig was reißen können. Bei ihrer Mutter hingegen war es, als würde man köstliche Trüffelsoße auf ein völlig verbranntes Steak träufeln.

»Mein gesunder Menschenverstand hat mich dazu gebracht, mich und mein Aussehen wichtig zu nehmen. Er hat mich in meinem Leben richtig weit gebracht. Immerhin habe ich Geld, um hier zu wohnen und dich sogar noch einzuladen. Und jetzt gehe ich auf die Toilette.« Elisabeth nahm den Beautyprospekt, klemmte ihn unter den Arm und zog mit beleidigtem Gesicht in das angrenzende Badezimmer.

Lotte blieb sprachlos zurück und versuchte mal wieder, aus ihrer Mutter schlau zu werden. Wahrscheinlich würde sie die nächste halbe Stunde auf dem Klo sitzen und die schönen bunten Bilder angucken. Die Preisliste würde sie auf jeden Fall ignorieren.

Energisch durchwühlte Lotte die kleine Beautykiste, die vor ihr stand. Aus reinem Trotz nahm sie eine der violettfarbenen Tuben aus der Schachtel und schmierte sich die stark parfümierte Salbe reichlich ins Gesicht. Vielleicht war das ja der Beginn eines neuen Lebens.

Während sie sich an ihre Begegnung mit den beiden Damen erinnerte, hatte Lotte plötzlich wieder den penetranten Veilchenduft der Creme in der Nase. Sie holte tief Luft und betrachtete die Frau, die vor ihr auf dem Boden lag. Die beiden Vertreterinnen würden heute nicht gemeinsam zu ihrer Mutter kommen, um den Fragebogen abzuholen. Das müsste Blaukleidchen allein erledigen.

Paulchen Panther lag, auf schonungslose Weise bloßgestellt, mit echten grauen Haaren und einer klaffenden Wunde im Bauch am Strand von Caleta de Fuste und war mausetot.

Der Arzt tastete die Frau ab, schob das rot beschmierte Kleid nach oben und nach unten und schüttelte den Kopf. Irgendetwas musste er herausgefunden haben. Aber was? Gemeinsam mit einem Sanitäter drehte er den Leichnam auf den Bauch, öffnete den Reißverschluss zur Hälfte und betrachtete den speckigen Rücken der Frau. Lotte reckte den Hals, um die Tote besser sehen zu können. Aber außer Sand konnte sie an deren Rücken nichts Auffälliges entdecken. Schließlich rollte der Arzt die Frau zurück in ihre Ausgangslage.

Er hob ihre Lider und leuchtete mit einer kleinen Lampe hinein, öffnete ihren Mund und schaute sogar in die Ohren. Danach untersuchte er noch die wabbeligen Arme und Beine. Dabei plapperte er halblaut spanische Vokabeln vor sich hin, die einer der Sanitäter in eine Kladde schrieb. Nach einer Viertelstunde schien das Werk vollbracht, und der spanische Halbgott in Weiß rief: *»Vamos.«*

Zwei kleine stämmige Sanitäter wuchteten den Leichnam mühsam auf eine Trage und schleppten ihn zum Krankenwagen. Die Menge der unpassend bunt und leicht gekleideten Schaulustigen murmelte wie ein Chor tibetanischer Mönche ein internationales Abschiedsgebrabbel.

Damit war die Vorführung aber noch lange nicht vorbei. Die uniformierten Polizisten hatten zwischenzeitlich Verstärkung von zwei Kollegen in Zivil bekommen. Einer von ihnen war ausgesprochen attraktiv. Lotte musterte ihn mit unverhohlener Neugier. Er war etwa in ihrem Alter, mit dunklen Haaren und markanten Gesichtszügen. Unter der engen Jeans und dem weißen Hemd waren ein knackiger Po und ein recht durchtrainierter Oberkörper zu erkennen. Nur ein kleiner Bauchansatz trübte das nahezu perfekte Gesamterscheinungsbild. Wahrscheinlich war er ein unausstehlicher Macho. Einen Spanier von dieser Sorte hatte sie vor Jahren mal kennengelernt. Er hatte als Kellner in einer Tapas-Bar in Köln gearbeitet und war sich wie Graf Koks persönlich vorgekommen. Zweimal war sie mit ihm ausgegangen und hatte sein göttliches Aussehen gewürdigt, indem sie die komplette Rechnung beglich. Dafür hatte er sie den ganzen Abend herumkommandiert und sogar bestimmt, was sie essen sollte. Danach hatte sie beschlossen, nichts mehr mit gut aussehenden Südländern zu unternehmen. Entweder waren sie verheiratet oder komplett verhaltensgestört.

Einer der Polizisten sprach ausgiebig mit dem Arzt, der Gutaussehende ging von einem schaulustigen Touristen zum nächsten. Lotte hörte zu, wie er sie auf Spanisch, Englisch oder Deutsch ansprach. Er schien aufgrund der Badekleidung oder sonstiger Hinweise zu erkennen, welche Sprache er wählen musste. Anders konnte sie sich jedenfalls nicht erklären, dass er es immer richtig machte:

»Haben Sie etwas gesehen? Kannten Sie die getötete Dame?«, fragte er jetzt den Tangamann in perfekt klingendem Deutsch. Der Alte antwortete in breitem Sächsisch, wobei er ziemlich laut schniefte und sich am Bauch kratzte.

»Jao, den Windfang habsch flieschn seh'n, der da jeds anner Mauer hängd.«

Alle Köpfe drehten sich schlagartig in die Richtung, in die er wies. Und tatsächlich, kurz vor der Treppe zur Strandpromenade klebte eines dieser kleinen bunten Zelte, die den Wind abhalten sollten. Es hatte seine Aufgabe allerdings verfehlt und war selbst ein Opfer der starken Brise geworden, die über den Strand fegte. Das blaue Tuch wurde vom Wind an die Wand gepresst und bebte und flatterte wie ein Nachtfalter in den letzten Zügen. Der Tangamann hüstelte wichtigtuerisch.

»Schbin hingegangen, um zu guckn, wäm das Zelt gehörd, unn hab die Frau hier lieschn sehn.«

»Haben Sie die Tote gekannt?«

»Nee, nadürlisch nisch.« Seine Stimme klang empört. Wohl um zu verdeutlichen, dass er keine Bekanntschaften mit schrillen Klamotten nötig hatte, setzte er noch nach: »Ischbin mit mener Frau un unserer Engeltochter hier.«

»Haben Sie etwas gesehen?«, wandte sich der Polizist nun an die Frau mit dem schwarzen Badeanzug, die es mit der Herzmassage versucht hatte. Sie trat einen Schritt vor, als müsse sie eine Prüfung ablegen.

»Ja. Ich habe gesehen, dass dieser Mann zu der Frau gegangen ist und sich über sie gebeugt hat. Ich dachte, er wollte sie küssen oder vielleicht sogar vergewaltigen. Männer sind ja doch häufig Schweine.«

Die Umstehenden fingen an zu kichern, und die Frau wurde puterrot, während der Tangamann erblasste. Lotte amüsierte sich köstlich und war gespannt, wie es weitergehen würde. Dass hier soeben eine Frau gestorben war, hatte sie in diesem Moment ganz vergessen, und den anderen schien es ebenso zu gehen.

»Na ja, jedenfalls bin ich hingegangen, um der Frau zu helfen. Als ich bei ihr war, habe ich gesehen, dass sie sich nicht bewegt und wie ungeschickt der Kerl sich anstellt. Ich habe mal als Rettungssanitäterin gearbeitet. Da weiß man, was man zu tun hat.« Beifall heischend blickte sie sich um. Aber keiner applaudierte. Der alte Herr im Tanga sah aus, als wollte er in Tränen ausbrechen. Er hob anklagend seine gichtverkrümmte Hand.

»Sie sin ne gans gemene, hinderhältsche Frau, Sie! Schhabbe mich bemühd zu helfn.«

»Was? Ich, gemein? Was meinen Sie, was ich schon alles erlebt habe, vor allem mit solchen Typen wie Ihnen!«

Zwischen den beiden entwickelte sich ein heftiges Wortgefecht, das Lotte gerne verfolgt hätte. Vielleicht würde einer der beiden sogar handgreiflich werden, und ein wildes Sandcatchen zwischen zwei völlig ungleichen Gegnern hätte jetzt was. Aber der gut aussehende Polizist war inzwischen weitergegangen, und Lotte fand, dass er letztlich doch interessanter war als die beiden Streithähne.

Sie beobachtete ihn aufmerksam bei seiner unermüdlichen Fragerei. Geduldig ging er von einem zum anderen, doch bislang hatten alle Befragten bloß den Kopf geschüttelt. Er sah wirklich klasse aus und schien auch richtig nett zu sein. Genau so einen Typen hatte sie doch auch mal in einem Film gesehen, welcher war das nur?

»Na, genug geguckt?«

Der Schönling stand genau vor ihr und duftete herrlich nach einem sehr männlichen Rasierwasser. Sie fuhr zusammen und merkte, wie sie rot wurde.

»Keine Panik. Ich verhafte niemanden. Jedenfalls nicht sofort. Haben Sie etwa ein schlechtes Gewissen?«

Lotte schüttelte stumm den Kopf. Er lachte, strich sich die Haare aus der Stirn und zog ein knittriges Tempotaschentuch aus der Hosentasche. Damit putzte er sich die Nase. Wahrscheinlich hatte er sich vom dauernden Im-Wind-Rumstehen eine Erkältung eingefangen. Kein Wunder.

»Kennen Sie die Tote, wissen Sie vielleicht, wie sie heißt, oder haben Sie etwas gesehen?«

Lotte beschloss, sicherheitshalber erst mal alles zu leugnen, sonst würde er sie womöglich verdächtigen. Es wäre sicher nicht gut, mit einer Leiche in Verbindung gebracht zu werden. Sie schüttelte nochmals den Kopf, doch in ihr gärte, kochte und brodelte es bereits. Sie fühlte sich wie ein Geysir kurz vor der Eruption:

»Also, ihren Namen kenne ich nicht. Ich weiß aber, wie man ihn herausfinden kann«, sprudelte es gleich darauf aus ihr heraus. »Die Frau war gestern bei uns und hat meiner Mutter Kosmetik verkauft. Sie hat ihr einen Fragebogen gegeben, und da stand oben ihre Adresse drauf. Sie vertritt, nein, sie vertrat ein Beautyinstitut hier auf der Insel. ›Fuertebeauty‹. Sagt Ihnen das was? Ich kann Ihnen die Adresse besorgen, aber leider geht es erst heute Abend. Vorher sehe ich meine Mutter nämlich nicht mehr.« Lotte hielt inne, verblüfft über das Lügengerüst, das ihr frech aus dem Mund gepurzelt war, und sie fragte sich, warum sie ihm nicht einfach die Wahrheit gesagt hatte.

Schließlich lag ihre Mutter keine hundert Meter entfernt in ihrer Liege.

Der schöne Polizist zog die Augenbrauen hoch, und auch die Schaulustigen starrten sie überrascht an, vor allem die Frau im schwarzen Badeanzug. Der Alte war weg. Wahrscheinlich hatte sie ihn verbal so fertiggemacht, dass er betrübt davongeschlichen war, um sich von seiner Frau und seiner Enkeltochter trösten zu lassen und sich noch ein gutes sächsisches Bier in den kleinen Bierbauch zu kippen.

»Gut. Dann brauche ich Ihren Namen und Ihre Anschrift.«

Lotte überlegte, wie sie sich da wieder herauswinden konnte, aber ihr fiel nichts ein. Die Frau im Badeanzug grinste hämisch.

»Lotte Köhler, im Moment wohne ich in der Calle Savila, Nr. 5.«

Der Polizist schaute ihr in die Augen und musterte sie dann von oben bis unten. Lotte fühlte sich sehr unwohl und merkte, wie sie schon wieder errötete. Das war ihr ja seit Jahren nicht mehr passiert. Mist. Die Situation begann, extrem peinlich zu werden. Doch wie so oft kam ihre große Klappe schnell zurück, was ihr in diesem Moment auch ganz lieb war.

»Ist irgendwas an mir komisch? Oder warum schauen Sie so impertinent?« Sie sah genervt an sich runter, konnte aber nichts erkennen. Der Pareo saß, wo er sitzen sollte, und ihre Füße standen eben im Sand. Nicht mal der Nagellack war abgeblättert, was sonst öfter der Fall war.

»Lotte Köhler? Wirklich? Das ist ja eine Überraschung.«

»Ja, sagte ich doch. Was, bitte schön, ist daran überraschend? Es ist ein ganz normaler Name.«

Lotte fand den Typen langsam etwas anstrengend. Dabei hatte sie so einen guten Eindruck von ihm gehabt. Er schien zwar kein Macho, dafür aber ein bisschen dösig zu sein. Das konnte sie auf den Tod nicht ausstehen. Sie reckte den Hals und rief laut in die Menge: »Hat noch jemand meinen Namen nicht richtig verstanden?«

Ihr Publikum schüttelte gehorsam den Kopf. Einzelne sagten brav: »Lotte« oder »Köhler«.

Sie nickte ihnen dankend zu und sah den Polizisten mit demonstrativ hochgezogenen Augenbrauen abwartend an. Er lächelte, und neben seinen Mundwinkeln erschienen kleine Grübchen, die ihn direkt wieder sympathischer machten.

»Bitte entschuldigen Sie. Ich hatte mal eine Charlotte Köhler in der Klasse, in der Grundschule. Die müsste heute so ähnlich aussehen wie Sie. Und sie wurde auch ständig rot.« Er feixte, und die Menge raunte.

Lotte spürte die Spannung, die sich aufbaute. Sie wäre lieber auch eine Zuschauerin statt die Hauptfigur in dieser Schmierenkomödie. Wer war der Typ nur? Vielleicht gab es ja noch eine Charlotte Köhler.

»Die Grundschule habe ich in Krefeld besucht. An der Hofstraße«, sagte sie zögernd und versuchte, die unerwünschte Farbe in ihrem Gesicht durch gezielte Atemübungen zu verbannen. Das hatte sie vor Jahren mal in einem Kurs an der Volkshochschule trainiert. Genutzt hatte es nie etwas, aber irgendwann hatte sich das Problem ja dann von allein gegeben – bis heute.

Der Polizist strahlte plötzlich wie die Sonne über den Wolken von Fuerteventura. »Ich auch. Das passt doch. Ich heiße Julio Conches.«

Lotte starrte ihn verblüfft an. Sie musste nicht lange überlegen. Eine Erinnerung nahm vor ihrem geistigen Auge Gestalt an: Das Bild von einem schüchternen, kleinen dunkelhaarigen Jungen, der fast immer hinten saß und kaum ein Wort redete. Das musste er sein. Befreundet war er mit einem Italienerjungen, wie hieß der noch? Sie kam einfach nicht drauf, vielleicht, wenn sie den Namen hörte. Aber der war ja jetzt völlig uninteressant.

»Das ist ja ein Zufall. Dann sind wir wohl tatsächlich zusammen zur Schule gegangen.« Sie grinste schief.

Julio Conches reichte ihr die Hand. Sie war kräftig, kein bisschen verschwitzt, und der Druck war angenehm. Die Leute um sie herum starrten abwechselnd zu ihr und zu ihm, wie bei einem Tennismatch. Einige klatschten sogar.

»Dann können wir uns ja duzen. Was hat dich auf die Insel verschlagen? Machst du Urlaub?«

»Ich besuche für ein paar Tage meine Mutter. Für knapp zwei Wochen, um genau zu sein. Die lebt hier den ganzen Winter über, also, diesen Winter. Die letzten Jahre war sie auf Ibiza, aber das war ihr zu kalt. Obwohl, wirklich warm ist es hier ja auch nicht.«

»Ich bin auch nur für ein einige Wochen hier. Normalerweise arbeite ich in Bochum, im Dezernat für Gewaltverbrechen. Wir haben ein Programm für europäische Zusammenarbeit. Das beinhaltet einen vierwöchigen Austausch mit einem Kollegen hier von den Kanaren.«

Er beugte sich zu ihr vor und raunte: »Ich bin allerdings davon ausgegangen, dass ich es in diesen vier Wochen allenfalls mit entlaufenen Ziegen und bestohlenen Touristen zu tun bekomme. Ich hatte ganz sicher nicht erwartet, dass hier, mitten in einem Touristenort, eine Frau ermordet wird. Und dann noch eine Deutsche.«

Lotte sah ihm in die Augen und hörte buchstäblich, wie es in seinem Kopf ratterte. Oder war das vielleicht ihr eigener? Die Frau war also tatsächlich ermordet worden. Sie hatte es sich ja selbst schon gedacht, aber es von einem der ermittelnden Beamten zu hören, war noch mal etwas anderes. Irgendwie realer. Wahrscheinlich war die Frau erstochen worden. Das viele Blut auf ihrem Kleid deutete jedenfalls darauf hin. Eine Gänsehaut kroch Lotte über den Rücken. Gleichzeitig fand sie das Ganze ausgesprochen aufregend. Sie würde gerne mehr darüber hören. Nur die Menschenmenge nervte sie. Ihn anscheinend auch.

»Komm, lass uns mal ein Stück weggehen von hier. Mit der Befragung bin ich so weit fertig. Warte einen Moment.«

Er ging zu seinem Kollegen und sprach kurz mit ihm. Dann erteilte er den uniformierten Polizisten einige Anweisungen auf Spanisch. Die begannen systematisch, den Strand abzusperren und die Leute wegzuschicken.

»Die Show ist vorbei. Geht euch woanders amüsieren«, sagte einer der Polizisten. Der zweite wiederholte es auf Spanisch und Englisch.

Julio war inzwischen wieder neben Lotte getreten und nickte zustimmend. »Schaulustige sind wirklich das Furchtbarste an jedem Tatort. Meistens bekommt man die Leute nur mit Gewalt weg. In Deutschland hätte man den ganzen Bereich sofort gesperrt«, erklärte er. »Wie wär's, hast du Zeit und Lust, heute Abend mit mir essen zu gehen? Dann können wir die alten Zeiten aufleben lassen. Oder ist außer deiner Mutter auch dein Freund oder dein Mann hier?«

Lotte war ein bisschen verdattert. Der ging ja ganz schön ran. Eine Verabredung, damit hatte sie nicht gerechnet. Und überhaupt – welche alten Zeiten? Das war ewig her, und schließlich waren sie nie miteinander befreundet gewesen. Vorsichtig schielte sie nach rechts unten, um einen eventuell vorhandenen Ehering ausfindig zu machen.

»Keine Sorge, ich bin nicht verheiratet.« Julio grinste. Er hielt beide Hände mit gespreizten Fingern in die Luft. »Seit zwei Jahren geschieden. Ich habe einen fünfjährigen Sohn, der bei meiner Ex lebt.«

»Ich bin auch solo. Allerdings ohne Kinder.«

Lotte überlegte, ob es etwas zu berücksichtigen gab. Aus dem dünnen Winzling, mit dem sie die Schulbank gedrückt hatte, war offenbar ein südländischer Ruhrpott-Casanova geworden. Aber als Polizist würde er sie wohl kaum vergewaltigen oder so. Das Schlimmste, was passieren konnte, war, dass er plötzlich den Supermacho raushängen ließ. In dem Fall konnte sie ja gehen. Ihre Mutter war mit Rudi beschäftigt, und allein auf der Insel herumzusitzen war wirklich langweilig.

Außerdem, und dazu hatte sie richtig Lust, könnte sie mit ihm ausgiebig über die soeben abtransportierte Leiche fachsimpeln. Und womöglich würde der Rest des Urlaubs dadurch noch richtig spannend werden. Dieses Argument gab den Ausschlag.

»Also gut, gerne. Die Abende mit meiner Mutter sind sowieso nicht besonders aufregend. Hast du eine Idee, wo wir hingehen könnten? Und wann sollen wir uns treffen?«

»Heute Abend um sieben Uhr? Wäre dir das recht? Ich hole dich ab und werde mich vorher mal informieren, wo man hier im Ort schön essen kann. Ich habe nämlich selbst noch nicht viel unternommen, mal abgesehen davon, dass ich zweimal bei meinem Kollegen eingeladen war und einmal in einem Restaurant in Rosario zu Abend gegessen habe. Was es hier gibt, weiß ich gar nicht.«

Während er sich ihre Adresse und ihre Handynummer in sein kleines blaues, leicht zerfleddertes Notizbuch schrieb, überlegte sich Lotte, dass sie bis zum Abend noch genügend Zeit hatte, die schrille Freundin der schrillen Leiche aufzusuchen. Vielleicht konnte sie auf diese Weise schon mal ein bisschen was über die Tote herausfinden, vielleicht sogar Hinweise darauf, wieso die Frau erstochen worden war. Vielleicht hatte ja sogar die andere Kosmetikvertreterin irgendetwas damit zu tun. Dadurch hätte sie am Abend etwas, was sie zum Gespräch beitragen konnte.

Sie verabschiedete sich mit einem lässigen Winken von ihrem neuen alten Bekannten. Im Gehen drehte sie sich noch mal um. Die verbliebenen Schaulustigen waren ihnen gefolgt wie Jünger ihrem Guru. Sie bildeten in zwanzig Metern Entfernung einen Halbkreis, reckten die Hälse und spitzten die Ohren. Lotte nickte ihnen zu und schlenderte langsam zu der Stelle, an der sie und Elisabeth ihre Liegen aufgestellt hatten.

Ihre Mutter war eingeschlafen und schnarchte leise vor sich hin. Lotte schnappte sich ihren Rucksack und ging zurück zum Bungalow.

Das eingeschossige Flachdachgebäude war wirklich schön gelegen, mit Blick auf den kleinen Hafen und den Leuchtturm auf der anderen Seite der Bucht. Das Wohnzimmer war modern eingerichtet. Mitten im Raum standen eine blaue Couch und zwei Sessel, dazwischen ein Glastisch. Eine große Glasschiebetür führte auf die Terrasse. In die Wand gegenüber war ein offener Kamin eingelassen, den ihre Mutter, seit sie da war, jedoch noch kein einziges Mal genutzt hatte. Direkt daneben war der Durchgang zur schicken Einbauküche mit allen nötigen elektrischen Geräten. Im hinteren Teil des Hauses lagen das Badezimmer und zwei Schlafräume. Lotte stieg kurz unter die Dusche, um den Sand vom Körper und aus den Haaren und den Kopf ein bisschen freier zu bekommen.

Das war ein schönes Haus, das ihre Mutter hier gemietet hatte, das musste man ihr lassen. Wenn sie etwas machte, hatte es Stil. Auch ihr Leben hatte Elisabeth sichtlich gut im Griff. Eigentlich wusste sie immer ganz genau, was sie tat. Anders als Lotte, die oft ganz spontan entschied und häufig in der Patsche steckte, kein Geld hatte oder mal wieder eine chaotische Beziehung mit dem falschen Mann führte. Elisabeth hatte in ihrem Leben alles ganz anders gemacht als sie selbst, und irgendwie schien es ihr dabei gut zu gehen. Ihre Mutter war jetzt vierundsechzig. Sie hatte dreimal geheiratet. Von ihrem ersten Mann, Lottes Vater, hatte sie sich nach ein paar Jahren scheiden lassen, von dessen Nachfolger auch. Sie hatte es noch ein drittes Mal versucht, doch dieser Mann hatte bereits nach wenigen Monaten das Zeitliche gesegnet.

Während andere an solchen persönlichen Schicksalen und Brüchen verzweifelten, war ihre Mutter aus jeder dieser Bindungen wie Phönix aus der Asche und vor allem mit einem etwas dickeren Bankkonto emporgestiegen. Sie verbrachte den Winter im Süden, konnte Geld für irgendwelchen völlig überflüssigen Blödsinn ausgeben und hatte in ihrem Alter sogar noch einen Freund hier auf der Insel.

Lotte fand das Leben ungerecht. Sie hatte für ihr Geld immer selbst arbeiten müssen und war nicht ein Mal verheiratet gewesen. Sie dachte über die letzten Monate nach und verzog unzufrieden den Mund. Das Alleinleben gefiel ihr nicht besonders. Bis vor vier Monaten war sie mit Stefan liiert gewesen. Das hatte immerhin zwei Jahre lang funktioniert. Als er ausgezogen war, hatte sie sich zwei Katzen zugelegt. Sie hießen Gabi und Jutta. Graue, gefräßige Stubentiger. Sie hatte gehofft, mit den beiden regelmäßig schmusen zu können. Aber die puscheligen Hausgenossen waren meist miteinander beschäftigt. Zu ihr kamen sie in der Regel nur, wenn sie ihnen eine Mahlzeit servierte. Immerhin war so wenigstens ein bisschen Leben in der Bude.

Während sie hier im Urlaub war, kümmerte sich ihre beste Freundin um die kleinen Kratzbürsten. Wie sie am Telefon erfahren hatte, schienen die beiden sie jedoch nicht sonderlich zu vermissen. Das bestätigte nur ihren Eindruck, den sie oft hatte, wenn sie nach der Arbeit nach Hause kam. Die Katzen guckten kurz nach ihr und trollten sich dann wieder. Also machte sie jedes Mal sowohl den Fernseher als auch das Radio an. Das gab ihr das Gefühl, nicht so allein zu sein.

Lotte wischte mit der Hand den beschlagenen Spiegel sauber und warf sich selbst einen mahnenden Blick zu. Durch negative Gedanken würde es ihr auch nicht besser gehen. Sie wollte lieber positiv nach vorne schauen; die nächsten Stunden und Tage würden sicher spannend werden.

Sie zog sich an, packte den Fragebogen ein und schaute sich die Visitenkarte an. In goldenen geschwungenen Lettern standen dort zwei Namen, darunter eine Adresse. Sie machte sich auf den Weg.

ZWEI

Das kleine Häuschen lag in einer Seitenstraße, am anderen Ende des kleinen Ferienortes Caleta de Fuste. Es war rosa gestrichen, die Farbe an den Fensterläden war abgeblättert und musste früher einmal grün gewesen sein. Der Boden des Vorgartens bestand hauptsächlich aus Lavaschlacke. Ein paar Kakteen und andere südländische Pflanzen fristeten hier ein ziemlich ödes Dasein. Für ein wenig Farbe und ein außergewöhnliches Ambiente sorgte eine Truppe von Gartenzwergen. In einer anderen Ecke standen einige kleine Plastikrehe. Sogar ein Gipsjäger im grünen Gewand mit geschultertem Gewehr und abgeblätterter Nase lag auf der Lauer und wartete mit breitem Grinsen auf seine Beute. Lotte fühlte sich stark an die Vorstadtsiedlung in Braunschweig erinnert, in der ihre Großmutter lebte. Die hatte sie früher oft in den Ferien besucht.

Sie zerrte ihren Jeansrock zurecht und strich noch mal über die leicht knittrige blau-weiße Seidenbluse, die sie ausgewählt hatte, um einen seriösen Eindruck zu erwecken. Den Fragebogen hielt sie demonstrativ in der Hand. Hoffentlich würde er als Eintrittskarte reichen, um in das Haus eingelassen zu werden.

Jetzt, wo sie vor der Eingangstür der mutmaßlich Ermordeten und deren Kollegin stand, verließ sie allerdings der Mut.

Was war, wenn Blaukleidchen schon vom Tod ihrer Freundin erfahren hatte? Wenn Julio einen anderen Weg gefunden hatte, an die Identität der Toten und an die Adresse zu kommen? Womöglich saß er gerade da drinnen und stellte völlig berechtigt all die Fragen, die Lotte völlig unberechtigt im Kopf herumschwirrten. Zum Beispiel, wie lange die beiden Frauen schon zusammenwohnten, ob Paulchen Panther vielleicht Feinde hatte oder wann Blaukleidchen sie zuletzt gesehen hatte. Julio würde ziemlich sauer sein, wenn er bemerkte, dass sie ihn belogen hatte. Vielleicht würden sich seine wunderschönen rehbraunen Casanova-Augen dann mit Tränen füllen, vor Enttäuschung über seine gar nicht mehr so bezaubernde Schulfreundin.

»Ach Charlotte, halt die Klappe«, beendete sie streng ihre eigenen merkwürdigen Gedankengänge und hob die Hand.

Sie wollte gerade klopfen, als die Tür aufgerissen wurde. Blaukleidchen hatte sich heute als Kanarienvogel herausgeputzt. Ein sonnengelbes Trägerkleid mit ausgestelltem Rock verhüllte nur mit Mühe ihre ausgiebigen Rundungen. Sie trug wieder die silberblonde Perücke, hatte heute aber zur Zierde eine gelbe Plastikrose in die Frisur gesteckt. An den Füßen trug sie flache braune Gesundheitslatschen. Was für ein Stilbruch! Die Augen der Frau stierten nahezu wahnsinnig, in ihrem Mundwinkel hing eine halb gerauchte Zigarette. Lotte zuckte zusammen, als in ihrem Blickfeld ein langes blutverschmiertes Messer auftauchte, das die Dicke mit ihren manikürten Fingern fest umschlossen hielt. Das Rot auf den Nägeln war nahezu identisch mit dem Farbton auf der Klinge. Lotte spürte ein Grummeln im Magen und sah vor ihrem inneren Auge bereits die rote Schlagzeile in einer beliebten Urlauber-Zeitung vor sich: »Schon wieder eine tote Deutsche auf Fuerteventura.«

Sie versuchte sich, vorsichtig rückwärts gehend, aus dem Staub zu machen. Dabei wäre sie beinahe über einen Gartenzwerg gestolpert, der eine Gießkanne in den Händen hielt. Ein wahrlich aufwendiges Unterfangen, in diesem Klima die Pflanzen feucht halten zu wollen.

»Ach, Sie sind es, Kindchen, kommen Sie doch herein. Haben Sie sich also doch für unsere Hautpflege für die junge Frau ab vierzig entschieden?«

Lotte war zu verwirrt, um böse darüber zu sein, dass ihr wahres Alter immer noch verkannt wurde. Sie zeigte auf das Mordgerät.

»Das Messer. Was haben Sie getan? Es ist voll Blut.«

»Ach, das ist nichts Schlimmes.« Lässig schwenkte die Frau das Messer hin und her, wodurch winzige rote Tropfen auf den

Boden fielen. »Ich habe eben eins unserer Hühner geschlachtet und zerlege es gerade für das Abendessen. Es kommt in den Ofen, mit Mittelmeergemüse und kleinen kanarischen Kartoffeln.«

Lotte hielt einen Moment lang verblüfft inne. Wie ekelhaft, selbst ein Huhn zu schlachten. Aber lieber ein Huhn als eine Mitbewohnerin. Sie atmete erleichtert aus. Sie sollte vielleicht nicht so viele Krimis lesen, es ging ja wirklich bei der kleinsten Ungereimtheit die Phantasie mit ihr durch!

Eifrig winkte der Kanarienvogel sie durch einen langen, schmalen Flur. Lotte war immer noch ein wenig misstrauisch und verfolgte genau, was ihre Gastgeberin tat. Gerade blieb sie vor einem großen Spiegel mit Barockrand stehen und rückte ihre Silberperücke zurecht. Dabei malte sie unabsichtlich mit den Fingern einige zierliche blutige Strähnen in ihre Frisur. Sie bedeutete Lotte zu warten, ging nach links in die Küche und legte das Messer auf den Küchentisch. Lotte beobachtete sie durch die Tür. Dann folgte sie ihr in ein plüschiges Wohnzimmer. Das beherbergte völlig geschmacklose Polstermöbel mit Gold schimmernden Brokatbezügen und Nippes aller Art. Überall standen Pappkartons mit »Fuertebeauty«-Aufdrucken. Genau so einer verschandelte jetzt auch das Wohnzimmer ihrer Mutter. Lotte befürchtete ernsthaft, dass in den nächsten Tagen noch mehr dazukommen würden.

»Also, welche Creme darf es sein? Oder vielleicht ein Lippenstift? Ich habe viele schöne Dinge hier, wie Sie sehen.«

Die Frau wies mit dem Arm auf die Kartons. Dann ließ sie sich schwer in einen Sessel fallen und starrte Lotte erwartungsvoll an. Dabei zuckte ihre Nase nervös. Mit einer ungeduldigen Bewegung rieb sie daran. Lotte hob abwehrend die Hände und setzte sich ebenfalls.

»Nein, nein, danke. Im Moment nicht. Ich muss noch darüber nachdenken. Die Auswahl ist einfach zu groß.« Sie versuchte, einen möglichst unschuldigen Gesichtsausdruck aufzusetzen. Jetzt nur nichts falsch machen und schon gar nicht ausplappern, dass die Kollegin inzwischen im Leichenschauhaus gekühlt wurde. »Ich bringe Ihnen nur den Fragebogen von meiner Mutter. Wissen Sie, sie fühlt sich nicht so wohl. Sie hat wohl gestern Abend etwas zu viel Lumumba getrunken. Jetzt liegt sie schon den ganzen Tag mit einem Eisbeutel auf dem Kopf im Bett. Ach, sagen Sie, wo ist denn übrigens Ihre reizende Freundin?«

Die Frau hob behäbig die Schultern. Dabei rutschte ein Träger hinunter und gab den Blick auf einen türkisfarbenen Spitzen-BH frei. Gedankenverloren ordnete sie ihre Kleidung und murmelte: »Lumumba ist gar nicht gut für den Teint.«

Sie sah auf die protzige Uhr an ihrem Handgelenk, wahrscheinlich ein Gucci-Imitat. »Wo meine Freundin bleibt, weiß ich auch nicht. Eigentlich müsste sie längst zurück sein. Wir wollten nämlich zusammen kochen. Das Huhn, Sie wissen schon. Sie wollte sich mit einer Kundin treffen. Am Strand.«

Lotte hatte es sich inzwischen auf dem großen Sofa gemütlich gemacht und griff ungerührt in eine Schale mit Pistazienkernen. Das war ja spannend. Sie überlegte, wie sie der Frau weitere Details entlocken konnte. Aber es war gar nicht nötig, ihre Gastgeberin plauderte munter weiter.

»Da war gestern ein Anruf von einer Dame, die nicht wollte, dass wir zu ihr nach Hause kommen, weil ihr Mann unsere Produkte nicht mag. Also hat sie Sybille beschrieben, wo sie immer mit ihrem kleinen Windschutz am Strand liegt. Und dort ist meine Freundin heute hin. Aber eigentlich müsste sie schon längst zurück sein.«

»Sybille heißt ihre Kollegin? Die Dame, die gestern mit bei uns war?«

»Ja, Sybille Möller. Ich bin Gertrude Steinbrecher.« Sie wuchtete sich aus dem Sessel hoch und gab Lotte die Hand. Das war dann wohl jetzt die förmliche Vorstellung.

Lotte versuchte, das eben Gehörte mit dem in Verbindung zu bringen, was sie wenige Stunden zuvor erlebt hatte. Vielleicht handelte es sich ja bei dem Windschutz, den Gertrude Steinbrecher eben als Treffpunkt nannte, um genau den Windschutz, der davongeflogen war. Das würde auch erklären, wieso ihre Freundin Sybille plötzlich tot am Strand lag und keiner irgendetwas gesehen hatte. Vielleicht hatte sie ja schon länger, vor Blicken geschützt, in dem Zelt gelegen. Lotte verzog den Mund. Geschützt war in diesem Zusammenhang wohl nicht der richtige Ausdruck.

Plötzlich merkte sie, dass Gertrude Steinbrecher sie erwartungsvoll anstarrte, und bekam ein leicht schlechtes Gewissen. Sie wusste nicht mal, ob die Frau zwischenzeitlich noch etwas gesagt oder gefragt hatte. Dann drifteten ihre Gedanken wieder ab.

Irgendwie war es doch naheliegend, dass die Frau, die Sybille Möller zu dem Windschutz bestellt hatte, irgendetwas mit dem Mord zu tun hatte. Oder vielleicht deren Ehemann? Dass der etwas gegen die Produkte hatte, fand Lotte mehr als nachvollziehbar. Womöglich wurde sein mageres Gehalt schon länger von den Kosmetikvertreterinnen der Aloe-Vera-Produktion aufgesaugt. Vielleicht war die Kundin aber auch eine enttäuschte Frau, die immer noch so potthässlich aussah wie vor der Behandlung. Oder, noch schlimmer, mit Pusteln und Pickeln reichlich übersät, dafür jetzt aber restlos pleite. Na ja, das war wohl doch eher unwahrscheinlich. Ihre Überlegungen wurden immer aberwitziger! Sie konzentrierte sich wieder auf das Gespräch mit Gertrude Steinbrecher.

»Das kann ich gar nicht glauben, dass ein Ehemann Ihre Cremes nicht mag, wo doch seine Frau dadurch viel jünger wirkt.« Lotte setzte ein unschuldiges Pokerface auf. Sie fand es selbst ein bisschen gemein, wie schleimig sie der Alten um den Damenbart ging.

»Was meinen Sie, was wir alles erleben, das ist noch harmlos.«

»Ach wirklich, wie interessant. Sie haben ja auch einen ganz interessanten Beruf. Erzählen Sie doch mal, was Sie schon erlebt haben.«

»Ach wissen Sie, damit fange ich gar nicht erst an. Deshalb geben wir unsere Visitenkarte nur an ausgewählte Kundinnen. Wir wollen doch positiv denken, nicht, Kindchen? Weswegen sind Sie noch mal hier?«

Lotte ärgerte sich. Es war offenbar doch nicht so einfach, wie sie gedacht hatte. Sie überlegte, wie sie das Gespräch weiterführen könnte, und entschied, dass sie sicherlich am meisten erfahren würde, wenn sie sich nicht an die Vertreterin, sondern an die Frau im Kanarienkostüm wandte. Sie lächelte ganz besonders freundlich.

»Ich war ja gestern gar nicht im Zimmer, als Sie meiner Mutter Ihre wunderbaren Produkte vorgeführt haben. Und dabei erfahre ich so gerne Dinge von Menschen, die mehr Lebenserfahrung haben als ich.«

»Tatsächlich? Da sind Sie aber eine Ausnahme. Ihr jungen Leute seid häufig so ignorant. Also, ursprünglich kommen Sybille Möller und ich aus München, aber wir leben jetzt schon drei Jahre hier auf der Insel. Fuertebeauty hat uns hergeholt. Es ist wirklich schön hier. Nur wir beide und unsere Arbeit.« Ihre Augen schweiften durch den Raum, und für einen kurzen Augenblick wirkte sie auf Lotte wie ein junges, verliebtes Mädchen.

Wie konnte man in dem Alter bloß so naiv sein? Lotte fand es mitleiderregend. Auf der anderen Seite war es eine Gabe und machte sicher vieles leichter. Allerdings wurde man als gutgläubiger Mensch auch leichter ermordet. Lotte beschloss augenblicklich, genauso realitätsnah, abgeklärt und zynisch zu bleiben, wie sie war.

»Ich habe mich, glaube ich, noch gar nicht vorgestellt. Charlotte Köhler ist mein Name.«

»Ach, Sie sind gar nicht adelig so wie Ihre Mutter?« Gertrude Steinbrecher starrte sie völlig entsetzt an.

Lotte verschluckte beinahe ihr Zäpfchen. Das war unglaublich. Ihre Mutter wurde wirklich immer schlimmer, jetzt behauptete sie anscheinend schon öffentlich, adelig zu sein. Elisabeths Ehemann Nummer zwei, dessen Namen sie immer noch trug, war weit davon entfernt gewesen, auch nur einen Tropfen blaues Blut in seinen Adern zu haben. Den Namen »von Gaalen« hatte er zwar von irgendwelchen Vorfahren geerbt, nicht aber das dazugehörige feine Verhalten. Deswegen hatte es ihre Mutter auch nur drei Jahre mit ihm ausgehalten. Ohne den Namen wären es wahrscheinlich noch weniger gewesen.

»Nein, nein, mein Vater war Bürokaufmann und hat bei Thyssen gearbeitet. Meine Mutter hat später wieder geheiratet.«

»Ach so, das ist aber schade für Sie. Ich meine, dass Sie nur so einen gewöhnlichen Namen haben. Vielleicht können Sie ihn ja ändern? Man kann sich ja auch adoptieren lassen, ich hatte mir das selbst mal überlegt.«

»Ich glaube, dafür ist es zu spät.« Lotte seufzte höflich. Das wäre das Letzte, was sie tun würde, egal wie hübsch der Name auch wäre.

Unauffällig sah sie sich im Raum um. In der Ecke stand eine der ominösen Reisetaschen, die die beiden Damen gestern mit sich herumgeschleppt hatten. »FB« stand mit großen rot-gelben Buchstaben auf dem schillernd hellen Fliederton des Kunstleders. Die Farbkombination wirkte wie ein Fußballtrikot von Trinidad und Tobago. Bunt und auffällig.

»Was für eine Firma ist eigentlich Fuerteventurabeauty?«, fragte sie schnell, bevor Getrude Steinbrecher weitere inquisitorische Fragen zu ihren Familienverhältnissen einfielen und sie sich ständig für irgendeinen Blödsinn rechtfertigen musste.

»Fu-er-te-beau-ty!« Gertrude Steinbrecher betonte jede Silbe. Ihr Gesichtsausdruck glich dabei einer Grundschullehrerin. Sie wirkte etwas pikiert. »Das ist unsere Firma, eine Aloe-Vera-Institution hier auf der Insel. Reine Naturprodukte, exklusiv hergestellt und verarbeitet. Sie machen die Haut frischer und braun, und wenn man die Lotion trinkt, wird man sogar jünger.«

Lotte starrte sie an. Das hatte sie doch schon einmal gehört. Fast genauso hatte das Werbesprüchlein vom Vortag gelautet. Sie überlegte, ob Gertrude Steinbrecher senil war oder ob ihr irgendjemand eingetrichtert hatte, immer mit ganz ähnlichen Worten für ihre Produkte zu werben. Vielleicht wurden die Vertreterinnen ja einer Art Gehirnwäsche unterzogen, bevor sie auf ihre unschuldigen Opfer losgelassen wurden.

»Ach, das ist ja interessant. Und wo ist diese Firma? Kann man die besichtigen?«

»Ja, natürlich. Die Farm liegt ganz in der Nähe von Pajara. Einmal in der Woche öffnen wir unsere Pforten für alle, die so wie wir an die ewige Schönheit glauben und sich von uns verwöhnen lassen wollen. Jeder Donnerstag ist Gästetag.«

Also morgen, dachte Lotte und nahm sich vor, dort hinzufahren. Vielleicht konnte sie ihre Mutter überreden mitzukommen. Dann würden sie unauffälliger und glaubwürdiger wirken. Sie schaute Gertrude Steinbrecher nachdenklich an und beschloss, den Besuch für heute zu beenden. Sie hatte ziemlich viel erfahren und außerdem noch etwas Wichtiges vor. Schließlich wollte sie heute Abend so gut wie möglich aussehen. Vielleicht war vor dem Date mit Julio sogar noch ein kleines Schönheitsschläfchen drin. Schaden würde das sicher nicht.

Sie stand auf und gab Gertrude Steinbrecher freundlich die Hand. »Sie müssen mich nicht rausbringen. Bleiben Sie ruhig sitzen, es ist ja so gemütlich hier.«

Gertrude Steinbrecher hatte sich bereits halbwegs aus dem Sessel hochgehievt und ließ sich nun ächzend wieder hineinplumpsen. Sie sah Lotte dankbar an, lehnte sich gemütlich zurück und nickte.

»Bis demnächst mal, Kindchen, und überlegen Sie sich das mit der Hautpflege ab vierzig. Es würde Ihnen guttun.«

Lotte verzog das Gesicht angestrengt zu einem Lächeln. Sie nickte tapfer und winkte noch einmal zum Abschied, bevor sie sich umwandte und langsam durch den langen Flur in Richtung Ausgang ging. Kurz bevor sie die Küche passierte, kam ihr eine Idee. Sie drehte sich noch einmal schnell um. Niemand folgte ihr, keine neugierigen Blicke waren auf sie gerichtet. Sie holte tief Luft, nahm ihren ganzen Mut zusammen und bog ab. Auf dem Herd köchelte eine unappetitlich wirkende Suppe vor sich hin. Das blutige Messer lag immer noch auf dem Tisch. Vielleicht war es ja ein Beweisstück. Von einem Hähnchen war hier jedenfalls überhaupt nichts zu sehen. Nicht mal ein kleiner Flügel oder ein paar Federn lagen herum. Sie schnappte sich das verdächtige Teil, wickelte es in Küchenpapier und stopfte die Beute blitzschnell in ihre Tasche.

Unbeobachtet verließ sie das Haus, hochzufrieden mit ihrer erfolgreichen geheimen Mission.

DREI

Es dämmerte bereits. Lotte schaute aus dem Fenster über die Bucht und dachte über den aufregenden Nachmittag nach. Das mutmaßliche Indiz, das blutige Messer, hatte sie gut versteckt. Es lag nun im Küchenschrank hinter dem Mülleimer, eingewickelt in ein rot-weiß kariertes Küchenhandtuch. Da konnte es erst mal bleiben.

Von der riesigen Baustelle, höchstens hundert Meter weiter, in Richtung Las Salinas, drang Lärm herüber. Dort waren ziemlich langsame Arbeiter damit beschäftigt, einen weiteren Betonklotz für noch mehr Touristen in die Wüstenlandschaft zu setzen. Laut Elisabeth waren sie schon seit Monaten da, und bei diesem Schneckentempo würde es wohl auch noch ein paar Jahre dauern, bis die nächste Bettenburg bezogen werden konnte.

Auf der anderen Seite der Bucht spielte die wohl hartnäckigste Truppe, die Lotte jemals erlebt hatte, Volleyball. Das ging jeden Abend so. Pünktlich um halb fünf waren sie da und pritschten, baggerten und schmetterten, bis es dunkel wurde. Gestern Abend hatte sie ein wenig zugeschaut. Daher wusste sie, dass ein fröhliches »Trallallalla« jeden halbwegs erfolgreichen Spielzug begleitete und dass alle mit unglaublich viel Spaß bei der Sache waren.

Eine merkwürdige Art, seinen Urlaub zu verbringen, dachte Lotte und schloss das Fenster.

Sie tat das nicht, weil sie die Mücken aussperren wollte. In diesem Wind konnte sich keine Mücke auch nur halbwegs zielgerichtet vorwärts bewegen. Allerdings huschten schon wieder die ersten Kakerlaken über die Terrasse. Diese kackbraunen und ebenso frechen Biester schienen sich nach einem warmen, hell erleuchteten und von Kekskrümeln nur so strotzenden Ferienhaus zu sehnen. Dass eine von ihnen mit ihren fiesen Beinen und ihrem kompakten Körper nachts über Lottes Bettdecke huschte und dabei knisternde Geräusche von sich gab, war das

Allerletzte, was sie sich im Urlaub wünschte. Das war ihr in der ersten Nacht passiert. Sie hatte sich extrem geekelt und nicht eher Ruhe gegeben, bis sie das Biest aus dem Zimmer hatte. Es hatte sie zehn Minuten und sehr viele Nerven gekostet. Seitdem passte sie höllisch auf und riegelte ihren Lebensbereich kakerlakenhermetisch ab.

Es war an der Zeit, sich in Schale zu schmeißen. Zu dem geplanten Schönheitsschlaf war es am Nachmittag nicht mehr gekommen. Das lag allerdings nicht am aufdringlichen kanarischen Ungeziefer. Sie war einfach zu aufgeregt gewesen, um ein Auge zuzutun. Stattdessen hatte sie in den verschiedenen Illustrierten geblättert, die ihre Mutter en masse hortete.

Lotte ging in das Badezimmer, schaute in den Spiegel und schauderte. Wenn sie das eben bei ihrem Blick aus dem offenen Fenster richtig wahrgenommen hatte, waren es draußen höchstens noch sechzehn Grad. Dazu wehte ein eisiger Wind. Verrückt, da ein blumenbedrucktes Seidenkleid mit Spaghettiträgern zu tragen. Das dünne Kookai-Blazerchen, das sie im letzten Sommer bei einer Internetauktion günstig erstandenen hatte und das so gut dazu passte, würde auch nicht für die nötige Wärme sorgen. Aber sie wollte ihr südländisches Date beeindrucken, und da es nun mal an der idealen Figur mangelte, genau wie an den glänzenden schwarzen Haaren, die fast alle spanischen Frauen anscheinend mühelos in Form hielten, musste es wenigstens ein netter Fummel sein. Sie drehte sich vor dem Spiegel und beschloss, das Kleid anzubehalten.

Noch ein bisschen Wimperntusche und einen Hauch Parfüm, dann war sie fertig für den Abend. Draußen trommelte Elisabeth bereits ungeduldig an die Badezimmertür.

»Charlotte, lass mich sofort herein. Ich habe eine Verabredung mit Rudi. Dafür muss ich mich noch schön machen.«

»Ist ja schon gut. Ich bin fertig. Ich brauche schließlich auch mal ein bisschen Zeit im Bad.«

»Und jemand hat für dich angerufen, ich hab aber nicht verstanden, wer es war. Wen kennst du denn hier überhaupt?«

Lotte verließ den Raum mit einem letzten flüchtigen Blick in den Spiegel. Das empörte Gebrabbel und die Frage ihrer Mutter ignorierte sie. Auch den violetten Hosenanzug, obwohl er ihr brutal in die Augen stach. Schließlich konnte jeder herumlaufen, wie er wollte. Auf dem Wohnzimmertisch lagen diverse Kataloge der Firma Fuertebeauty. Wo kamen die denn her? Die meisten waren schon völlig zerfleddert. Wahrscheinlich hatte Elisabeth sie häufig durchgeblättert. Diverse Artikel waren rot angekreuzt. Lotte schüttelte den Kopf. Die wollte ihre Mutter wohl alle erwerben. Von dem Geld könnte sie richtig schön in Urlaub fahren und wahrscheinlich noch eine Freundin mitnehmen.

Ihr fiel ein, dass Julio ja die Anschrift der Toten haben wollte. Sie holte einen Kuli. Die Adresse hatte sie noch im Kopf, die Telefonnummer schrieb sie von der glitzernden Visitenkarte ab, die fein säuberlich mit einer Büroklammer an einem der Hochglanzhefte befestigt war.

Keine fünf Minuten später klopfte es. Julio stand vor der Tür, immer noch in Jeans. Oben herum trug er jetzt einen flauschigen dunkelblauen Fleecepulli. Er musterte Lotte von Kopf bis Fuß und grinste.

»Lust auf eine Erkältung?« Kaum hatte er das gesagt, wirkte er etwas verlegen. »Ich meine, das Kleid ist schön und steht dir auch gut. Aber weißt du, wie das Wetter draußen ist?«

Lotte jubilierte insgeheim über das Kompliment. Da hatte sich der Aufwand ja gelohnt. Sie gab sich betont gelassen.

»Wetter, wer redet denn vom Wetter? Mach dir keine Sorgen, mir ist eigentlich fast nie kalt.«

Sie zog sich Riemensandalen über die bereits ein wenig bläulich schimmernden nackten Füße und trat vor die Tür. In der Hoffnung, dass er es nicht sah, rieb sie ein bisschen über die Gänsehaut auf ihren Armen. Es war wirklich ganz schön kalt. Sollte sie zugeben, dass sie doch ein bisschen fror und die Temperatur falsch eingeschätzt hatte? Nein, sicher nicht. Klein beigeben, das kam überhaupt nicht infrage. Lieber eine Lungenentzündung holen. Die konnte sie ja dann später zu Hause wieder auskurieren.

»Na, dann mal los.« Julio drehte sich um und ging voraus. Er pfiff fröhlich vor sich hin. Lotte kannte das Lied. Es stammte aus »Das Leben des Brian«, einem ihrer Lieblingsfilme: »Always look on the bright side of life«. Sehr passend! Der Kies im Vorgarten knirschte im Takt dazu unter seinen Sneakern. Lotte stöckelte hinterher, verstauchte sich dabei fast den Knöchel, fror wie ein Schneider und schwor sich, im nächsten Urlaub in die Karibik zu fliegen, koste es, was es wolle.

An der Straße stand ein kleiner blauer Corsa, ein Mietwagen. Julio holte den Schlüssel aus der Hosentasche und drehte ihn in seiner Hand hin und her. Dabei lehnte er sich gemütlich an das Auto und schien es kein bisschen eilig zu haben. Der Wind zerzauste Lottes sorgfältig in Form gebrachte Frisur mühelos innerhalb weniger Augenblicke. Wollte er hier etwa Wurzeln schlagen? Lotte begann innerlich bereits zu fluchen, als ihr etwas einfiel.

»Du wolltest doch die Anschrift der Toten.« Sie kramte in ihrer Tasche und fand den bereits ziemlich zerknüllten Zettel zwischen Lippenstift und Schlüsselbund. Als sie ihn herauszog, klebte noch ein alter Einkaufszettel daran, den sie hastig zurück in die Tasche warf.

»Danke.« Julio nahm das Stück Papier und steckte es achtlos in die hintere Tasche seiner Jeans. »Ist eigentlich nicht mehr nötig, die haben die Kollegen inzwischen selbst herausbekommen. Damit bist du dann auch raus aus der Sache. Du hast die Frau ja nur flüchtig gekannt.«

Lotte überlegte, ob sie sich dazu äußern sollte, beschloss dann aber, noch ein wenig zu warten und später das Gespräch auf den Fall zu lenken. Er würde schon noch merken, dass sie nicht raus aus der Sache war. Sie sah ihn erwartungsvoll an.

Julio rieb sich das Kinn. »Also, ich hab mich mal erkundigt, wo man hier in der Nähe gut essen kann. Es gibt ein erstklassiges Restaurant direkt am Leuchtturm, auf der anderen Seite der Bucht.« Er zeigte über das unruhige Wasser auf ein hell erleuchtetes Gebäude, das einladend hinter den schaukelnden Booten im Hafen lag. »Da sollte man allerdings draußen auf der Terrasse sitzen, wegen der phantastischen Aussicht. Das möchte ich dir in deinem Aufzug aber lieber nicht zumuten.«

»Kein Problem, können wir ruhig machen.«

Lotte gab sich tapfer. Insgeheim hoffte sie allerdings auf seine Ritterlichkeit. Und sie wurde nicht enttäuscht, denn Julio grinste und winkte ab.

»Nee, lass mal. Das andere Lokal, das mir empfohlen wurde, befindet sich in der Nähe des Flughafens, ein Steakhaus. Ein Kollege schwärmte aber auch von dem sehr guten Fisch, den es dort gibt. Wie wär's damit?«

Lotte gab sich alle Mühe, nicht mit den Zähnen zu klappern. »Klingt doch gut, ein saftiges Steak ist auch was Feines.«

Hauptsache, sie müsste nicht irgendwo draußen sitzen. Nicht auszudenken, wenn Julio ihrem Angebot, einen schönen Abend auf einer zugigen Terrasse zu verbringen, zugestimmt hätte. Wahrscheinlich hätte sie keinen Bissen heruntergebracht.

»Ich habe zwar nicht reserviert, aber ich denke, so früh, wie wir dran sind, ist das kein Problem. Die Spanier gehen ja meist erst nach neun essen.«

Lotte nickte und flüchtete erleichtert in das windstille Auto.

***

Das Steakhaus war tatsächlich ganz in der Nähe des Flugplatzes und hieß »La Guantxa«. Der Raum war so dämmrig, dass Lotte hoffte, später ihr Essen problemlos erkennen zu können. In Köln hatte sie mal in einem Lokal gegessen, das von Blinden geleitet wurde, da war es stockfinster gewesen. Es hatte ihr gar nicht gefallen, nicht zu wissen, was sie da gerade zu sich nahm. Aber so schlimm war es hier nicht. Sie sah sich um. Bunt und wild bemalte Wände erinnerten an die Ureinwohner der Insel, die Guanchen. Wie gespenstige Schattenfiguren schienen ihre Gestalten über die Wand zu schleichen. Einige wirkten wie Jäger, andere saßen am Lagerfeuer. Lotte konnte sich augenblicklich vorstellen, wie sich das Leben auf dieser kargen Insel vor etwa sechshundert Jahren abgespielt hatte. Der Boden des Lokals bestand aus quadratischen großen Fliesen, was den Höhlencharakter noch unterstrich. Die Lampenschirme über den groben Holztischen waren aus Palmblättern und wirkten fast wie selbst gebastelt. In der Ecke des geräumigen Raumes prasselte ein offener Kamin. Darüber, auf einem Grill, brutzelten ein paar Fleischstücke. Lotte sog das Aroma genussvoll ein; ihr lief das Wasser im Mund zusammen und sie vergaß die Kälte, über die sie sich eben noch gegrämt hatte.

Der Wirt, der sie freundlich mit Handschlag begrüßte, erinnerte keineswegs an irgendwelche Ureinwohner. Er hatte etwas längere graue Haare, einen Bart, hieß Peter und hatte einen breiten Wiener Dialekt. Wie sich herausstellte, war er tatsächlich Österreicher und lebte bereits seit zwölf Jahren auf der Insel. Mit dem Lokal hatte er sich einen Lebenstraum erfüllt. Lotte hoffte, dass er auch in der Lage war, ihre kulinarischen Träume zu erfüllen. Sie durchforstete die Speisekarte und atmete erleichtert auf. Keine Semmelknödel, kein Kaiserschmarrn, keine Spätzle. Stattdessen zunächst mal eine Riesensortiment an Tapas. Zwischen diesen köstlichen kleinen Vorspeisen konnte sie sich nie wirklich entscheiden. Lotte dachte nach. Krabben in Knoblauchöl oder vielleicht einen Salat? Die kleinen Paprikaschoten in körnigem Salz oder Oliven und Brot mit Aioli waren natürlich auch nicht zu verachten. Als Hauptgerichte standen frisch gefangener Fisch, Ziegenfleisch, Lamm und natürlich Rind zur Auswahl.

Sie klappte die Karte zu und bestellte sich erst mal einen Viertel Rotwein und ein Wasser. Julio wollte eine Cola. Lotte sah ihn erstaunt an.

»Cola zum Abendessen in Spanien, ist das kein Stilbruch? Ich dachte, hier trinken immer alle Wein?«

»Keine Ahnung, ist mir aber auch egal, ich mag einfach keinen Alkohol.«

»Gar nicht? Ich meine, trinkst du nie ein Glas?«

»Nö, schon seit ein paar Jahren nicht mehr. Ich hatte eine Phase, da wurde es einfach zu viel. Jeden Abend zwei, drei Bier, am Wochenende noch einige mehr. Ständig bin ich morgens mit Kopfschmerzen aufgewacht, und irgendwann habe ich beschlossen, es einfach zu lassen. Seitdem geht es mir deutlich besser.«

Lotte dachte an die vielen durchzechten Nächte mit den Männern, die sie in den vergangenen Jahren so kennengelernt hatte. Die meisten von ihnen waren unter Alkoholeinfluss irgendwann im Laufe des Abends unausstehlich geworden, manche anzüglich oder vulgär, andere hatten versucht, sie in Grund und Boden zu schwätzen. Ein Arbeitskollege, den sie bis dahin eigentlich gern mochte, hatte sich sogar in ihrem Auto übergeben und dann behauptet, sie sei schuld, weil sie immer im Kreis fahre. Ein nicht trinkender Mann war eine ganz neue Erfahrung und würde ihr sicher guttun.

»Stört es dich denn, wenn ich jetzt was trinke?«

Julio schüttelte den Kopf. »Das bin ich ja gewöhnt. Fast jeder trinkt Alkohol. Solange du mich nicht volltrunken zuquatschst oder mir nachher ins Auto brichst, ist alles in Ordnung.«

Lotte musste lachen. Er hatte also ähnliche Erfahrungen gemacht wie sie.

»Mach dir keine Sorgen, das passiert nicht. Also, ich find das gut. Ich meine, dass du nichts trinkst. Ich sollte auch mal wieder eine Pause einlegen, aber es ist schwer, das durchzuhalten. Also, nichts zu trinken. Man wird ja ständig dazu genötigt, immer und überall, sogar bei der Arbeit.«

»Ja, stimmt schon, aber irgendwann kapieren die Leute, dass man nichts möchte, und dann ist es gut.«

Lotte nickte. »Ja, kann ich mir vorstellen. Ich hab einen Kollegen, der ist trockener Alkoholiker, bei dem versucht natürlich keiner, ihn zu einem Bier zu überreden.« Sie nippte an ihrem Glas. »Hast du eigentlich etwas herausbekommen, ich meine, über die Tote am Strand?«

Julio grinste. »Na, das ist ja ein toller Themenwechsel! Ehrlich gesagt, hab ich nicht beabsichtigt, hier bei dem schönen Essen mit dir über meine Arbeit zu plaudern. Es gibt doch wirklich Schöneres und Interessanteres. Wir wär's, wenn wir uns stattdessen ein bisschen über uns und über das Leben unterhalten? Erzähl doch mal. Wo wohnst du jetzt, was machst du beruflich, und was hat dich auf die Insel verschlagen?«

Lotte war zwar nicht gerade begeistert darüber, erzählte aber dennoch ein bisschen aus ihrem Leben – natürlich geschönt, vor allem, was ihre beruflichen Erfolge betraf.

»Ach, für Zeitschriften schreibst du also auch?«

»Ja. Inzwischen eigentlich nicht mehr. Die Arbeit bei dem Sender ist ziemlich anstrengend und zeitaufwendig. Vielleicht fange ich aber wieder damit an.«

Julio war sichtlich beeindruckt. Lotte bekam für einen winzigen Moment ein schlechtes Gewissen. Ein einziges Mal hatte sie ein kleines Infokästchen über Fernstudien für ein Frauenmagazin verfassen dürfen. Das hatte zwar mehr Geld gebracht als tausend Zeilen für das Lokalblatt, für das sie davor geschrieben hatte, aber das hieß nicht viel, denn die zahlten nur Centbeträge. Immerhin hatte sie nicht gelogen. Sie war stolz auf sich, befürchtete aber, diese Linie nicht durchhalten zu können. Ihre bewährte Taktik in so einer Situation war, Gegenfragen zu stellen.

»Und wie lief es bei dir?«

»Tja, nach der Grundschule ging es auf die Realschule, irgendwann sind wir dann nach Bochum gezogen. Dort habe ich die Schule fertig gemacht und bin zur Polizei gegangen. Nach der Ausbildung habe ich auf der Abendschule das Abitur nachgeholt und konnte so in den höheren Dienst wechseln. Karriemäßig war das schon gut, allerdings fand meine Exfrau es nicht gerade toll, dass ich immer unterwegs war. Und so hat sie sich irgendwann einen Freund zugelegt. Bei dem wohnt sie jetzt. Den Kleinen hat sie natürlich mitgenommen. Aber ich sehe ihn so ein- bis zweimal die Woche.«

»Wie heißt dein Sohn?« Lotte war der festen Meinung, dass sie den Charakter von Eltern an der Namensauswahl ihrer Kinder festmachen konnte. Sie hielt den Atem an.

»Felix. Das bedeutet der Glückliche, und er ist auch ein echt witziger Kerl. Und ziemlich intelligent.« Julios Gesicht bekam einen weichen Ausdruck.

Lotte atmete kaum hörbar aus. Das war in Ordnung, nicht zu überkandidelt und vor allem nicht nach irgendeinem Star benannt. Der Sohn ihrer Kollegin hieß doch tatsächlich Brad. Brad Schmitt. Wirklich originell. Vor allem war Lotte aber froh zu hören, dass der echt witzige, glückliche, schlaue kleine Kerl bei seiner Mutter lebte. Der Vater allein war ihr doch deutlich lieber. Die Vorstellung, einen Mann mit einem Kind aus einer vorherigen Beziehung zu teilen, hatte sie schon immer abgeschreckt. Zumal die Mutter sich dann häufig noch auf die eine oder andere Art in das Leben des Partners einmischte.

Sie wählten aus der Karte und unterhielten sich darüber, wie viele ihrer Freunde bereits geschieden oder wieder verheiratet waren, bis das Essen kam. Lotte hat sich für das Steak mit Roquefort-Soße entschieden, dazu einen Tomatensalat. Auf Julios Teller lag ein riesiges Stück Fleisch. Lotte sah ein wenig misstrauisch auf den braunen Fladen.

»Das ist Entrana, ich glaube, das ist das Zwerchfell«, erklärte Julio. »Habe ich schon ewig nicht mehr gegessen. Das gibt's in Deutschland gar nicht.«

»Zwerchfell? Das würde in Deutschland ja wohl auch keiner kaufen.«

Höchstens als Hundefutter, setzte Lotte gedanklich hinzu. Julios freundliches Angebot, doch mal zu probieren, lehnte sie freundlich, aber bestimmt ab. Wer wusste schon, was so ein Rind zu Lebzeiten mit seinem Zwerchfell alles anstellte. Zumindest würde es pausenlos durch Muhen aufgebläht worden sein, wahrscheinlich war es deshalb so groß.

Ihr Steak war hervorragend, und Lotte war anschließend so pappsatt, dass sie gerne auf einen Nachtisch verzichtete. Stattdessen bestellte sie einen »103«, einen spanischen Brandy, der herrlich hinten auf der Zunge brannte und für noch mehr wirre Gedanken im Kopf sorgte. Julio trank einen Espresso und war deshalb immer noch klar. Sie unterhielten sich noch eine halbe Stunde über frühere Klassenkameraden und was aus ihnen geworden war. Danach winkte Julio Peter zu, dass er die Rechnung bringen sollte, und jeder beglich seinen Teil. Der Wirt verabschiedete sie mit einem fröhlichen »Pfiat euch«. Lotte kicherte auf dem Weg nach draußen, bis ihr der kalte Inselwind das Grinsen aus dem Gesicht blies.

***

»Wie wär's noch mit einem kleinen Verdauungsspaziergang am Meer?«

Sie saßen im geheizten Auto vor Elisabeths Bungalow. Lottes Härchen auf der Ganzkörpergänsehaut stellten sich entsetzt auf und schrien gemeinsam: »Nein. Geh nach drinnen, ins Warme. Tu uns das nicht an.«

Lotte überlegte, ob sie gehorchen oder ihrem Wunsch nach etwas Romantik nachgeben sollte, und startete kurz ein inneres »Ene, mene, muh«, was sie dann aber doch unpassend fand. Außerdem machte Julio nicht wirklich den Eindruck, in den nächsten Minuten für schöne Momente zu zweit sorgen zu wollen. Also entschied sie sich für die wohlige Wärme des Bungalows. Aufgeschoben war schließlich nicht aufgehoben. Sollte er doch ruhig ein bisschen köcheln. Sie war ja noch ein paar Tage auf der Insel, und vielleicht würde er sich beim nächsten Treffen ein bisschen mehr Mühe geben.

»Ach nein, lieber nicht. Beim nächsten Mal gerne, dann ziehe ich mich auch wärmer an. Meine Mutter und ich wollen morgen ein bisschen über die Insel fahren, da sollte es dann heute nicht zu spät werden. Was machst du denn Morgen? Wirst du die Mitbewohnerin der ermordeten Frau aufsuchen?«, startete sie einen letzten Versuch, doch noch über seinen Fall zu sprechen.

»Ich war heute schon dort. Die nette alte Dame war ganz schön fertig über den Verlust ihrer Freundin, ist ja klar. Die beiden Frauen lebten schon länger zusammen, da war das ein ziemlicher Schock.«

Lotte schluckte entsetzt. Sie hätten sich also wirklich fast bei Blaukleid getroffen, da hatte sie gerade noch mal Glück gehabt. Aber »nette alte Dame«, von wegen. Da hatte sie einen anderen

Eindruck. Schließlich hatte die Frau mit einem blutigen Messer vor ihr gestanden. Und von dem Alibi-Hähnchen in der Küche war weit und breit nichts zu sehen gewesen.

»Hat sie denn eine Vermutung geäußert, wer ihre Freundin ermordet hat? Ist sie vielleicht selbst verdächtig? Oder habt ihr schon einen anderen Verdächtigen?«

Julio schien etwas sagen zu wollen. Sie sah ihn gespannt an.

»Ich darf leider nicht über aktuelle Fälle sprechen, deshalb habe ich das Thema vorhin auch abgewehrt, das verstehst du doch, oder?«

Verstehen ja, rein akustisch. Lotte runzelte die Stirn. Toll fand sie diese überkorrekte Haltung nicht gerade. Sie war der Meinung, dass ein kleiner Plausch unter alten Schulkollegen nicht schaden konnte. Schon gar nicht, wenn so ein überaus spannendes Thema anstand, aber das musste sie ihm ja nicht auf die Nase binden. Der gute erste Eindruck war schließlich der Wichtigste.

»Klar, kein Problem. Ich hatte auch gar nicht damit gerechnet, dass du irgendetwas erzählen darfst. Und so interessant ist ein Mord ja wirklich nicht.«

Julio zog die Augenbrauen hoch und wollte etwas sagen. Lotte war schneller.

»Also dann, komm gut nach Hause. Wo wohnst du eigentlich hier auf der Insel?«

»In einem kleinen, muffigen Appartement in Puerto del Rosario, ganz in der Nähe des Hafens. Das gehört dem Kollegen, der jetzt für mich in Bochum ist. Ich gebe dir mal meine Handynummer, dann kannst du dich melden. Wenn du willst, können wir uns auch morgen Abend noch mal treffen.«

Für Lotte gab es keinen zerknitterten Zettel, sondern eine ordentliche Visitenkarte. Dazu ein Küsschen auf die Wange, was ihr die Chance gab, sich noch einmal kurz, aber intensiv an Julios feinem Rasierwässerchen zu berauschen. Das ließ wenigstens ein bisschen hoffen. Vielleicht wurde aus der Kinderbekanntschaft ja doch noch ein ordentlicher Urlaubsflirt. Tapfer blieb sie mit klappernden Zähnen im kalten Wind stehen und sah Julio hinterher, bis er mit seinem kleinen Auto um die Ecke gebogen war.

***

Als Lotte den Bungalow aufschloss, lärmte ihr laute Schlagermusik entgegen. »Ich bin der König von Mallorca« schallte es dreistimmig in den Flur. Zwei Stimmen konnte Lotte sofort identifizieren: die von Alt-Pop-Titan Jürgen Drews und den etwas zittrigen Sopran ihrer Mutter. Aber die dritte?

Sie ging die paar Schritte zum Wohnzimmer und klopfte an die helle Kiefertür. Es kam keine Reaktion, deshalb trat sie einfach ein. Der Anblick, der sich ihr bot, war genauso kurios wie der tosende Gesang. Elisabeth und Rudi saßen auf dem Sofa und sangen voller Inbrunst und ziemlich schief in ein kleines gelbes Kindermikrofon. Dabei schauten sie sich tief in die Augen, wackelten mit dem Oberkörper hin und her und wippten mit den Füßen. Die ihrer Mutter steckten in schwarzen Pumps, Rudi trug Filzpantoffeln. Lotte kniff die Augenbrauen zusammen und hielt sich entsetzt die Ohren zu.

Das war wirklich unglaublich! Ihrer Mutter traute sie ja alles zu. Aber dass Rudi solche kindischen Merkwürdigkeiten mitmachen würde, hatte sie nicht erwartet. Normalerweise gab er sich immer als der Superseriöse. Lotte hatte sich seine Lebensgeschichte schon dreimal anhören müssen, dabei kannte sie ihn erst seit ein paar Tagen. Angeblich war Rudi Hinze früher Oberbürgermeister in einer mittelgroßen Stadt in Westfalen gewesen, allerdings nur für fünf Jahre. Nach einer heißen Wahlschlacht hatten sich die Wähler auf den Konkurrenten der anderen Partei besonnen, was Lotte nicht wirklich wunderte. So großartig, wie er immer tat, kam er ihr nun wirklich nicht vor. Danach, das behauptete er zumindest, hatte er sich noch eine Weile um einen anderen Job bemüht. Da er damals aber schon achtundfünfzig Jahre alt war, wollte ihn keine Firma mehr zum Chef machen. Hinter diese Information hatte Lotte ein großes gedankliches LOL gesetzt. Offenbar war Chef die einzige Position, die er für sich passend fand. Rudi hatte kurzerhand beschlossen, von der großzügigen Pension seiner früheren Gemeinde als Privatier zu leben. Inzwischen bekam er zudem die Rente aus seinem Job als Exportkaufmann, den er für den Oberbürgermeisterposten hatte sausen lassen. Und lebte glücklich und zufrieden von diesem hübschen, monatlich fließenden Einkommen. Das war zumindest seine Version. Lotte hatte hier und da leise Zweifel an der Glaubwürdigkeit seiner Ausführungen. Ihrer Ansicht nach lebte der alte Knacker vor allem vom Geld großzügiger älterer Damen, die er sicher überall auf der Erde fand. Hier auf Fuerteventura war es Elisabeth, die das aber nicht ahnte, sondern sich über den schmucken Verehrer freute und für den Genuss gerne ein bisschen Kleingeld ließ. Warum auch nicht, wer vierzig Euro für ein Cremedöschen ausgab, konnte auch das eine oder andere Bier oder Abendessen springen lassen.

Dass der Alte nicht ganz koscher war, hatte Lotte gestern Abend bemerkt. Ihre Mutter war ins Bad gegangen, um sich ein bisschen frisch zu machen. So lange, wie sie wegblieb, litt sie wahrscheinlich wieder unter Verstopfung. Jedenfalls hatte Rudi, der alte Schwerenöter, die Zeit genutzt, sich zu Lotte aufs Sofa zu setzen, um ihr mal wieder sein Leben zu erzählen. Dabei hatte er seine Hand auf ihre gelegt. Allerdings nur ganz kurz, denn Lotte hatte kräftig danach geschlagen.

Jetzt überlegte sie, ob sie sich gegenüber dem flotten Karaoke-Team bemerkbar machen sollte. Am besten würde sie gleich wieder verschwinden. Ein schönes heißes Bad mit Ohropax in den Ohren und einer Tasse Rotbuschtee wäre jetzt genau das Richtige, um den Abend ausklingen zu lassen. Da könnte sie dann auch ihren Roman weiterlesen. Doch ein spitzer Schrei von Elisabeth durchbohrte plötzlich ihr Trommelfell und durchkreuzte brutal ihre Pläne.

»Was machst du denn hier? Hast du uns gehört?«

Nachdem Lotte sich von dem Schrecken erholt hatte, überlegte sie kurz, ob dies eine ernst gemeinte Frage war, entschied sich aber dagegen. Eine Antwort gab sie deshalb erst gar nicht.

»Schau mal, was Rudi mir mitgebracht hat.« Ihre Mutter

schwenkte das Plastikmikrofon wie eine Trophäe durch die Luft und schnippte mit den Fingern. Lotte war nicht wirklich beeindruckt.

»Toll. Wirklich ein ganz liebes Geschenk von Ihnen, Herr Hinze.« Sie nickte freundlich und ging einen Schritt rückwärts auf die Tür zu. Aber so leicht kam sie nicht davon.

»Willst du auch mal mitsingen? Wir haben auch ›Zeig mir mal die Möpse‹ oder ›Verdammt ich lieb dich‹.«

»Ach nein, danke. Vielleicht ein anderes Mal. Ich wollte noch ein Bad nehmen und mich dann schlafen legen.«

»Dann setz dich noch kurz, wir singen dir ein Schlaflied. Mal sehen, was wir da haben.« Ihre Mutter blätterte hastig in den Textblättern.

Lotte war zu überrascht, um zu flüchten. Sie blieb mit offenem Mund stehen. Rudi feixte und stellte wie ein professioneller DJ blitzschnell ein neues Lied ein. Wenige Sekunden später grölte das Seniorenduo aus voller Kehle, schunkelte mit eingehakten Armen im Takt hin und her und strahlte Lotte an, als sei sie eine Fernsehkamera.

»Ohne dich schlaf ich heut' Nacht nicht ein, ohne dich fahr ich heut' Nacht nicht heim, ohne dich komm ich heut' nicht zur Ruh', das, was ich will, bist duuuuu.«

Bei der letzten Zeile schauten sie sich jedes Mal tief und verliebt in die Augen. Nach ganz genau drei Minuten und fünfundzwanzig Sekunden, das zeigten die Leuchtziffern auf dem kleinen Gerät, war der Spuk vorüber.

»Schön. Das habt ihr wirklich schön gemacht. Vor allem sehr musikalisch. Ich geh dann jetzt.« Lotte verkniff sich ihren üblichen ironischen Unterton, schließlich hatte sie noch ein Anliegen. Sie tat so, als sei es ihr gerade erst eingefallen. »Ach, Elisabeth. Ich würde gerne morgen früh ein bisschen mit dir über die Insel fahren, Richtung Süden. Du kennst dich hier doch gut aus, oder nicht?«

Elisabeth verzog den Mund und sah Rudi fragend an. Lotte ahnte, dass ihre Mutter ihr eine Absage erteilen wollte. Deshalb redete sie schnell weiter: »Wir könnten dann auch Fuertebeauty besichtigen. Das ist morgen nämlich möglich. Donnerstag ist immer Tag der offenen Tür. Da könntest du dann sicher auch Einzelheiten über das Programm für gute Kunden erfahren und einfach mal sehen, wie es dir gefällt.«

Die Mundwinkel ihrer Mutter bewegten sich wie von Zauberhand nach oben, und sie plinkerte unruhig mit den Augen. Wahrscheinlich machten die Kontaktlinsen wieder Probleme. Oder waren das da etwa falsche Wimpern? Lotte guckte angestrengt hin, konnte es aber nicht genau feststellen. Jedenfalls schien ihre Mutter sich ernsthaft Gedanken über die Anfrage zu machen.

»Was meinst du Rudi? Wir wollten uns ja eigentlich morgen treffen.«

»Ja, stimmt. Aber Hauptsache, du hast einen schönen Tag. Und diese Kosmetikfirma ist sicher interessant. Die Insel ist für ihre Aloe-Vera-Produkte bekannt. Mir passt es am Nachmittag sowieso besser, dann kann ich vorher noch etwas erledigen. Fahrt doch ruhig, das wird sicher schön.«

Er zwinkerte Lotte zu – ein bisschen zu aufdringlich, wie sie fand. Sie überlegte, ob er am Vormittag vielleicht noch eine andere Frau traf, also zwei Feuerchen am Laufen hielt. Zutrauen würde sie es ihm.

Elisabeth verdrehte die Augen und schmollte ein wenig. Ihre Unterlippe schob sie zu diesem Zweck gekonnt vor die Oberlippe und sah damit aus wie Donald Duck. »Erst am Nachmittag sehen wir uns? Na gut. Dann besichtigen wir eben Fuertebeauty. Sagen wir, Start um zehn Uhr?«

»Ja, prima. Ich freue mich auf unseren Ausflug. Gute Nacht dann, und viel Spaß noch beim Singen.« Sie nickte Elisabeth und Rudi freundlich zu. Das bekamen die beiden allerdings gar nicht mit, sie suchten schon eifrig nach dem nächsten Lied und summten im Gleichklang vor sich hin.

Fünf Minuten später lag Lotte in der Badewanne und taute langsam wieder auf. Das grässliche Gedudel aus dem Wohnzimmer hörte sie nur noch ganz entfernt, sie hatte sich etwas Watte in die Ohren gestopft. Eingehüllt in cremige weiße Schaumberge dachte sie noch einmal über den Abend nach. Es war nett gewesen, keine Frage. Aber irgendwie hatte Julio sie wie ein Neutrum behandelt. Ihre sexy Aufmachung hatte er zwar bemerkt und kommentiert, die Gespräche waren aber eher so wie mit einem alten Kumpel gewesen. Vielleicht war er ja durch den Schock, dass seine Frau sich von ihm getrennt hatte, schwul geworden? So etwas sollte es ja geben. Sie stellte sich Julio Händchen haltend mit einem Mann vor. Komisches Bild. Nein, das wollte sie nicht glauben. Wie auch immer. Vielleicht sollte sie beim nächsten Mal eine andere Strategie anwenden.

Oder hatte es etwas damit zu tun, das er nicht über den Fall reden wollte? Hielt er sie womöglich für eine Verdächtige? Nein, dann wäre er sicher gar nicht mit ihr weggegangen. Und immerhin hatte er ihr ja seine Handynummer gegeben. Morgen würde sie jedenfalls erst mal versuchen herauszufinden, was es mit dieser Fuertebeauty-Firma auf sich hatte.

VIER

Am nächsten Morgen, pünktlich um acht Uhr dreißig, hockte Elisabeth mit verrenkten Beinen und verzerrtem Gesicht auf einer puderrosafarbenen Gymnastikmatte und quälte sich durch ihre täglichen Pilates-Übungen.

Lotte beschloss, zunächst mal eine kleine Internetrecherche vorzunehmen, und warf ihr Notebook an. Sechsundzwanzig Seiten fand sie auf Anhieb über Fuertebeauty.

Die erste war die offizielle Homepage. Sie machte einen recht professionellen Eindruck, aber das war ja zu erwarten gewesen. Klar hatte das Unternehmen genug Geld, um sich jemanden für diesen Job zu suchen, der sein Handwerk verstand. Lotte klickte sich schnell durch die einzelnen Seiten und las, wie gesund Aloe Vera war. Der Anbau und die Verarbeitung der stacheligen Pflanzen wurden detailliert beschrieben. Lotte überflog alles nur, das meiste würde sie schließlich nachher vor Ort noch sehen.

»… eine feste grüne Pflanze, innen ein Fasernetz, Saft stärkt die Widerstandskräfte, verbessert die Gesundheit, verlängert das Leben, verjüngt …«

Na klar, was sollten sie auch sonst über ihr Wunderprodukt schreiben! Lotte beschloss, sich nicht von den Lobhudeleien einlullen zu lassen und sich erst mal ein eigenes Bild von der Firma zu machen. Sie klickte weiter. Die nächste Seite fand sie dann auch viel spannender. Es handelte sich um ein Beschwerdeforum, das nicht von Fuertebeauty stammte, sondern von einem Menschen namens Nibius. Hier hatten sich diverse Gegner des Schönheitskonzerns über dessen Produkte ausgelassen.

»Fuertebeauty hat meine Ehe zerstört, meine Exfrau ist völlig abgedreht. Sie massiert nur noch ihre Falten und nicht mich. Ich werde vollkommen ignoriert. Ein geschädigter Ehemann.«

»Ich habe vier Jahre lang die Lotion genommen. Jetzt habe

ich Pickel auf der Nase und an anderen, viel schlimmeren Stellen, und die gehen nicht mehr weg.«

»Wenn ich eine von diesen Vertreterinnen in die Finger kriege, setzt es was auf die bemalte Visage.«

So ging es weiter, acht Seiten lang. Lotte überflog noch ein paar der gesalzenen Kommentare und suchte weiter. Es gab eine ganze Reihe von Seiten, die sich negativ über den Schönheitskonzern ausließen. Im Hintergrund stöhnte ihre Mutter, die gerade versuchte, sich elegant auf den Kopf zu stellen, aber nicht über die Froschposition hinauskam. Alle Versuche, die Beine in die Luft zu schleudern, schienen vergeblich. Lotte musste grinsen und sah auf die Uhr. In einer Dreiviertelstunde sollte es losgehen. Sie schaltete den PC ab und dachte nach.

Die Meinung der Geschädigten entsprach ihrem ersten Eindruck. Aber reichte die Wut über den teuren Schönheitsnepp tatsächlich für einen Mord, wie sie zunächst überlegt hatte? Das fand sie nun, realistisch betrachtet, doch eher unwahrscheinlich. Da musste einfach noch mehr dahinterstecken. Sie wollte ein kleines Beweisbuch anlegen und schaltete den Rechner wieder ein. Nach ein paar Minuten hatte sie ihre Gedanken über Fuertebeauty, Gertrude Steinbrecher und das blutige Messer zusammengefasst. Alles kam in einen neuen Ordner, den sie »Mörderinsel« nannte. Sie war stolz auf die gute Idee, speicherte ihre geistigen Ergüsse und schaltete das Notebook endgültig aus.

Lotte beschloss, den weiteren Tag in Angriff zu nehmen, und wandte sich ihrer Mutter zu. Die versuchte inzwischen mit knallrotem Kopf und verkrampftem Gesicht, ihre kräftigen braungebrannten Beine zu einem Lotussitz zu verschränken. Das Ergebnis sah aus wie eine Kreuzung aus einer Currywurst und einer Butterbrezel.

»Ich habe mir mal überlegt, wo wir langfahren könnten, und ein bisschen im Reiseführer gestöbert. Einer der schönsten Strände der Insel liegt bei Costa Calma. Das ist gar nicht so weit weg, warst du schon einmal dort?«

Elisabeth schüttelte angestrengt den Kopf. Dadurch schien ihr Gleichgewichtssinn total aus dem Lot zu kommen. Sie kugelte mit viel Gestöhne auf die Seite. »Jetzt hast du meine Meditation gestört. Ich hätte die Stellung fast erreicht. Das ist wichtig für mein inneres Wohlbefinden.«

Lotte wollte antworten, bekam aber einen heftigen Niesanfall. Na großartig, da hatte sich die Klamottenauswahl von gestern Abend ja richtig gelohnt!

»Bist du erkältet? Komm mir nur nicht zu nahe. Ich habe keine Lust, mich anzustecken. Vielleicht solltest du es auch mal mit Pilates versuchen. Geht es der Seele gut, lebt der Körper auf. Oder so ähnlich.«

»Pilates habe ich schon im Fitnesscenter probiert. Ich kann mir nicht vorstellen, dass man dadurch Erkältungen vorbeugt. Außerdem ist das bei mir, glaube ich, nur ein leichter Heuschnupfen.«

»Heuschnupfen? Hier? Es gibt doch gar kein Gras und auch sonst nicht viel Blühendes.«

»Doch, in dem Lokal, in dem ich gestern war, standen überall frische Blumen, ich denke, es ist davon. Ich habe übrigens einen Mann kennengelernt, oder besser gesagt wiedergetroffen. Unterwegs erzähle ich dir von ihm.«

Lotte setzte fest darauf, dass diese Information ihre Mutter von der drohenden Keimbelästigung ablenken würde. Und tatsächlich, Elisabeth war sofort bei der Sache. In Windeseile entknotete sie ihre Arme, die sie zwischenzeitlich irgendwie merkwürdig ineinander verdreht hatte, und stand auf, um ins Bad zu gehen und sich anzuziehen.

»Ein Mann, wie interessant! Von mir aus können wir über Costa Calma fahren. Solange wir nur genügend Zeit bei Fuertebeauty haben. Auf dem Weg kannst du mir haarklein erzählen, was du gestern erlebt hast.«

Lotte war fest entschlossen, genau das nicht zu tun. Ihre Mutter würde sich mit vereinzelt hingestreuten Informationen zufriedengeben müssen. Aber auch das war ja schon einiges. Immerhin hatte sie ihr in den letzten Jahren so ziemlich alle Männerbekanntschaften verschwiegen. Es wäre ihr erst recht nicht eingefallen, ihr einen ihrer Freunde vorzustellen, dafür fand sie ihre Mutter häufig viel zu peinlich. Als Lotte jünger war, hatte sie einmal leichtsinnigerweise einen Kollegen mit nach Hause gebracht, den sie sehr nett fand. Der wurde sofort von Elisabeth über seine Familienverhältnisse ausgefragt. Seitdem machte der Typ einen weiten Bogen um sie. Aus solchen Fehlern der Vergangenheit hatte sie gelernt.

Als ihre Mutter ins Wohnzimmer zurückkam, trug sie eine geblümte Caprihose und ein dazu passendes türkisfarbenes Top. Um den Kopf hatte sie ein weißes Tuch im Grace-Kelly-Stil geschlungen.

»Willst du etwa Cabrio fahren? Ohne Verdeck?« Lotte war fassungslos.

»Natürlich, wir sind doch im Süden.«

»Also ich finde es, ehrlich gesagt, ziemlich frisch. Gestern Abend habe ich auch gefroren. Es ist ziemlich stürmisch draußen.« Sie selbst trug Jeans und ein rotes Sweatshirt.

»Das ist mir egal, zieh eben eine Jacke an, dann wird es schon gehen. Ich friere nie und finde es einfach schön, offen zu fahren.«

Lotte nickte ergeben und holte ihre Windjacke und eine Pudelmütze aus dem Schrank. Die Mütze lag seit dem letzten Winterurlaub in der Reisetasche. Beim Packen hatte sie sie übersehen. Jetzt kam sie wie gerufen.

***

Die Fahnen vor der Rezeption der großen Clubanlage auf der anderen Seite der Bucht wehten aufgeregt Richtung Südwest. Im selben Gebäude war auch die Autovermietung untergebracht. Als Lotte die Tür öffnete, schlug ihr eine wohltuende Wärme entgegen. Leise spanische Klänge tönten aus den Lautsprechern, die dezent an der Decke hingen. Der Raum war großzügig gestaltet, mit hoher Holzdecke und Glasfassaden ringsum. Nur die schrill-bunten Plastiklampen im Stil der frühen siebziger Jahre störten Lottes harmoniebedürftige Augen. Zwei hartgesottene Mädchen, bekleidet mit Flip-Flops, bauchfreiem Top und mehreren Rubbeltattoos schlenderten an die Theke und erkundigten sich auf Englisch nach den neuesten Wetterprognosen. Lotte wollte keinesfalls hören, welch drastisches Wetter ihnen heute noch bevorstand, und zog ihre Mutter in die hinterste Ecke der Halle.

Dort war eine feurige Schönheit mit abgekauten Fingernägeln damit beschäftigt, klapprige Autos unschuldigen Touristen anzudrehen. Ein Renault Clio war momentan der einzige freie Wagen.

»Das ist wirklich unglaublich, dafür bin ich nicht dreitausend Kilometer Richtung Süden geflogen. Nicht die kleinste Urlaubsfreude gönnt man mir. Auf den Kanaren mit einem geschlossenen Auto herumfahren. Wie soll ich davon meinen Freundinnen erzählen?« Elisabeth stampfte mit ihrer Lacksandalette auf den Boden und guckte wie ein trotziges Kind. Sie hatte sich aus unerfindlichen Gründen darauf versteift, Cabrio zu fahren, selbst wenn sie sich dabei eine Bronchitis holte. Andere Touristen aber wohl auch, denn sonst wäre ja noch ein Cabrio verfügbar gewesen.

Lotte war jedenfalls heilfroh, dass alle weg waren. Sie nahm den Schlüssel und ging Richtung Ausgang. Vor dem Gebäude spuckte ein dunkelbrauner Reisebus eine gewaltige Ladung Koffer nebst den dazugehörigen Besitzern aus. Die ersten eilten bereits an die Rezeption. Wahrscheinlich wollten sie auf jeden Fall als Erste einchecken. Mehrere Mütter mit zappeligen Kleinkindern zählten ihre Gepäckstücke.

Elisabeth stand immer noch vor der Autovermietung und lamentierte.

»Komm schnell«, rief Lotte und wies theatralisch auf die Reisegruppe, »wir müssen los, sonst geraten wir mitten in diese Menschenmasse.«

Als Stilikone mit Adelstitel möchte man auf gar keinem Fall von einer Herde einfachster Touristen übertrampelt werden. Also eilte Elisabeth hinter ihr her nach draußen, wo der Clio darauf wartete, über die Insel gejagt zu werden.

***

Die Straße schlängelte sich an der Küste entlang, vorbei an einer gigantischen Golfanlage. Sie war grüner als die gesamte sonstige Vegetation der Insel zusammen. Hier leisteten Hunderte Rasensprenger ganze Arbeit. Lotte fragte sich, warum Leute zum Golfspielen in die Wüste fuhren. Im Bergischen Land oder, wenn es schon weiter weg sein musste, in Irland war das Gras doch sowieso grün. Es klang wahrscheinlich einfach besser, wenn man sagen konnte, man habe in der Wüste Golf gespielt. Sie passierten mehrere schicke Vier-Sterne-Hotels, einige Bauruinen und verkommene kleine Fischerdörfer, in denen niemand mehr zu wohnen schien. Die Vegetation am Straßenrand war mehr als mager. Einige kleine Pflänzchen hatten sich mühsam durch den knochentrockenen Boden gequält und vermittelten den Eindruck, aus dem letzten Halm zu pfeifen. Für sie gab es keine heilsamen Rasensprenger, sondern nur den elenden Wind, der an ihnen zerrte.

Als die Straße vom Meer weg in Richtung der Berge führte, veränderte sich das Bild ein wenig. Schroffe, steinige Hügel mit wuchtigen Einschnitten machten sich rechts und links des flachen Tals breit, durch das sie fuhren. Kleine graugrüne Büschel und winzige ausgetrocknete Bäumchen bewiesen standhaft, dass die Natur auch mitten in der Wüste überleben konnte, wenn sie musste. Die Gehöfte hier machten einen zumindest einigermaßen bewirtschafteten Eindruck. Sie bestanden aus halb verfallenen kastenförmigen Häusern und waren weiß oder ockerfarben gestrichen. Allerdings blätterte der Anstrich fast überall ab. Natürlich, dachte Lotte, diesem Sturm kann nicht einmal ein Eimer Farbe widerstehen.

Umgeben waren die Häuser von windzerzausten Palmen und Wäscheleinen, auf denen weiße und bunte Kinderhemden fröhlich wehten. Auf den meisten Grundstücken standen kleine Gewächshäuser. Sie sollten wohl das bisschen Feuchtigkeit kondensieren, das hier in diesem Klima möglich war. So konnte zumindest die eine oder andere Tomate oder Kiwi das Licht der Welt erblicken, ohne sofort verdörrt zugrunde zu gehen. Auf einer kargen Wiese standen ein paar ausgemergelte Ziegen und machten sich gegenseitig das letzte Grün streitig.

Lange konnte Lotte die Stille und Ruhe dieser kargen Idylle nicht genießen.

»Also, Kindchen, nun sag schon, wer ist der Glückliche?«, unterbrach Elisabeth ungerührt ihre Landschaftsbetrachtung.

Lotte erzählte ein bisschen, beginnend mit der Toten, die gestern am Strand gelegen hatte. Dass direkt vor ihrer Nase eine Frau ums Leben gekommen war und es eine der beiden Kosmetikverkäuferinnen war, hatte ihre Mutter gar nicht mitbekommen. Elisabeth zeigte sich ziemlich entsetzt. Lotte war sich aber nicht sicher, ob aus Mitgefühl oder weil sie nicht als Erste von der Situation gehört hatte. Vielleicht ja auch, weil sie nun nicht mehr unbeschwert mit den beiden Damen schwätzen und dabei einen gigantischen Einkauf absolvieren konnte.

Der Beruf ihres wiedergefundenen Klassenkameraden schockte Elisabeth allerdings noch deutlich mehr.

»Ein Polizist?« Elisabeth schien zu würgen. Sie nahm sich ein zuckerfreies Bonbon aus einer Dose, die sie vorher in der Seitenablage deponiert hatte. »Und dann auch noch ein Ausländer. Also, Kind, ich denke doch, dass du was Besseres findest. Gibt es denn bei dir zu Hause keine netten Männer? Du hast doch mal diesen reizenden Kollegen mitgebracht.«

Lotte hatte zwar mit so etwas gerechnet, war aber trotzdem äußerst amüsiert. Sie konnte nur mit Mühe verhindern, laut zu lachen. Ihre Mutter war wirklich unglaublich. Meinte sie etwa, Spanier seien ähnlich unkultiviert wie Yetis oder Marsmenschen?

»Ich will ihn ja nicht gleich heiraten. Warte mal, bis du ihn siehst. Er sieht toll aus und scheint auch nett zu sein. Und du weißt ja, ich hab nicht so einen Standesdünkel wie du.«

Den Nachsatz hatte sie sich einfach nicht verkneifen können. Dabei hätte sie wissen müssen, was jetzt kam.

»Was willst du denn damit sagen? Ich habe keinen Standesdünkel. Ich bin eben, wie ich bin, und ich weiß, was ich wert bin.« Elisabeth trommelte mit den rot lackierten Nägeln auf ihrer Handtasche herum. Dann schien sie es sich zu überlegen. »Auf der anderen Seite hast du schon recht. Nimm dir ruhig einen Ausländer. Kannst froh sein, wenn sich überhaupt einer für dich interessiert. Immerhin bist du ja schon über dreißig, und so toll siehst du auch nicht aus. Was du bis jetzt zustande gebracht hast, ist ja nicht gerade großartig.«

Na super, da kam ja gleich wieder beste Stimmung auf.

Lotte überlegte zurückzugiften, entschloss sich aber zu schweigen. Das konnte ihre Mutter sicher auch nicht gut aushalten. Und richtig, die eisige Ruhe hielt gerade mal ganze vier Minuten.

»Wo fahren wir eigentlich hin?«

Elisabeth schien inzwischen bemerkt zu haben, dass sie nicht ganz den richtigen Ton getroffen hatte. Allerdings war diese Ablenkungsfrage nun mehr als blöde, schließlich war ja ausgemacht, wo es hinging. Wohl als Friedensangebot hielt sie Lotte zudem die Dose mit zuckerfreien Karamellbonbons mitten vor das Gesicht.

Lotte schüttelte den Kopf und schob die Dose mit der Hand zurück. Erstens hatte sie die Straße nicht mehr erkennen können, weil das Gefäß ihr fast komplett die Sicht nahm. Außerdem bekam sie von den Dingern regelmäßig Durchfall. Der leichte Schnupfen reichte ihr schon als gesundheitliche Einschränkung.

»Das haben wir doch ausgiebig besprochen. Zunächst nach Costa Calma, zu einem der schönsten Strände von Fuerte. Zumindest laut Reiseführer. Von da fahren wir nach Pajara. Dort können wir noch ein bisschen rumbummeln, wenn du magst und wenn es was zu gucken gibt. Danach besuchen wir die Farm von Fuertebeauty, schon vergessen?«

»Nein, natürlich nicht. Nur wo wir vorher hinwollten. Ich hoffe ja, dass sie einen Fabrikverkauf haben. Dann kann ich noch einige Produkte günstig einkaufen.«

Elisabeth schien sich wieder eingekriegt zu haben. Sie strahlte von einem Ohrläppchen bis zum anderen. Mit einem lauten Klappern öffnete sie ihre Tasche und holte einen voll beschriebenen DIN-A4-Bogen heraus. »Das brauche ich alles noch: Spezialcreme für den Hals, die komplette Fußpflege, das Shampoo.

Na ja, eigentlich ist fast alles interessant, was sie im Angebot haben.«

Die Tote vom Strand und den ihrer Ansicht nach völlig unpassenden neuen Freund ihrer Tochter schien sie komplett vergessen zu haben. Lotte fand das zwar merkwürdig, andererseits war sie froh, wieder ihre Ruhe zu haben. Sie schaltete das Autoradio ein. Begleitet von spanischer Plänkelmusik gab sie Gas.

***

Costa Calma war ein typischer Ferienort. Den Ortseingang zierte eine Allee aus künstlich bewässerten Bäumen. Dahinter war ein kleiner Palmenwald angelegt, wahrscheinlich, um Spaziergängern Schatten zu spenden, den sie hier sonst in der Regel nicht bekamen. Heute waren die Bäume überflüssig, für die nötige Kühle sorgten die dicken grauen Wolken, die nach wie vor über den Himmel tobten. Das Meer bei Costa Calma war vollkommen geruchlos. Erst ein Stück weit weg vom Wasser, da wo die struppigen Büsche ein wenig Schutz boten, roch es nach Salz, Algen und Fisch. Mehrere Hundertschaften von Rentnern stapften am Wasser entlang und schienen den vier Kilometer langen Strand als ihren täglichen Fitnessparcours zu nutzen.

Sie stiegen aus dem Wagen. Elisabeth fing augenblicklich an zu stöhnen.

»Was für ein unerträglicher Sandsturm. Der macht meine Frisur kaputt.«

Mit der schlafwandlerischen Sicherheit eines Kuchenjunkies steuerte sie weg vom Meer und durch die Einkaufsstraßen des Ortes. Lotte kam kaum hinterher. Vor einem deutschen Café blieb Elisabeth mit einem äußerst zufriedenen Gesichtsausdruck stehen.

»Du kannst dir gerne den schönen Strand anschauen. Ich werde mir die Zeit bis zur Weiterfahrt mit einem leckeren Tortenstückchen versüßen. Hol mich hier wieder ab. Aber bummel nicht zu lange. Das Wichtigste kommt ja noch.«

Lotte nickte. Sie war froh, ihre Mutter für eine Weile los zu sein. Mit leichten Schritten und deutlich langsamer als eben ging sie den Weg zurück in Richtung Strand. An der Promenade zog sie sich die Schuhe aus und genoss den weichen und überraschend warmen Sand unter ihren Fußsohlen.

Weiter vorne, direkt da, wo die kleinen schaumgekrönten Wellen den Strand umspülten, stand eine Frau und schaute aufs Wasser. Lotte schätzte sie auf Mitte fünfzig. Ihre Haare waren modisch kurz geschnitten, die aschblonden Strähnen wehten im Wind hin und her. Die Frau trug nur ein knappes weißes Bikinihöschen. Ihr durchgehend dunkelbraun gefärbter Körper zeugte von häufigen Freiluftaufenthalten. Mit ihrer vollen hängenden Brust und dem relativ straffen Bauch zog sie die Blicke aller Vorbeimarschierenden auf sich. Doch sie schien ihre Umgebung gar nicht wahrzunehmen. Ihre Schultern bebten, sie schien zu weinen.

Lotte schlenderte vorsichtig näher. In diesem Moment drehte sich die Frau um. Sie war tatsächlich völlig verheult. Wimperntusche und Kajalstift liefen hemmungslos über ihre Wangen und bildeten ein kleines Rinnsal, das der Erdanziehungskraft folgte und in den Sand tropfte. Ein Ruck ging durch den Körper der Frau; sie fuhr sich entschlossen mit der Hand über das Gesicht und ging zu einer knallblauen Tasche. Lotte stockte. Die Tasche sah ja ganz genauso aus, wie die der beiden Kosmetikvertreterinnen in Caleta de Fuste, bis auf die Farbe. Und richtig, auf der Vorderseite prangte der goldene Schriftzug »Fuertebeauty«. Statt kleiner Tiegelchen zerrte die Weinende jedoch eine rot-weiß gestreifte Bluse und eine weiße Caprihose aus der Tasche. Lotte tat so, als beobachte sie ein paar Möwen, die gerade schimpfend über den Strand zogen. Ihre Zehen spielten mit dem Sand, doch aus dem Augenwinkel beobachtete sie, wie die Frau ihre Hose anzog. Für ihr Alter hatte sie eine echt gute Figur. Lotte wurde ein bisschen neidisch. Na ja, wahrscheinlich verheiratet, nicht berufstätig und jeden Tag Zeit für zwei Stunden Sport. Aber immerhin, es war möglich, im Alter nicht zu verfetten. Sie beschloss, am Abend joggen zu gehen.

»Ist irgendetwas an mir merkwürdig?« Die Stimme der Frau war heiser und klang ziemlich scharf. »Ich habe genau gemerkt, dass Sie mich die ganze Zeit anstarren. Verschwinden Sie!«

»Mhm, äh, Entschuldigung.« In Windeseile hatte sich Lotte eine schlagfertige Antwort überlegt. »Ich habe gesehen, dass Sie geweint haben, und frage mich, ob ich Ihnen helfen kann.«

»Mir kann keiner helfen, schon gar nicht ein neugieriges junges Ding wie Sie. Lassen Sie mich in Ruhe.«

Die Frau grummelte noch irgendetwas vor sich hin, das Lotte nicht verstand. Dann holte sie ein Tempotaschentuch aus der Tasche und schnäuzte ausgiebig hinein. Als Letztes band sie ein weißes Kopftuch um ihre Haare, nahm die Tasche auf und drehte sich weg.

»Ich bin Pfarrerin, Seelsorgerin«, log Lotte ungerührt. So schnell wollte sie nicht aufgeben. »Vielleicht kann ich Sie beraten oder sagen, an wen Sie sich wenden können in Ihrer Not.«

»Tatsächlich?«

Die Frau musterte sie eindringlich und schien zu überlegen. Lotte faltete die Hände. Sie hätte sich fast bekreuzigt. Glücklicherweise fiel ihr dann ein, dass das ja nur die Katholiken machten. Und bei denen gab es nun mal keine weiblichen Priester. Sie blickte möglichst unschuldig zum Boden und dann in Richtung Himmel. Ungeduldig wartete sie ab. Nach nicht einmal zehn Sekunden schien die Frau tatsächlich Vertrauen zu ihr gefasst zu haben.

»Wissen Sie, ich habe gestern meine Freundin verloren und damit all meine Zukunftspläne, alles. Ich bin am Boden zerstört. Warum macht Gott so etwas?« Sie brach wieder in Tränen aus, und ihr ganzer Körper begann zu beben.

Lotte schluckte. Was für ein Mist. Mit so einem ernsten Problem hatte sie nicht gerechnet. Sie erinnerte sich an die Beerdigung einer alten Tante, die vor drei Monaten das Zeitliche gesegnet hatte. Was hatte der Pfarrer damals noch gesagt? Ach ja.

»Die Wege des Herrn sind unergründlich, aber in jedem noch so traurigen Ereignis kann etwas Gutes stecken.«

»Wirklich?« Die Frau starrte sie ungläubig an und vergaß weiterzuweinen. »Was denn zum Beispiel?«

Lotte bekam langsam ein ausgesprochen schlechtes Gewissen. Gut, dass ihre Mutter weit weg war. Aber jetzt aufhören und die Wahrheit sagen kam nicht in Frage. Das wäre total peinlich und für die Frau wahrscheinlich noch schlimmer. Schließlich hatte sie sich ja schon ihr gegenüber geöffnet und ihr Seelenleben vor Lotte ausgebreitet.

»Na ja, zum Beispiel lernen Sie vielleicht neue Freunde kennen und vergessen die alten.«

Die Frau brach wieder in bittere Tränen aus. Sie zerrte erneut ein Papiertuch aus der großen Tasche. Ihre Stimme überschlug sich fast.

»Ich will keine neuen Freunde. Man kann doch liebe Menschen nicht einfach ersetzen.«

Lotte schämte sich. Am liebsten wäre sie davongelaufen.

»Gemeint sind vielleicht ganz andere Dinge, die wir jetzt noch gar nicht ahnen können. Die Wege des Herrn sind eben total unergründlich.«

Plötzlich fiel ihr etwas auf. Die Fuertebeauty-Tasche, eine tote Freundin, ähnliches Alter, das konnte kein Zufall sein. Sie wagte einen Vorstoß.

»Ist Ihre Freundin etwa die Frau, die gestern am Strand von Caleta de Fuste ermordet wurde?«

Das Schluchzen nahm unerträgliche Phonstärken an. Die Brandung war kaum noch zu hören. Schnell näherten sich neugierige Spaziergänger, die wohl wissen wollten, was los war. Sie bildeten einen Halbkreis um Lotte und die Frau. Ein Rentner mit gepflegtem weißem Schnurrbart mischte sich ein.

»Kann ich helfen? Werden Sie von der jungen Dame belästigt?«

»Nein, nein, schon gut. Sie ist eine Seelsorgerin. Sie berät mich. Es ist alles in Ordnung.«

Der Mann musterte Lotte kritisch. »Wirklich? Von welcher Kirche denn?«

Lotte versuchte, einen unschuldigen, heiligen Gesichtsausdruck aufzusetzen. »Protestantisch natürlich. Am Besten gehen Sie weiter. Dies ist eine Privatsache.«

Da er keine Verstärkung von anderen Strandgängern bekam und sich weder Lotte noch die Frau um ihn kümmerten, schlich er davon. Auch die anderen Leute gingen weiter, und Lotte wandte sich wieder ihrem Schäfchen zu. Das hatte sich inzwischen ein bisschen beruhigt.

»Haben ... haben Sie sie gekannt? Sie war meine allerbeste Freundin. Noch nie habe ich einen Menschen so geliebt.«

»Gekannt ist wohl übertrieben. Sie war mit ihrer Mitbewohnerin und Kollegin bei meiner Mutter und hat ihr Kosmetika verkauft. Das war vorgestern. Und gestern war ich zufällig am Strand, als es ... na ja, Sie wissen schon ... als es passiert ist.«

Die Frau machte einen so unglücklichen und verlorenen Eindruck, dass Lotte schnell hinzufügte: »Äh, mein Beileid und natürlich Gottes reichsten Segen. Kennen Sie die Mitbewohnerin Ihrer Freundin? Die ist ja jetzt ganz alleine. Gertrude Steinbrecher heißt sie, sie ist etwa in Ihrem Alter.«

»In meinem Alter, pah, sie ist mindestens zehn Jahre älter, die fette, vergreiste Kuh«, stieß die Frau hervor. Ihr großer Busen bebte unter der rot-weißen Bluse. Von Trauer war da keine Spur mehr. Das war pure Wut. »Mit der will ich ganz bestimmt nichts zu tun haben, das wäre ja wohl das Allerletzte.«

Mit diesen bedeutungsschweren Worten riss sie ihre Tasche entschlossen vom Boden hoch.

»Vielen Dank für Ihre Hilfe. Ich gehe jetzt. Ich muss noch was erledigen. Vielleicht sehen wir uns ja noch mal.« Die Frau drehte sich um und stapfte mit schnellen Schritten durch den Sand. Der stob dabei auf, als würde eine Herde Kamele darübergaloppieren.

Na, das war mal ein Auftritt. Lotte starrte ihr fasziniert hinterher. Hoffentlich werde ich mal nicht so, wenn ich älter bin. Auf der anderen Seite ist so eine Trauersituation ja auch was Besonderes. Da läuft man schon mal aus der Spur. Vielleicht ist sie ja sonst ganz nett. Energie hat sie auf jeden Fall für drei Frauen ihres Alters, dachte sie.

Das erinnerte sie an eine andere merkwürdige, leider jedoch selten nette ältere Dame. Ihre Mutter musste von der Tortenschlacht abgeholt werden. Lotte stieß einen tiefen Seufzer aus und wandte sich Richtung Café. Wenige Minuten später konnte sie eine satte und äußerst zufrieden wirkende Elisabeth erneut ins Auto laden.

***

Schon fünf Kilometer vor dem Ortseingang von Pajara säumten bis zu zwei Meter hohe Aloe Veras die Berghänge rechts und links der Straße. Manche blühten gerade. Das war die Voraussetzung dafür, dass man die klebrige Milch aus den Blättern ernten und zu Kosmetik verarbeiten konnte. So hatte es Lotte am Morgen jedenfalls im Internet gelesen. Menschen waren in den Plantagen aber nicht zu sehen. Anscheinend wuchs die wuchtige Pflanzenart hier von allein. Sie schien zudem nur wenig Flüssigkeit zu benötigen. Sonst hätte sie auch wenige Überlebenschancen in diesem trockenen Klima. Es waren jedenfalls nirgendwo die schwarzen Wasserschläuche zu sehen, die sich sonst ja überall auf der Insel am Boden entlangschlängelten, wo es auch nur ansatzweise ein bisschen grünte. Lotte überlegte. Wenn die Leute die Pflanzen ständig bewässern müssten, würde sich der Anbau sicher nicht lohnen.

Sie erreichten die ersten Häuser des kleinen Städtchens. Lotte suchte vergeblich nach so etwas wie einem Ortskern. Aber Pajara war genauso verschlafen, wie Lotte nach der Lektüre des Reiseführers erwartet und befürchtet hatte. Zwei Dutzend Häuser säumten die Durchgangsstraße, von Menschen oder gar irgendwelchen Anzeichen einer Zivilisation keine Spur.

Sie ließ den Clio zweimal um einen Kreisverkehr flitzen und überlegte, ob sie vielleicht in der kleinen Bar am Straßenrand einen Espresso trinken könnten. Aber wirklich einladend wirkten die klapprigen Holztische nicht. Deshalb atmete sie erleichtert auf, als Elisabeth losquengelte.

»Also weißt du, Charlotte, ich möchte diesen hässlichen Ort

nicht besichtigen, sondern gleich zu der Beautyfarm fahren. Schließlich habe ich noch eine Verabredung mit Rudi, und zwischendurch muss ich mich auf jeden Fall noch ein wenig ausruhen.«

Lotte sah auf die Uhr. Es war schon nach halb eins, also höchste Zeit, wenn sie noch in Ruhe ein bisschen herumschnüffeln wollte. Außerdem war es sicher taktisch klug, ihrer Mutter auch mal recht zu geben. Sie nickte. »Also gut, lass uns direkt zu Fuertebeauty fahren.«

Das Firmengelände befand sich am Ortsausgang Richtung Betancouria. Das Haupthaus war in einem himbeerrosa Farbton gestrichen. Es sah ein bisschen aus wie eine Kirche, mit gotischen Fenstern und mehreren kleinen Türmchen. Allerdings fehlten die Kreuze. Dafür war an der Vorderfront eine etwa drei Meter hohe Aloe-Vera-Pflanze aus Stahl angebracht. Lotte fand das Gebäude fürchterlich. Sie öffnete den Mund, um sich darüber auszulassen. Doch ihre Mutter war schneller.

»Wie hübsch. Das ist ja mal ein ansprechendes Unternehmen.« Elisabeth wühlte enthusiastisch in ihrer Tasche und zückte ihren kleinen silbernen Fotoapparat. »Lass uns nur gleich hineingehen. Ich bin gespannt, ob es innen auch so geschmackvoll eingerichtet ist, wie das Haus vermuten lässt.«

Lotte holte tief Luft. Am liebsten hätte sie jetzt mal sehr ausgiebig die Hupe betätigt, um sich abzureagieren. Aber das hätte wieder Krach gegeben.

»Möchtest du nicht schon mal aussteigen? Dann kannst du auch ein paar Bilder machen. Ich muss erst sehen, wo ich den Wagen abstellen kann.«

»Ja, gerne, ich warte dann hier.«

Ausgesprochen behände für ihre Verhältnisse sprang Elisabeth aus dem Clio. Das Pilates-Training schien sich doch zu lohnen. Oder der Besuch hier vitalisierte sie. Lotte konnte es nicht wirklich verstehen, aber das hatte sie bei ihrer Mutter im Grunde schon lange aufgegeben. Im Rückspiegel sah sie, wie Elisabeth ein Foto nach dem anderen schoss. Dabei hüpfte sie aufgeregt hin und her, so wie ein winziger Japaner vor dem Brandenburger Tor oder Schloss Neuschwanstein. Lotte lenkte den Wagen vorsichtig über den ziemlich vollen Parkplatz. Dabei wich sie immer wieder laut schwatzenden Frauengrüppchen aus. Nirgends war eine freie Stelle für das Auto zu finden. Sie sah ein offenes Gittertor an der Seite der Firma und beschloss, einmal um das Gebäude zu fahren.

Von hinten war die Beautyfabrik so hässlich, dass sie auch Elisabeth nicht gefallen hätte. Der rosafarbene Putz an den Wänden war weitgehend abgeblättert, Dutzende große blaue Plastiktonnen standen herum. Der Geruch, der in der Luft schwelte, war scharf und stechend. In einer Ecke des Hofes parkten fünf klapprige und völlig verrostete Busse. Sie überlegte, wer wohl damit hierhergekommen war. Touristen sicherlich nicht. Für die waren auf der Insel neue klimatisierte Gefährte im Einsatz. Lotte wollte den Clio gerade neben den hintersten Bus stellen, als ein aufgelöster dunkelhaariger Wachmann in grüner Uniform aus dem Haus stürzte. Erbost steckte er seinen roten Kopf durch das offene Wagenfenster.

»Was tun Sie hier? Das ist Privatgelände. Machen Sie, dass Sie wegkommen, sonst hetze ich die Hunde auf Sie.« Der Mann schnaubte wie ein asthmatisches Islandpony. Seine Haare rochen nach Pomade, sein Atem nach Zigaretten und Knoblauch. »Wie haben Sie das Tor aufbekommen? Das habe ich ja noch nie erlebt. Wer sind Sie überhaupt?«

Lotte kam zu dem Schluss, dass eine Diskussion mit diesem Menschen nicht viel bringen würde. Sie betätigte kurz entschlossen den elektrischen Fensterheber. Der Mann konnte seinen Schädel mit den gelben fletschenden Zähnen gerade noch herausziehen, bevor das Fenster geschlossen und er skalpiert war. Er tobte um das Auto herum und drohte ihr mit dem Zeigefinger. Lotte winkte ihm lässig mit dem Mittelfinger zurück. Blitzschnell schaltete sie in den Rückwärtsgang, wendete und lenkte den Clio wieder auf die vordere Seite der Firma. Dort fand sie schließlich doch noch einen Parkplatz zwischen einem Jeep und einem grauen Kombi.

Elisabeth hatte die Kamera inzwischen wieder verstaut. Sie

sah ziemlich genervt aus. »Da bist du ja endlich, wo warst du denn? Immer muss man auf dich warten. Ich wäre fast ohne dich hineingegangen.«

Lotte hatte keine Lust auf große Erklärungen und Diskussionen. »Es war etwas schwierig, einen Parkplatz zu finden. Danke, dass du gewartet hast. Lass uns gehen.«

Sie betraten den gläsernen Eingangsbereich und wurden augenblicklich von einer penetrant duftenden Nebelwolke eingehüllt. Entsetzt schnappte Lotte nach Luft. Sie riss die Augen auf, um die Bedrohung auszumachen, und bekam die nächste Ladung Parfüm ins Gesicht gesprüht.

»Herzlich willkommen. Ihr künftigen Göttinnen der Schönheit, tretet näher.« Eine aufgetakelte Blondine mit einem kuheutergroßen silbernen Flakon in den Händen strahlte sie an, während sie gnadenlos ihr Duftwässerchen verspritzte.

»Was kann ich für Sie tun? Haben Sie eine Besichtigung bei uns gebucht?«, erklang die nächste glockenhelle, gekünstelte Stimme von der anderen Seite. Lotte ging blitzschnell in Deckung, um dem nächsten Beautyangriff zu entgehen, aber es war nicht nötig. Augen- und nasenscheinlich hatten sie ausreichend vom Geruch des Hauses angenommen und waren nun würdig für ein Gespräch.

Lotte musterte die Frau vor ihnen. Sie war wie die andere blond, etwa Mitte vierzig und trug ein dunkelblaues Kostüm. Darunter glitzerte ein silberner Lurexpulli. Sie balancierte gekonnt in unerträglich hohen schwarzen Pumps. Schon wieder eine Frau, die ohne zu wackeln oder umzuknicken auf hohen Absätzen gehen konnte. Lotte verzog den Mund.

»Wie hübsch. Wie überaus hübsch!« Selbst Elisabeth schien es weitgehend die Sprache verschlagen zu haben. Zumindest kam nicht mehr von ihr als diese paar Worte. Sie murmelte sie wie ein Mantra mehrmals vor sich hin. Lotte sah sich um.

Die Eingangshalle war komplett in kitschige Pastelltöne getaucht. Die Wände waren puderrosa gestrichen, vor einer großen Spiegelwand standen winzige mintgrüne Ledersesselchen in Grüppchen angeordnet. In denen könnten sich höchstens Frauen mit Kleidergröße vierunddreißig bequem ausruhen. Alle anderen würden beim anschließenden Aufstehen stecken bleiben. Lotte beschloss augenblicklich, es gar nicht erst zu versuchen. Auf kleinen Glastischen mit geschwungenen silbernen Beinchen lagen zahlreiche Fuertebeauty-Prospekte. Der Boden des Raumes bestand aus feinstem cremefarbenen Carrara-Marmor. In einer Ecke plätscherte ein zierlicher Zimmerbrunnen mit der leisen Klaviermusik, die aus unsichtbaren Lautsprechern klimperte, um die Wette.

»Ganz schöner Protz und Prunk, die scheinen ja wirklich gut an ihrem Zeug zu verdienen«, grummelte Lotte schlecht gelaunt vor sich hin.

»Möchten Sie vielleicht eine Führung machen?« Die gestylte Hostess hatte sie anscheinend nicht vergessen.

»Ja, wir wollten uns die Beautyfarm und die Aloe-Vera-Zucht einmal anschauen. Sie sind uns empfohlen worden.«

»Wir sind sehr gute Kundinnen«, fügte Elisabeth strahlend hinzu und stopfte einen riesigen Stapel Prospekte in ihre Handtasche.

»Ja, das sieht man.« Die Dame des Hauses strich Elisabeth leicht über die Wange. Dann zwinkerte sie höchst wirkungsvoll mit dem rechten Auge. »Ihr Teint ist einfach entzückend, so weich wie ein Babypopo. Und Ihre Ausstrahlung ist großartig. Und Sie riechen so gut. Ihr Duft ist sicher auch von uns.«

Elisabeth nickte eifrig und strahlte wie ein Honigkuchenpferd. Lotte verdrehte die Augen. Das war wirklich die Höhe.

»Wir konnten dem Parfüm leider nicht schnell genug entgehen. Sonst würden wir nämlich ganz anders riechen. So wie ganz normale Menschen, die sich morgens duschen und eventuell ein leichtes Eau de Toilette auflegen.« Weder die Worte noch der giftige Tonfall zeigten irgendeine Wirkung. Die Hostess blieb vollkommen gelassen. Entweder war sie dumm und hatte sie nicht verstanden, oder sie war darauf gepolt, immer freundlich zu bleiben. Lotte war es im Grunde egal. Hauptsache, sie konnte ihre Meinung kundtun, wann und wie es ihr gefiel.

»Ja, wir verwöhnen unsere Gäste gerne. Mein Name ist übrigens Arabella Korn. Ich bin Deutsche und wohne seit zwei Jahren hier auf der Farm. Kommen Sie nur mit, in zehn Minuten beginnt die nächste Führung.«

Ehe Lotte sich versah, befand sie sich mitsamt ihrer Mutter und einer gewaltigen Schar schnatternder Touristinnen in einem anderen Raum. Das Spektakel war ohrenbetäubend.

»Ach, das ist ja so aufregend«, »ewige Jugend«, »ob das wohl alles stimmt, was die versprechen«, »hast du schon die neue Q2-Creme probiert, phänomenal.«

Lotte überlegte, ob sie sich das wirklich antun wollte. Vielleicht sollte sie doch lieber durch Pajara bummeln. Der Ort war zwar langweilig, aber sie hätte wenigstens ihre Ruhe. Sie könnte in dem schäbigen Café sitzen und etwas Leckeres trinken. Dann müsste sie das hier nicht über sich ergehen lassen. Zu spät, Arabella Korn schwebte in den Raum und lotste ihre Schäfchen entschlossen in einen langen Gang.

Augenblicklich waren die Besucherinnen ruhig. Sanfte Musik untermalte das unbarmherzige Gebrabbel ihrer Führerin. Was soll's, dachte Lotte und fügte sich gedanklich in die Situation. Schließlich war sie ja nicht aus Spaß hier, sie hatte eine Mission zu erfüllen und wollte herausfinden, was es mit dieser Kosmetikfirma auf sich hatte. Vielleicht würde es ja hier irgendwelche Hinweise darauf geben, warum Sybille Möller ermordet wurde.

»Auf diesem Gemälde sehen Sie Karin Möller. Sie ist die Gründerin von Fuertebeauty. Eine gelernte Chemikerin, eine großartige Frau. Leider ist sie zurzeit in Deutschland. Sie wollte eigentlich schon gestern zurück sein, dann hätten Sie sie persönlich kennengelernt. Sie nimmt sonst immer am Tag der offenen Tür teil. Aber es ist wohl etwas dazwischengekommen, denn sie war nicht im Flieger.«

Lotte schaute sich das Foto an. Irgendetwas an dieser Person kam ihr sehr bekannt vor. Was war es nur? Natürlich! Diese Firmengründerin war eine dünne, jüngere Ausgabe der Strandleiche. Möller, klar, derselbe Name. Das könnte glatt die Schwester sein.

»Entschuldigung«, unterbrach Lotte den Redefluss ihrer Führerin. Alle starrten zu ihr hin. »Ich habe da mal eine Frage.«

»Ja bitte.« Arabella Korn strahlte. Wahrscheinlich hoffte sie, Lotte als künftige Kundin für sich gewonnen zu haben.

»Also, wir haben da in Caleta de Fuste eine Mitarbeiterin von Ihnen kennengelernt, Sybille Möller.« Lotte merkte, dass Elisabeth ihr den Ellenbogen in die Seite rammen wollte, und trat schnell einen Schritt zurück. Die Frau neben ihr, die den spitzen Knochen stattdessen abbekam, schrie auf. Lotte ließ sich davon aber nicht irritieren. Sie war neugierig. »Ist die vielleicht mit der Firmengründerin verwandt? Die beiden sehen sich sehr ähnlich.«

»Ja, genau. Das ist ihre Schwester.« Die blonde Beautyqueen nickte und schaute wieder auf das Porträt.

Die Nachricht vom Tod der Schwester war anscheinend noch nicht in das Allerheiligste des Konzerns vorgedrungen. Was für ein Glück. Lotte schickte ein kleines stilles Dankeschön in das Schönheits-Nirwana. Dazu lobte sie innerlich die schlampige spanische Polizei mitsamt ihrem Mitarbeiter auf Zeit, Julio Conches.

»Sie wohnt seit etwa drei Jahren auf der Insel und arbeitet seitdem für uns. Ist das Ihre Betreuerin? Da sind Sie in guten Händen.«

Lotte nickte freundlich. Dann drehte sie sich zur Seite und grinste ihre seltsam bis zu den Ohrläppchen erblasste Mutter provozierend an. Während Arabella Korn die Gruppe durch die verschiedensten Hallen führte, hing Lotte ihren Gedanken nach.

Dieser Laden musste eine Menge Geld abwerfen, aber reich war ihr Pink Panther zu Lebzeiten nicht vorgekommen. Vielleicht waren die Schwestern nicht so dicke miteinander. Aber andererseits, warum verkaufte Sybille sonst den Kram, den Karin Möller produzierte? Sie ärgerte sich ein wenig, dass sie die verheulte Freundin in Costa Calma nicht nach ihrem Namen und ihrer Adresse gefragt hatte. Sonst hätte sie sie noch einmal besuchen und ein bisschen ausquetschen können, in ihrer Funktion als Seelsorgerin natürlich. Ob sie bei Blaukleidchen noch mal Glück haben würde, wagte sie zu bezweifeln.

»Und hier bauen wir unsere Aloe Vera an. Die ganz jungen Pflänzchen werden hier hochgepäppelt, bevor sie in die wilde Natur kommen.«

Lotte schaute sich verwirrt um. Sie war wohl so in Gedanken gewesen, dass sie einige Zwischenstationen verpasst hatte. Inzwischen war die Gruppe in einem gläsernen Gewächshaus angekommen. Frauen mit vergeistigten Blicken und glänzenden Gesichtern huschten durch die langen Gänge. Sie bewässerten die winzigen grünen Pflanzen, trugen Körbe mit nicht zu erkennendem Inhalt hin und her und taten alle sehr geschäftig.

»Wer hier arbeitet, tut dies freiwillig, ehrenamtlich.« Arabella Korn wies mit einer weit ausholenden Geste stolz durch den Raum. »Die Damen verpflichten sich für ein Jahr. Sie erhalten Kost und Logis und natürlich regelmäßige Behandlungen mit unseren Produkten. Sie alle wollen auf diesen Jungbrunnen nicht verzichten. Meist sind sie tieftraurig, wenn sie wieder wegmüssen. Aber alle bleiben uns und unseren Produkten ein Leben lang treu. Sie haben natürlich auch die Möglichkeit, hier ein Jahr lang zu arbeiten. Ich werde Ihnen am Ende unserer Führung die Anmeldebögen austeilen.«

Elisabeth strahlte Lotte begeistert an. »Das ist doch eine hervorragende Idee!«

»Na, ich weiß nicht. Ich könnte mir etwas Netteres vorstellen.«

Unglaublich, urteilte Lotte innerlich. Ein Jahr lang umsonst arbeiten. Das war hier ja fast wie in einer Sekte! Sie setzte ein ausgesprochen unschuldiges Gesicht auf, so ähnlich wie eine Stunde zuvor, als sie die Theologin gespielt hatte.

»Hat die Schwester von Frau Möller auch ein solches Jahr absolviert?«

»Ja, gleichzeitig mit ihrer Freundin und Kollegin Gertrude Steinbrecher, die haben Sie ja sicher auch kennengelernt, wenn Sie ihre Kundin sind. Die beiden Frauen sind sich hier auf der Farm zum ersten Mal begegnet und nach dem freiwilligen Jahr zusammengezogen. Gertrude ist jetzt natürlich sehr traurig. Aber so ist das Leben nun mal.«

Lotte runzelte die Stirn. Hatte Arabella Korn etwa doch schon gehört, dass Sybille Möller tot war? Dafür war sie eigentlich viel zu gelassen. Und richtig, es ging um eine völlig andere Trauer.

»Sybille hat nämlich seit einer Weile eine Neue. Eine neue Freundin, meine ich.«

Lotte schluckte. Sie starrte Arabella Korn überrascht an. Eine neue Freundin? Dann waren die beiden alten Damen nicht einfach nur Kolleginnen, die in einer Wohngemeinschaft lebten. Sie waren ein Liebespaar.

»Sybille und Gertrude waren fast drei Jahre lang ein Paar. Jetzt hat sich Sybille aber in Claudia Manz verliebt. Das ist kein Geheimnis und auch nichts Indiskretes. Wir gehen hier nämlich alle ganz offen mit unseren Gefühlen um und sprechen darüber, wie in einer großen Familie. Zu der unsere Kundinnen natürlich auch gehören.«

Lotte schwante etwas. Hatte sie bei ihrer zufälligen Begegnung am Strand vorhin vielleicht mehr Glück als Verstand gehabt, wie so oft in ihrem Leben? Möglich wär's.

»Arbeitet diese Frau Manz auch hier? Oder hat sie hier gearbeitet?«

»Sie werden Sie nicht kennen. Claudia wohnt in der Nähe von Costa Calma. Zumindest im Moment. Die beiden wollen aber zusammenziehen, sobald Gertrude eine neue Wohnung gefunden hat. Mehr erzähle ich jetzt aber nicht. Sonst denken Sie nachher noch, ich sei eine Klatschbase.« Arabella Korn kicherte wie eine Hyäne in den Wechseljahren und ging entschlossen weiter. Elisabeth und die anderen Besucherinnen starrten ihr mit offenem Mund hinterher. Dann blickten sie Lotte erwartungsvoll an, wohl in der Hoffnung, noch irgendetwas Intimes aus dem Leben der Fuertebeauty-Mitarbeiterinnen zu erfahren. Aber Lotte winkte ab und schüttelte energisch den Kopf.

Nein, gar keine Klatschbase. Das war wirklich alles sehr diskret. Sie musste grinsen. Aber auf diese Weise hatte sie etwas erfahren, das vielleicht mit dem Mord zusammenhing. Ein ganzer Haufen schwuler Frauen. Und das Opfer mittendrin. Blaukleidchen hatte tatsächlich ein Motiv. Das älteste Motiv der Welt: Eifersucht. Lotte beschloss, diese Situation heute Abend mit Julio zu beplaudern. Vielleicht wusste er es ja schon, aber das konnte sie sich nicht vorstellen. Wenn nicht, würde er ihr sicher dankbar für die Informationen sein. Wie sehr, wagte sie gar nicht zu denken. Es war wirklich prima: Einerseits konnte sie mit ihrem Wissen vielleicht Julio beeindrucken, andererseits machte es ihr Spaß, sich als Hobbydetektivin zu betätigen. Sie hatte schon überraschend viel über die Hintergründe des Opfers herausgefunden, vielleicht konnte sie bald ja sogar Hinweise auf den Täter geben.

Die Gruppe folgte Arabella Korn weiter wie eine Herde Schafe. Am Ende des Raums wurden wie von Zauberhand die kleinen Tiegelchen und Tuben aus Miniatur-Fahrstühlen, die wie Paternoster funktionierten, auf rosafarbene Fließbänder gespuckt. Hinter den Bändern standen, ordentlich aufgereiht und emsig arbeitend, Dutzende Frauen. Sie verpackten die teuren Kosmetika in die Lotte bereits bekannten Schächtelchen.

»Wo und von wem werden denn die Cremes hergestellt?«, wandte sich Lotte erneut an ihre redselige Führerin. Die schaute etwas belämmert aus der Wäsche. Sie schien aus dem Konzept gekommen zu sein.

»Wie meinen Sie das? Hier werden sie hergestellt. Das sehen Sie doch. Es sind Naturprodukte.«

»Na ja, das hier sind die fertigen Produkte. Eben haben wir die kleinen Pflänzchen gesehen. Da fehlt doch jede Menge dazwischen. Irgendwo muss doch aus dem Pflanzensaft die Creme gemacht werden?«

»Die großen Pflanzen können Sie sehen, wenn sie den Ort in Richtung Süden verlassen. Dort haben wir Aloe Vera an den Hängen gepflanzt.« Arabella Korn sprach jetzt wieder sehr laut und zu allen. Die meisten Damen nickten. Anscheinend hatten sie die grünen Anlagen auch gesehen. Aber Lotte wollte sich damit nicht zufriedengeben. Vielleicht wurden die Kosmetikprodukte ja gar nicht hier produziert, sondern in irgendeinem Billiglohnland, in Indien oder in China. Womöglich rührten dort barfüßige Kinder stundenlang in riesigen Töpfen, statt zur Schule zu gehen.

»Ich meine die Herstellung. Wie wird aus der großen Pflanze an der Straße eine Feuchtigkeitsmaske?«

»Ja, das würde mich auch interessieren. Davon haben wir noch gar nichts gesehen, und deshalb sind wir ja hier.«

Eine hagere Frau mit Designerbrille stellte sich neben Lotte. Super, Verstärkung. Es schien hier außer ihr tatsächlich noch jemanden zu geben, der über einen IQ von mehr als fünfundachtzig verfügte. Lotte nickte der Frau freundlich zu.

In diesem Moment ging ein großes Geheule und Gejammer durch das Gewächshaus. Wie eine Sirene hörte sich das nicht an. Vielleicht war eine ganz besonders schöne Aloe-Vera-Blüte von Blattläusen befallen. Oder die Damen waren traurig, dass Feierabend war und sie ihre geliebte Arbeit beenden und auf ihre Zimmer gehen mussten. Lotte schaute gespannt in die hintere Ecke der Halle. Dort war es am lautesten. Die Frauen hatten aufgehört zu arbeiten und standen in Grüppchen zusammen. Einige weinten, andere sahen völlig entsetzt aus. Mitten in dem klagenden Haufen standen zwei Männer. Einen davon kannte sie doch. Lotte reckte den Hals. Tatsächlich, es war Julio. Da hätte sie auch selbst draufkommen können, dass die Polizei hier heute auftauchte. Was nun? Sie tat im Grunde nichts Verbotenes. Schließlich hatte sie ihm gestern erzählt, dass sie mit ihrer Mutter über die Insel fahren wollte. Aber sehen sollte er sie hier besser nicht. Als Arabella Korn sich mit einigen Entschuldigungen von der Gruppe entfernte, nutzte Lotte die Gelegenheit, um Elisabeth hinter sich her nach draußen zu ziehen.

»Komm, Mutter, du bist doch mit Rudi verabredet, und wir haben wirklich alles gesehen. Ich glaube, die Führung ist hier sowieso zu Ende.«

»Aber, aber. Warte noch einen Moment.« Elisabeth wehrte sich wie ein störrischer Esel und versuchte, Lottes Hand abzuschütteln. »Ich will mich hier noch für ein Jahr verpflichten. Stell dir doch vor, wie gut mir das tun würde. Ewige Jugend, wäre das nicht wunderbar? Außerdem sind hier alle so nett miteinander. Ich würde mich sehr wohlfühlen mit all den Gleichgesinnten.«

»Ach du liebe Zeit. Das hat doch wirklich noch Zeit bis morgen oder, noch besser, bis ich wieder zu Hause bin!«

»Lotte?«

Sie zuckte zusammen. Mist, sie waren nicht schnell genug gewesen.

»Julio, du hier? Was für eine Überraschung. Ich wusste gar nicht, dass die Firma auch Herrenprodukte im Programm hat.«

Elisabeth starrte von Lotte zu Julio und musterte ihn interessiert von oben bis unten. Julio hingegen nahm ihre Mutter gar nicht wahr.

»Nein, natürlich nicht. Mich interessiert viel mehr, was du hier tust. Das ist doch kein Zufall, dass du hier bist.«

»Zufall? Nein. Ich begleite meine Mutter. Sie ist Kundin von Fuertebeauty, und heute ist Tag der offenen Tür. Das ist übrigens meine Mutter, Frau von Gaalen. Elisabeth, das ist Julio Conches, von dem ich dir erzählt habe.«

»Sie sehen ja wirklich so gut aus, wie meine Tochter gesagt hat. Wie viel verdienen Sie denn im Monat? Können Sie eine Familie unterhalten?«

Julio lachte laut auf und zwinkerte Lotte zu. »Ja, gefall ich dir? Das freut mich.«

Lotte wurde rot. Sie fragte sich, ob sie vielleicht Pfefferspray oder einen Elektroschocker im Rucksack hatte, um ihrer Mutter eins überzubraten. Krampfhaft überlegte sie, wie sie sich und Elisabeth möglichst schnell loseisen konnte, bevor es noch peinlicher wurde. Aber ihr fiel nichts ein. Sie überlegte gerade, ob sie ihre Mutter mit einer kleinen Aloe Vera knebeln konnte, aber es war zu spät. Elisabeth war schon wieder voll in Fahrt.

»Möchten Sie nicht heute Abend mit uns essen? Dann lernen Sie auch direkt meinen Freund kennen. Wir interessieren uns sehr dafür, was Sie beruflich machen, wie Ihre Lebensverhältnisse sind und wie ernst es Ihnen mit meiner Tochter ist.«

»Jetzt reicht es aber, Elisabeth! Halt sofort den Mund, oder ich lasse dich für dein freiwilliges Jahr gleich da. Entschuldige bitte, Julio, sie meint es nicht so.«

»Oh doch, ich meine es haargenau so. Wenn ich schon mal einen Freund von dir kennenlerne, dann bitte auch richtig. Ich bin schließlich deine Mutter, da hat man eine gewisse Verantwortung.«

Lotte sah, dass Julio sich vor Lachen kaum noch halten konnte, es aber tapfer unterdrückte. Hoffentlich war ihm klar, dass diese schrägen Ideen nicht auf ihrem Mist gewachsen waren. Verzweifelt versuchte sie, ihm ein Zeichen zu geben, und er schien es tatsächlich zu begreifen.

»Vielen Dank, Frau von Gaalen, aber ich habe heute Abend schon etwas vor. Vielleicht ein anderes Mal.«

Lotte überlegte sofort misstrauisch, was er wohl vorhaben könnte. Vor allem mit wem. Aber dann fiel ihr ein, dass er ja vage mit *ihr* verabredet war. Sie beruhigte sie wieder.

»Ich muss jetzt leider los. Ich bin beruflich hier und sollte meinen Kollegen nicht die ganze Arbeit alleine machen lassen. Es war nett, Sie kennenzulernen. Einen schönen Tag noch.«

Julio gab Elisabeth die Hand und deutete sogar eine Verbeugung an. Lotte zwinkerte er zu. Als er wegging, bebten seine Schultern, wahrscheinlich würde er sich jetzt ausschütten vor Lachen. Wenigstens hatte er durch die Ablenkung durch ihre Mutter nicht mehr nachgebohrt, was sie hier machte. Trotzdem. Dass ihre Mutter sie dermaßen bloßstellte, war einfach unglaublich.

»Elisabeth, du bist wirklich unmöglich. Das war mehr als peinlich. Es ist doch klar, dass ein Mann, der dich als meine Mutter kennenlernt, schleunigst das Weite sucht.«

»Ach wieso denn? Ist was mit mir? Jetzt weiß er wenigstens, dass du ihn attraktiv findest, das ist doch schon viel wert. Du solltest mir dankbar sein.«

Lotte war fassungslos über so viel Impertinenz und wollte

nur noch eines: ihre Mutter so schnell wie möglich loswerden. Sie würde nie wieder einen Urlaub mit ihr verbringen. Das stand fest. Und wenn sie den Rest ihres Lebens in Wuppertal versauern würde.

FÜNF

Eine Dreiviertelstunde später waren sie wieder in Caleta de Fuste. Lotte ging schnurstracks in ihr Zimmer und warf sich aufs Bett. Erst mal kurz Ruhe haben und abschalten. Wütend schlug sie gegen die Wand. Es tat ziemlich weh. Was für ein Vormittag. Sie versuchte, all die neuen Informationen einzuordnen und schlief darüber tatsächlich ein. Eine Stunde später wurde sie wieder wach und ging ins Wohnzimmer. Dort residierte Elisabeth, umgeben von Sofakissen und mit einer Schachtel Pralinen auf dem Schoß. Der Fernseher dudelte. Es war mal wieder Zeit für die täglichen Soaps.

»Am Besten, du machst jetzt noch einen kleinen Einkaufsbummel, Charlotte. Ich möchte mich ein bisschen entspannen. Dazu brauche ich meine Ruhe. Und dann kommt ja Rudi zu Besuch. Da finde ich es auch netter, wenn wir unter uns sind. Das verstehst du doch.«

Lotte nickte resigniert und sah auf die Uhr. Es war Viertel nach vier. Sie überlegte, was sie wohl tun könnte. Sich jetzt an den Strand legen, das war ihr einfach zu langweilig, außerdem war es immer noch ziemlich windig. Welche weiteren Möglichkeiten gab es? Spazieren gehen, irgendwo einen Kaffee trinken, sich den spielwütigen Volleyballern anschließen, eine Runde Minigolf spielen und versuchen, das eigene Ergebnis vom letzten Mal zu schlagen. Nein, das war alles langweilig. Das Einzige, was sie jetzt interessierte, war der Mord. Und natürlich die interessante Dreiecksgeschichte zwischen den verschiedenen Damen, von denen sie heute Mittag erfahren hatte. Sie wollte unbedingt mit Julio darüber sprechen. Allerdings könnte die Situation zwischen ihnen jetzt, nach der peinlichen Intervention ihrer Mutter, ziemlich verkrampft sein. Egal. Wenn er sie nicht wiedersehen wollte, konnte er es ja sagen.

Sie kramte in ihrer Tasche und holte ihr Notizbuch und ihr Handy heraus. Da war die Nummer. Sie versuchte es auf Julios

Handy, aber er ging nicht dran. Gut, dann eben bei der Polizeistation.

»Policia Fuerteventura, buenas tardes, digame.«

Lotte überlegte, welche spanische Vokabel sie einbringen konnte. Doch ihr fiel nichts ein. Das Einzige, wozu sie fließend in der Lage war, war ein Glas Wein zu bestellen und die Rechnung zu fordern.

»Ähmm, *hola*. Ich spreche nur deutsch. *Hablo aleman*. Ähmm. Señor Julio Conches.«

»Un momento, por favor. Ah. Señor Conches no esta aqui. Momento.«

Lotte wartete. Wahrscheinlich war er noch in Pajara. So schnell würde er dort nicht fertig werden, wenn er alle Mitarbeiter befragen musste. Vielleicht wollte er sich ja auch die Fabrik anschauen, um einen Eindruck von der Firma zu gewinnen.

»Hallo, wer spricht da?«

Eine neue Stimme war in der Leitung. Endlich jemand, der Deutsch verstand. Das müssten die eigentlich alle können, bei den vielen Touristen, die hier auf der Insel waren.

»Hallo, hier ist Charlotte Köhler. Ich muss dringend Herrn Conches sprechen. Er erwartet meinen Anruf.«

Mit dem Nachsatz hoffte sie, ihren Worten mehr Gewicht zu verleihen. Aber es brachte nichts.

»Das tut mir leid, aber Señor Conches ist zu einem schweren Autounfall bei Rosa des los James gerufen worden. Er ist gerade vor zehn Minuten los.«

»Oh, danke. Rosa des los James? Dann versuche ich es später noch mal.«

Schnell notierte sie sich den Ortsnamen. Das war merkwürdig. Julio hatte die Morduntersuchung für einen Verkehrsunfall unterbrochen? Entweder lag das an irgendwelchen komischen Strukturen innerhalb der Behörde, oder hinter diesem Unfall steckte mehr. Wie auch immer, Lotte hatte jedenfalls keine Lust zu warten, bis er von dort zurückkam. Sie kramte eine Landkarte aus dem Regal und suchte. Da war der kleine Ort, vielleicht zwanzig Kilometer entfernt, mitten in den Bergen.

Wenn sie schnell fuhr, wäre sie sogar vor Julio dort. Gut, dass sie den Clio noch nicht zurückgegeben hatte.

***

Wie eine schwarze Schlange wand sich die enge Straße von Gran Tarajal durch das karge Nichts der vulkanischen Hügel. Die einzigen Bewohner dieser Wildnis, einige ausgemergelte schwarz-weiße Ziegen, drängelten sich in einem ausgetrockneten Bachbett. Die grauen Wolken, die an der Küste noch schnell über den Himmel peitschten, hatten sich hier zu einem feuchten, unangenehmen Nebel vereint. Er verwandelte das südliche Eiland in eine gespenstische Wildnis. Nur wenige Autos kamen Lotte auf ihrer Fahrt über die Serpentinenstraße entgegen. Auf ihren Armen entwickelte sich eine Gänsehaut, und sie wusste nicht, ob es an der Kälte oder an der tristen Dunkelheit lag. Gut, dass sie den Anorak dabeihatte. Nach einiger Zeit erspähte sie im Dunst weiter vorn mehrere Blaulichter, die den Nebel wie in einer Diskothek illuminierten. Sie war erleichtert, dass sie die Stelle so schnell gefunden hatte, fuhr langsam auf die Straßensperre zu und stieg aus.

»Perdon, Señora, no esta …«

»Si, soy Charlotte Köhler. Señor Conches?« Sie hielt dem Mann ihren Videothekausweis vor die Nase. Das Papier, Julios Name und ihr Befehlston schienen zu funktionieren. Der junge Polizist hielt sie wohl für Julios Mitarbeiterin, salutierte kurz und ließ sie durch. Lotte war sehr zufrieden mit sich.

Rot lackierte Zehennägel waren das Erste, was sie sah, als sie am abgesperrten Unfallort ankam. Sie passten farblich haargenau zu der gestreiften Bluse und eigentlich auch ganz gut zu dem roten Corsa. Er hing in einem Gebüsch neben der Fahrbahn, nur etwa einen Meter von der Toten entfernt. Lotte schaute genauer hin und erstarrte.

Dort lag die Frau, die sie am Vormittag an der Costa Calma kennengelernt hatte. Die Frau, die wahrscheinlich die neue Freundin von Sybille Möller gewesen war, Claudia Manz. Anscheinend war sie ihrer Liebsten schneller als erwartet in die ewigen Schönheitsjagdgründe gefolgt. Lotte bekam noch mal ein schlechtes Gewissen, weil sie die Frau am Vormittag so schamlos belogen hatte. Aber letztlich war das ja jetzt egal.

Eigentlich sah sie gar nicht richtig tot aus. Jedenfalls nicht so, wie man es sich nach einem Verkehrsunfall vorstellt. Kein Blut, keine verdrehten Gliedmaßen, sondern irgendwie drapiert, wie auf einem impressionistischen Gemälde von Renoir oder Gaugin. Die blaue Fuertebeauty-Tasche lag neben ihr, zerbeult, zerkratzt und offen. Lotte konnte sich einen neugierigen Blick auf die Sachen nicht verkneifen. Cremetiegelchen, Duftwasserfläschchen und mit Wimperntusche verschmierte Papiertaschentücher waren herausgepurzelt. Sie lagen auf dem steinigen Boden wie eine puristische Werbung für alles Vergängliche. Lotte hob ein Adressbuch auf, das mitten in dem Potpourri lag. Da fasste sie jemand von hinten an die Schulter. Die ziemlich aufgebrachte Stimme erkannte sie sofort.

»Was machst du denn hier? Wer hat dich durchgelassen? Und was fällt dir ein, in den Beweismitteln herumzuwühlen?«

Lotte konnte es nicht verhindern, sie wurde schon wieder rot. Doch das war ihr jetzt völlig egal. Sie blickte Julio offen ins Gesicht.

»Schrei mich gefälligst nicht an. Das waren deine Mitarbeiter, die sind wohl schlecht geschult. Außerdem habe ich jede Menge Neuigkeiten zu dem Fall, deshalb bin ich hergekommen. Also, ich meine, um dir das zu erzählen. Dein Büro hat mir gesagt, dass du hier bist.« Eigentlich hatte sie sagen wollen, dein Büro hat mich hierhergeschickt, aber das war ihr dann doch ein bisschen zu frech gewesen.

»Na klasse.« Julio bewegte die Schultern im Kreis nach hinten, als sei er verspannt. Seine Stimme hatte einen zynischen Unterton. »Ich liebe die kanarische Lockerheit. Den Kollegen werde ich mir vorknöpfen.«

»Das hier war kein Unfall, oder?« Lotte wollte die Gunst der Stunde nutzen. Neugierig schaute sie sich weiter um. »Ich meine, warum bist du sonst hier?«

»Es war höchstwahrscheinlich kein Unfall. Und was hier los ist, darf ich dir nicht sagen. Es geht dich auch wirklich überhaupt nichts an«, knurrte Julio unwillig. »Wie wär's, wenn du wieder nach Hause fährst, und wir treffen uns heute Abend, wie verabredet?«

Lotte grinste und schüttelte den Kopf. »Wie wär's, wenn wir unsere Informationen sofort austauschen? Ich glaube, ich weiß einiges, was du noch nicht weißt.«

Julio war einen Moment lang ruhig und schien nachzudenken. Lotte meinte, die inneren Kämpfe, die er mit sich ausfocht, zu spüren. Schließlich gab er nach.

»Okay. Die denken hier wohl sowieso, du seist meine Assistentin. Also, leg los. Was weißt du so Spannendes, das ich angeblich nicht weiß.«

Lotte erzählte von ihrem Tag. Zunächst von der Begegnung mit der Toten an der Costa Calma. Julio machte große Augen, als sie ihm erklärte, es sei genau die Frau, die hier auf dem Boden lag.

»Sie heißt Claudia Manz, stimmt's?«

»Ja, zumindest laut ihrem Ausweis. Aber sie muss natürlich noch identifiziert werden.«

Lotte freute sich über den Treffer. Dann berichtete sie von ihren Erlebnissen auf der Schönheitsfarm. Den Höhepunkt hob sie sich bis zum Schluss auf. Genüsslich erzählte sie die faszinierende Neuigkeit, dass Sybille Möller lesbisch und im Begriff war, sich von ihrer Lebensgefährtin zu trennen, um sich einer neuen Partnerin zuzuwenden, nämlich dieser hier. Lotte wies mit dem Finger auf die Tote.

Julio starrte sie ungläubig an. »Du machst Witze, oder? Das kann ja wohl nicht sein.«

»Ach so, und außerdem war sie die Schwester der Inhaberin von Fuertebeauty, die gestern nicht, wie erwartet, von ihrer Geschäftsreise zurückgekehrt ist. Karin Möller scheint verschwunden zu sein, und keine ihrer Mitarbeiterinnen weiß, wohin. Da arbeiten übrigens nur Frauen.«

Julio lachte laut auf. »Wen wundert's. Kein Mann würde so etwas Verrücktes tun.«

Lotte schaute ihn giftig an. »Eine normal intelligente Frau auch nicht.«

»Ist ja schon gut. Das mit der Schwester wusste ich bereits, aber diese Dreiecksgeschichte ... Hm. Lesbisch. Bist du sicher? Die wirken alle auf mich so, ich weiß auch nicht, asexuell. Erwähnt hat Frau Steinbrecher davon jedenfalls nichts, als ich gestern bei ihr war. Außerdem muss das Opfer einen Ehemann gehabt haben, den die deutschen Kollegen gerade für uns suchen. Na ja, sie kann ihre Vorlieben ja geändert haben.« Julio verzog das Gesicht. Lotte vermutete, dass er gerade versuchte, sich das wilde Sexleben der Beautyschachtel vorzustellen. »Oder hast du dir das alles ausgedacht, um einen Grund zu haben, hierherzukommen? Das sind ziemlich viele Zufälle.«

»Natürlich habe ich das nicht erfunden. Du kannst sicher alles nachprüfen. Und Liebe im Alter ist ja wohl total normal. Schau dir meine Mutter an. Die schwebt auch gerade auf Wolke sieben und ist ja nun wirklich kein junges Elflein mehr.«

Siedendheiß fiel ihr die peinliche Situation vom Mittag ein.

»Tut mir übrigens leid, was sie vorhin alles so von sich gegeben hat. Sie ist manchmal einfach nicht zurechnungsfähig. Nichts von dem, was sie gesagt hat, stimmt.«

Julio guckte enttäuscht. »Ach, du findest mich also gar nicht gut aussehend?«

Lotte wusste nicht, was sie darauf antworten sollte. Sie hasste Zwickmühlen. Egal was sie jetzt sagte, es war blöd. Julio wollte aber anscheinend gar keine Erwiderung hören.

»Ich glaube, sie war mal bei einem Schulausflug dabei. Deine Mutter, meine ich. In der Eifel, weißt du noch? Das ist natürlich schon etliche Jährchen her. Aber sie hat damals einen bleibenden Eindruck bei mir hinterlassen.«

Lotte versuchte, sich zu erinnern, musste dann aber feststellen, dass sie die traumatischen Erlebnisse ihrer Kindheit durch die Bank derart verdrängt hatte, dass keine Psychotherapie der Welt sie wieder hervorlocken könnte. Sie lächelte gespielt bedauernd. »Nein, weiß ich nicht mehr. Das ist ja wirklich schon lange her. Aber jetzt erklär mir doch endlich mal, warum du hier bist? Für Verkehrsunfälle bist du doch gar nicht zuständig.«

»Nein, natürlich nicht. Es ist ja höchstwahrscheinlich auch keiner. Es sah nur für die Leute, die das gemeldet hatten, so aus. Ich bin hier, weil die Kollegen den Namen Sybille Möller ziemlich häufig im Terminkalender der Toten gefunden haben. Sie dachten sich, dass vielleicht ein Zusammenhang zu unserem Fall besteht. Vor allem, als sie merkten, dass Frau Manz wohl nicht durch einen Unfall gestorben ist. Manchmal war der Name übrigens mit Herzchen verziert. Durch deine Informationen ist mir jetzt auch klar, wieso.«

Er strich sich durch die Haare. Dann zwinkerte er und holte ein Taschentuch aus der Hosentasche. Er rieb vorsichtig über sein Auge. Wahrscheinlich war Sand hineingeflogen. Kein Wunder, bei dem Wetter.

»Manchmal war aber auch ein Stern oder ein Halbmond an den Rand gemalt. Ich denke, wir müssen uns noch damit befassen, was das bedeutet.« Er zögerte. Lotte hatte den Eindruck, er wolle noch etwas erzählen, aber es kam nichts.

»Wenn sie nicht bei einem Verkehrsunfall gestorben ist, wie dann?«

»Das werden wir alles überprüfen. Lass mich mal meine Arbeit machen. Wir sehen uns heute Abend, ja?« Er drehte sich um und ging auf eine Gruppe Kollegen zu.

Lotte dachte keineswegs daran, den spannenden Ort des Geschehens zu verlassen. Nur zum Schein ging sie ein Stück zurück und bog in einen Bergpfad ein, der zwischen kleinen harten Grasbüscheln aufwärts führte. Von weiter oben würde sie die Szene wunderbar beobachten können. Der steinige Weg ging ziemlich steil nach oben. Sie fing gerade an, ein wenig aus der Puste zu geraten, als etwas Glitzerndes unter einem halb verdörrten Busch ihre Aufmerksamkeit erregte. Sie trat näher. Es war eine halb leere Flasche Orangenlikör, die dort auf dem sandigen Boden lag. Interessant. Lotte wickelte die Flasche vorsichtig in ihren Anorak und schleppte das Teil strahlend zu Julio.

»Du bist ja immer noch hier. Was ist denn jetzt schon wieder?« Misstrauisch blickte er zunächst auf das Paket in ihrer Hand und dann mit hochgezogenen Augenbrauen in ihr Gesicht.

Lotte schob den Anorak zur Seite. »Eine Flasche. Die habe ich gefunden. Vielleicht gehörte sie dem Opfer. Ältere Damen trinken doch gerne mal ein Likörchen.«

»Am helllichten Tag und mitten in der kanarischen Walachei? Bei der Hitze? Das glaubst du doch selbst nicht. Aber gib her. Ich lasse sie untersuchen.« Vorsichtig schob er die Flasche in ein durchsichtiges Plastiktütchen und gab sie an einen Mitarbeiter weiter. »Ach übrigens. Es hat sich gerade ergeben, dass ich heute Abend länger arbeiten muss. Unser Treffen wird also ausfallen. Tut mir leid. Wie wäre es stattdessen mit morgen Mittag? Es gibt da ein nettes kleines Fischlokal in der Nähe eurer Siedlung. So gegen ein Uhr mache ich meistens Pause.«

»Ich weiß noch nicht, ob ich da Zeit habe«, sagte Lotte kühl mit kratziger Stimme. Als Pausenfüller wollte sie auf keinen Fall herhalten, schon gar nicht so kurzfristig. »Ich rufe dich morgen Vormittag an und sag dir Bescheid, ob es klappt. Tschüss. Mach's gut.«

Als sie sich beim Weggehen noch einmal umdrehte, sah sie, dass Julio schon wieder lachte. Und nicht nur er, auch viele seiner Kollegen standen grinsend herum und schienen sich köstlich zu amüsieren. Blöde Kerle!

Auf dem Rückweg nach Caleta de Fuste überschlugen sich ihre Gedanken, ohne irgendwo an ein Ziel zu kommen. Es war an diesem Tag einfach zu viel passiert.

Lotte beschloss, das Grübeln zu lassen, gab Vollgas und trällerte lauthals »Männer sind Schweine«. Nach einer halben Stunde war sie völlig heiser und außer Atem. Aber ihre Laune hatte sich gebessert. Mal sehen, was morgen passierte. Neuer Tag, neues Glück. Der ruhige Abend würde ihr und ihrer beginnenden Erkältung auf jeden Fall guttun.

SECHS

Am nächsten Morgen lachte die Sonne vom Himmel wie ein Honigkuchenpferd. Der eisige Wind schien heute auf einer anderen Insel zu wehen. Lotte schnappte sich ein Handtuch, einen Block und einen Kugelschreiber. Sie wollte ein wenig schreiben. Dazu packte sie eine Flasche Wasser ein und ging zum Strand. Zu gucken gab es überhaupt nichts Neues. Es waren dieselben Leute da wie an den letzten Tagen. Das war auch kein Wunder, denn sie verbrachten ja alle ihren Urlaub hier. Die lärmenden Volleyballer schienen heute eine Frühschicht einzulegen. Sie rannten und kämpften, als ginge es um die Europameisterschaft. Manche von ihnen saßen quatschend mit einer Dose Bier im Sand. Da war auch wieder der Alte, der sich vorgestern in Mund-zu-Mund-Beatmung geübt hatte. Er war heute kaum, allenfalls unsittsam bekleidet mit einem engen Leopardenhöschen. Die meisten Rentner, die diesen Strand bevölkerten, schienen nicht die geringsten Hemmungen zu haben. Sie hielten ihre ausgeleierten Pfunde gnadenlos unbedeckt in die Sonne. Die weniger wohlgenährten unter ihnen erinnerten Lotte an die ausgezehrten kanarischen Ziegen, die sie schon mehrfach auf der Insel gesehen hatte: sehnig, knorrig und meckernd.

Auch diverse Familien mit kreischenden Babys waren wieder zur Stelle und ließen die Kleinen in den Sand sabbern und pullern. Sogar das Meer schob mit derselben Zuverlässigkeit wie an den vergangenen Tagen seine winzigen Wellen an den flachen Strand.

Wiederholungen langweilten Lotte über alles. Also versuchte sie, sich auf die Ereignisse der letzten Tage zu konzentrieren. Sie schloss die Augen und machte eine Bestandsaufnahme. Diese komische Schönheitsfarm war auf jeden Fall nicht ganz koscher. Die Frauen hatten doch sicher alle eine Gehirnwäsche bekommen! Wo wohl die Produktion stattfand? Vielleicht wurden unliebsame Mitarbeiter, die etwas darüber erfahren hatten, einfach beseitigt. Nein, das war unwahrscheinlich. Zumal die erste Tote ja die Schwester der Besitzerin von Fuertebeauty war. Wahrscheinlich ging es doch um eine ganz normale Beziehungskiste unter alten Damen. Lotte grinste. Von wegen normale Beziehungskiste. Eine lesbische Dreiecksgeschichte unter Großmüttern, unglaublich. Aber wahrscheinlich war sie einfach nur spießig.

Das Beste wäre vielleicht, der verschmähten Liebhaberin noch mal einen Besuch abzustatten. Oder, noch besser, nur ihrem Haus. Vielleicht konnte sie dort ja etwas finden, das auf einen Mord aus Eifersucht hinwies. Womöglich führte Gertrude Steinbrecher ein Tagebuch und hatte ihre Hassgedanken niedergelegt. Lotte wusste auch schon, wie sie unbemerkt in das Haus kommen konnte. Sie war stolz auf sich und holte ihr Handy heraus. Es war Zeit für ein paar wichtige Telefonate.

Das erste galt Julio. Sie teilte ihm mit, dass sie ihm seine Unzuverlässigkeit vom Vortag vergeben hatte und mit ihm Mittag essen gehen würde. Er stritt vehement ab, dass er generell seine Arbeit ihrer Person vorziehen würde. Wankelmütig sei er auch nicht. Aber was sollte er auch sonst sagen. Jedenfalls verabredeten sie sich zum Mittagessen in dem Fischlokal.

Der zweite Anruf galt Gertrude Steinbrecher. Lotte setzte sich aufrecht hin und säuselte mit affektierter Stimme in ihr Handy: »Hallo. Ist dort Fuertebeauty, Frau Steinbrecher? Ja, hier ist Elisabeth von Gaalen. Sie waren vorgestern bei mir, und ich habe da noch ein paar Fragen zu den Produkten, die Sie mir dagelassen haben.«

»Frau von Gaalen? Wie nett, dass Sie anrufen. Leider passt es mir heute gar nicht. Eigentlich die ganze Woche nicht. Sie können es ja nicht wissen, aber ich habe einen Trauerfall. Meine Kollegin ist verstorben.«

Die Stimme am anderen Ende der Leitung quakte ziemlich zittrig und weinerlich. Lotte kam sich mal wieder etwas gemein vor, aber der Moment währte nicht lange. Womöglich war die Frau eine brutale Mörderin, die Mitleid heischte, um unverdächtig zu wirken! Gnadenlos machte sie weiter.

»Oh, das ist ja furchtbar! Herzliches Beileid. Hmm. Es geht nicht? Schade, ich wollte noch einmal die ganze Pflegeserie kaufen, für eine Freundin. Können Sie mir vielleicht eine Kollegin empfehlen, die heute Zeit hat?«

»Die ganze Serie? So viel? Ich weiß nicht. Jemanden anderen schicken, das geht, glaube ich, nicht. Muss es denn wirklich heute sein?«

»Ja, heute! Ich habe es meiner Freundin versprochen.«

»Na gut. Wenn es nicht anders geht, dann mache ich für Sie mal eine Ausnahme. Obwohl mir wirklich nicht danach ist. Aber Sie sind ja eine gute Kundin. Wann soll ich denn kommen?«

Lotte grinste. Mit Geld konnte man doch jeden locken, sogar angeblich trauernde Witwen. Sie überlegte, welche Zeit günstig für sie wäre.

»Sagen wir vierzehn Uhr dreißig? Das geht? Prima! Dann bis nachher.« Sie wartete die Antwort gar nicht mehr ab und legte auf.

Jetzt musste sie nur noch ihre Mutter überzeugen. Das ging am besten persönlich, hatte aber auch noch ein bisschen Zeit. Lotte lehnte sich entspannt zurück und genoss die Sonne, die ihr schamlos und wohlig warm auf den Bauch brannte. Dabei träumte sie ein wenig von großen braunen Augen hinter wunderbar unmännlich langen Wimpern.

***

Das Mobiliar in dem kleinen Fischlokal am Strand war schlicht und erinnerte Lotte ein bisschen an die Küche ihrer Großmutter. Tische und Stühle mit Metallbeinen im Stil der siebziger Jahre standen dicht gedrängt in dem kleinen Anbau des Lokals. Statt Tischdecken lagen weiße Papiersets direkt auf dem Holz. Am Nachbartisch saß ein verliebt wirkendes spanisches Pärchen und schmachtete sich an. Ansonsten war das Lokal leer. Es wirkte beinahe kahl. Der einzige Raumschmuck war ein verheddertes Fischernetz an der Wand, in dem sich Muscheln und Seesterne dekorativ verfangen hatten. Es sorgte für ein bisschen südliche Stimmung. Und natürlich der großartige Blick aus dem Fenster. Lotte blickte direkt auf die kleine Bucht mit dem Hafen und dem braunen Leuchtturm im Hintergrund. Der Himmel war strahlend blau, nur einige zerfledderte Wölkchen unterbrachen den perfekten Eindruck. Auf dem türkisfarbenen Wasser dümpelten ein paar Surfer. Wahrscheinlich Anfänger, dachte Lotte. Die bunten Segel trieben im Wasser, und die dazugehörigen Surfer versuchten in ihren schwarzen Neoprenanzügen verzweifelt, zurück auf ihre Bretter zu klettern.

»Wovon träumst du denn? Oder hast du da draußen was Spannendes entdeckt? Vielleicht eine neue Leiche?«

Irritiert schaute Lotte zu Julio.

»Ich hab nicht geträumt. Ich habe nur die Surfer beobachtet. Der Blick hier aus dem Fenster ist phantastisch. Die kleinen Boote da drüben sehen so hübsch aus. Zum ersten Mal gefällt mir etwas an dieser Insel richtig gut. So langsam verstehe ich, warum manche Leute immer wieder herkommen.«

Sie nahm einen Schluck Wasser und pickte unschlüssig in ihrem Salat herum. Komische Mischung: Neben Paprika, Tomaten, Zwiebeln und Sardinen krümmten sich zwei Spargelstangen aus der Dose auf dem Teller. Julio hatte mit seinen Garnelen in heißem Knoblauchöl sicherlich die bessere Wahl getroffen. Lotte verschluckte sich beinahe an einem Stück Gurke und hüstelte ein bisschen.

»Und, was gibt es Neues? Habt ihr den Mörder?«, fragte sie schließlich und sah ihn neugierig an.

Julio grinste. »Du lässt wohl nie locker? Inzwischen hast du den Kreis der Verdächtigen allerdings weitgehend verlassen, deshalb kann ich dir, glaube ich, ein wenig erzählen. Die Informationen gehen jetzt sowieso an die Presse raus.«

»Ich war verdächtig? Das meinst du doch wohl nicht im Ernst?« Lotte starrte ihn fassungslos an. Sie überlegte, ob er sie nur ärgern wollte, aber das glaubte sie nicht. Die Vorstellung regte sie ziemlich auf. »Ich kannte die Frauen doch überhaupt nicht! Außerdem bin ich gerade mal seit ein paar Tagen hier. Und überhaupt, warum sollte ich jemanden umbringen?«

»Am Anfang ist erst mal jeder verdächtig. Das ist die Grundlage unserer Vorgehensweise. Du warst ja auch direkt zur Stelle und hast dich wichtiggemacht.«

Lotte schaute ihn böse an. Sie versuchte es zumindest. Dann musste sie lachen. Eigentlich hatte er ja recht.

Julio ließ sich von ihren wechselnden Stimmungen nicht im Geringsten aus der Ruhe bringen. Er tauchte ein Stück Brot in die Schale mit der Aioli. »Vielleicht das Interessanteste zuerst: Beide Frauen haben dasselbe Gift geschluckt, und beide haben es wahrscheinlich in Verbindung mit Orangenlikör getrunken.«

Lotte jubilierte innerlich. Sie hatte gestern nicht nur einen wichtigen Hinweis, sondern vielleicht sogar die Tatwaffe gefunden.

»Nach der vorläufigen Analyse war in dem Getränk ein sehr starkes Schmerzmittel, das man nur auf Rezept bekommt. Es heißt Fentanyl. Die Tote von gestern, diese Claudia Manz, ist nicht, wie zuerst vermutet, durch einen Autounfall ums Leben gekommen. Sie hatte keine einzige Verletzung. Wir glauben, dass sie den Wagen absichtlich in das Gebüsch gefahren hat. Vielleicht stand sie ja ein wenig neben sich, wegen des Todes ihrer Freundin. Oder sie wollte, dass man ihn von der Straße aus nicht sehen kann. Dann ist sie wohl den Berg hochgegangen, um dort ein kleines Alkoholikerpicknick einzulegen.«

Lotte fühlte erneut innere Genugtuung und hakte sofort unbarmherzig nach. »Ach, ich dachte, niemand trinkt so etwas am helllichten Tag?«

Julio zuckte mit den Schultern und spießte eine weitere öltriefende Krabbe auf seine Gabel. Er steckte sie mit genießerischem Gesichtsausdruck in den Mund und kaute zufrieden darauf herum. Lotte dachte schon, er wolle sich um eine Antwort drücken.

»Also gut. Du lagst absolut richtig mit deiner Vermutung. In der Flasche, die du gefunden hast, war dasselbe Gift, das wir in ihrem Blutkreislauf gefunden haben. Wir wissen noch nicht genau, ob sie aus der Flasche getrunken hat, aber alles deutet darauf hin. Es muss eine ganze Menge gewesen sein, sagt der Pathologe. Dann hat sie wahrscheinlich gemerkt, dass ihr schlecht wird, und ist den Berg hinuntergegangen. Zunächst wird sie die Übelkeit auf die Wirkung des Alkohols geschoben haben. Der hat auch dazu beigetragen. Neben ihrem Wagen ist sie schließlich zusammengebrochen. Der Gerichtsmediziner meinte, sie sei sehr schnell gestorben.«

»Und Sybille Möller hatte auch Orangenlikör im Magen? Seltsam. Sie ist doch vormittags gestorben. Dann hätte sie sich ja schon zum Frühstück ein paar Gläschen genehmigt!«

»Sieht ganz danach aus. In ihrem Magen waren derselbe Likör und mindestens drei Milligramm Fentanyl. Anscheinend hatten die älteren Damen in Sachen Alkohol keine Hemmungen. Ihre Schwester, Karin Möller, lassen wir übrigens inzwischen in ganz Deutschland suchen. Sie hat aus ihrem Hotel ausgecheckt, aber den Rückflug von Hamburg nicht angetreten. Ob es sonst noch jemanden gibt, also einen Verwandten, meine ich, wissen wir im Moment nicht. Das checken gerade die Kollegen in München. Dort hat Sybille Möller zuletzt gelebt.«

»Was ist eigentlich mit dem riesigen Blutfleck auf ihrem Kleid? Ist sie sicherheitshalber noch erstochen worden?

»Blut? Was für Blut? Ach, ich weiß, was du meinst. Das war getrockneter Ketchup, eine ziemlich üppige Menge, wie ich zugeben muss. Den haben wir auch in ihrem Magen gefunden, nebst einer nur halb verdauten Wurst.«

Ketchup? Lotte dachte entsetzt an das Messer, das sie bei Gertrude Steinbrecher mitgenommen hatte. Das war dann ja Diebstahl gewesen! Na ja, wenn sie es sich recht überlegte, war es sowieso Diebstahl. So etwas Blödes. Glücklicherweise hatte sie das Messer Julio gegenüber noch nicht erwähnt. Sie dachte noch einmal über den vergifteten Alkohol nach.

»Habt ihr in ihrem Bungalow nachgesehen, ob sich dort auch Orangenlikör findet? Im Bungalow von Gertrude Steinbrecher, meine ich.«

»Nein. Wir waren heute Morgen dort, um mit ihr zu sprechen. Aber sie war nicht da. Jetzt warten wir auf einen Durchsuchungsbefehl, um notfalls die Tür aufbrechen zu können. Und das dauert! Die Spanier sind in vielen Dingen sehr locker, mir eigentlich zu locker. Aber damit nehmen sie's wohl genau. Privatsphäre geht über alles. Ich hoffe nur, dass durch diese Schneckenwirtschaft nicht irgendwelche Beweise flöten gehen.«

»Was bringt es dir eigentlich in Deutschland, wenn du weißt, wie die spanische Polizei arbeitet? Oder willst du irgendwann in deine alte Heimat ziehen?«

»Nein, Spanien ist ja auch nicht meine Heimat, sondern die meiner Eltern. Ich fühle mich eher als Deutscher. Aber so ein Auslandsaufenthalt macht sich ganz gut in der Laufbahn. Und ich könnte mir vorstellen, international zu arbeiten, vielleicht beim BKA oder so. Da ist internationale Erfahrung Voraussetzung.«

Der Wirt brachte den Hauptgang. Lotte hatte sich für ein Thunfischsteak entschieden. Das hatte auf dem silbernen Tablett, das ihnen der Koch vor einer Viertelstunde unter die Nase gehalten hatte, inmitten einer Menge rohen Meeresgetiers, noch am Appetitlichsten ausgesehen. Die daneben liegenden Fische, noch komplett mit Schwanz und Flossen und starren, glubschigen Augen, hatte sie widerlich gefunden. Auf Julios Teller gegenüber sah der gegrillte Mero nun aber doch ziemlich lecker aus.

»Was ist das für ein Fisch, dein Mero?«

»Ein Zackenbarsch. Er schmeckt gut. Willst du mal probieren?«

Julio hatte ihre lust- und neidvollen Blicke, die sich in sein Essen bohrten, wohl bemerkt. Er zwinkerte ihr zu und Lotte nickte. Sie nahm den Happen direkt von der Gabel, die er ihr vor den Mund hielt, und kaute genüsslich auf dem köstlichen Stück Fisch herum. Julio schien langsam ein wenig aufzutauen. Vielleicht hatte sie ja doch noch Chancen auf ein kleines Abenteuer. Sie musste nur dafür sorgen, dass sich ihre Mutter auf jeden Fall von ihm fernhielt. Elisabeth mit ihrer direkten, unverschämten Art würde alles kaputt machen. Sie schluckte den Fisch hinunter.

»Mmh, der schmeckt wirklich lecker. Den habe ich bisher noch nie gegessen. Ich kannte ihn nicht mal.«

»Möchtest du tauschen?«

Julio hielt ihr seinen Teller bereitwillig entgegen. Mann, der konnte ja richtig nett sein. Mit so einer Art konnte sie nur mithalten, wenn sie sich extrem konzentrierte. Selbst dann wurde sie immer mal wieder patzig.

»Nein danke, der Thunfisch ist auch gut, aber jetzt habe ich wenigstens eine Idee, was ich das nächste Mal essen könnte. Meine kulinarischen Erfahrungen mit Meerestieren bestehen hauptsächlich aus Fischstäbchen und Schlemmerfilet. Na ja, bis auf ein paar Ausnahmen.«

Sie aßen einige Minuten lang schweigend weiter. Lotte schaute wieder aus dem Fenster. Die Surfer waren fast alle weg.

»Was hast du denn heute noch vor?«, fragte Julio. Er nahm einen Schluck Wasser und wischte sich den Mund mit der Serviette ab.

»Ach, nichts Besonderes.« Sie hatte überhaupt kein schlechtes Gewissen wegen dieser Lüge. »Vielleicht gehe ich noch einmal an den Strand, das Wetter ist ja heute so klasse. Das sollte ich ausnützen. Sonst glaubt mir zu Hause keiner, dass ich im Urlaub war.«

»Gute Idee. Ich hatte schon befürchtet, du würdest weiter auf eigene Faust Miss Marple spielen wollen. Das ist im Roman zwar lustig, kann aber auch gefährlich werden. Also lass das lieber. Dafür sind wir ja da.«

Lotte antwortete mit einem geheimnisvollen Lächeln. Sie nickte brav, wandte sich wieder ihrem Teller zu und widmete sich lustvoll und ausgiebig den letzten Stücken vom Fisch. Miss Marple, was hatte sie mit der zu tun! Ihr hätte ein Vergleich mit einem der »Drei Engel für Charlie« besser gefallen. Obwohl sie weiter mit Julio plauderte, war sie in Gedanken schon längst bei dem für den Nachmittag geplanten Abenteuer.

SIEBEN

Die Sonne brannte vom Himmel, als sei es das letzte Mal. Wer jetzt noch am Strand lag, döste halb bewusstlos unter einem Sonnenschirm. Lotte war die Einzige, die bei dieser Hitze noch draußen herumlief. Sie hatte ihre Mutter auf den wichtigen Besuch der Kosmetikvertreterin eingeschworen und ihr ein paar Tipps gegeben, was sie alles aus dem Sortiment ausprobieren sollte. Besonders die lang einwirkenden Feuchtigkeitsmasken hatte sie ihr ans Herz gelegt. Dann hatte sie die Ankunft von Gertrude Steinbrecher abgewartet und sogar deren überaus freundliche und nervtötende Begrüßung über sich ergehen lassen.

»Hallo, Kindchen, Sie sind ja auch noch hier. Ihre Haut hat schon ziemlich unter der Sonne gelitten, wie ich sehe. Da sollten Sie vielleicht doch was unternehmen.«

»Welche Sonne? Das bisschen von heute? Das steckt meine Haut locker weg.«

»Die Sonne scheint hier immer ziemlich stark, sogar wenn sie hinter den Wolken versteckt ist. Sie schadet auf jeden Fall der Haut. Ich hab hier eine besondere Pflege für die Haut ab vierzig. Da, nehmen Sie ein Pröbchen.«

Dieselbe bodenlose Frechheit wie beim letzten Mal. Entweder war die Dame kurzsichtig, oder sie hatte einfach keine Produkte für jüngere Frauen im Angebot. Egal. Lotte hatte die Antwort, die ihr schon gefährlich auf der Zunge herumtänzelte, heruntergeschluckt und die kleine violette Tube dankend entgegengenommen. Gleichzeitig hatte sie mit einem freundlichen Lächeln nach der Handtasche von Gertrude Steinbrecher gegriffen und begeistert erklärt: »Ich stelle sie hier in den Flur. Dann geht sie nicht verloren. Und sie stört im Wohnzimmer nicht, wenn Sie Ihre Waren ausbreiten. Ich wünsche Ihnen einen erfolgreichen Nachmittag.«

»Das ist nett, Kindchen.«

Lotte hatte noch eine weitere Probe in die Hand gedrückt bekommen. Diesmal eine Rasiercreme für empfindliche Damenbeine. Die könnte sie ja Julio schenken.

Kaum war die Vertreterin im Wohnzimmer verschwunden, hatte Lotte die Tasche durchwühlt und war fündig geworden. Ein paar Schlüssel, die an einem rosaroten Panther befestigt waren, steckten in einem Seitenfach. Jetzt hoffte sie nur, dass der richtige dabei war.

Der Weg über die gepflasterte Strandpromenade war unerträglich heiß. Lotte hatte das Gefühl, der Boden würde durch die Sohlen ihrer Turnschuhe brennen. Die Schuhe waren eigentlich zu warm. Aber eine Detektivin in Sandalen konnte sie sich einfach nicht vorstellen. Vielleicht musste sie ja klettern oder schnell weglaufen. Immerhin war sie mit ihren cremefarbenen Bermudas und dem geblümten Top ansonsten genau richtig angezogen für dieses Wetter.

Sie versuchte, im Schatten der künstlich bewässerten Palmen zu bleiben, was ihr nur bedingt gelang, weil die Bäume doch sehr sporadisch gepflanzt waren. Im Zickzack eilte sie durch die labyrinthartige kleine Ferienanlage. Neidisch blickte sie auf den schön angelegten Pool, in dem zahlreiche Kinder im blauen Wasser planschten. Am Rand lagen die Erwachsenen auf Liegestühlen. Sie wurden von geringelten Sonnenschirmen geschützt, und viele von ihnen hatten ein kühles Getränk neben sich stehen. Vielleicht sollte sie auch lieber eine Runde schwimmen gehen, wenn es schon einmal so warm war.

Nein, das kam nicht in Frage. Schließlich war sie in wichtiger Mission unterwegs und hatte nicht einfach nur Urlaub. Das Herumliegen wurde ihr sowieso immer sehr schnell langweilig. Sie hastete weiter. An der anderen Seite der Clubanlage trat sie hinaus auf die Durchgangsstraße.

Die Geschäfte in der Calle Juan Ramon Soto Morales hatten alle geschlossen. Auf Fuerteventura hielt man Siesta bis sechzehn Uhr dreißig. Auch in den meisten der kleinen bunt gestrichenen Häuser, die rechts und links die Straße säumten, herrschte Stille. Hier wohnte vor allem das Personal der großen Hotelanlagen. Dazu ein paar Nordeuropäer. Winterflüchtlinge wie ihre Mutter und Aussteiger, die hier irgendeinen Job machten, um nicht mehr in Deutschland leben zu müssen. Das hatte jedenfalls Rudi behauptet. Wer jetzt zu Hause war, hatte die Fensterläden zugeklappt. Die Spanier und diejenigen, die schon länger hier wohnten, schützten sich eben vor der Sonne. Aus manchen Fenstern klang leise Musik.

Eine rötliche Katze kam aus einem Vorgarten, folgte Lotte vorsichtig ein Stück den Gehweg entlang und verschwand dann in einem Hauseingang. Gutes oder schlechtes Omen? Wahrscheinlich gar kein Omen, schließlich war die Katze rot und nicht schwarz. Sie würde die Aktion wie geplant durchziehen. Aber das hätte sie ja sowieso getan.

Fünf Minuten später hatte sie das Haus von Gertrude Steinbrecher erreicht. Es war immer noch genauso schweinchenrosa wie vor zwei Tagen. War das wirklich erst zwei Tage her? Lotte konnte es kaum glauben. So viel war inzwischen passiert.

Sie sah sich unauffällig um und holte die Schlüssel aus ihrem Rucksack. Der zweite passte ins Schloss. Lotte betrat das Haus und rief sicherheitshalber ein fröhliches »Hola« in den stillen Eingangsbereich, aber wie erwartet kam keine Antwort.

Nach der brütenden Hitze draußen war es hier drinnen unangenehm kühl. Lotte fröstelte ein wenig in ihren dünnen Sachen. Das könnte der nächste Schritt auf dem Weg zu einer dicken Erkältung sein. Doch darum konnte sie sich jetzt nicht kümmern, schließlich hatte sie nicht viel Zeit.

Sie begab sich zunächst auf die Suche nach der Hausbar oder einem Schrank, in dem die alten Damen ihre Vorräte horteten. Sollte dort Orangenlikör stehen, wäre das schon einmal ein gutes Indiz.

Lotte ging durch den langen Gang in das Wohnzimmer. Beinahe wäre sie über einen Pappkarton mit Lippenstiften gestolpert, der gleich hinter der Tür stand. Der Raum war noch chaotischer als am Mittwoch. Sie öffnete ihren Rucksack und holte ein eigens für ihren kleinkriminellen Auftritt mitgenommenes Küchenhandtuch heraus, das sie um die rechte Hand wickelte und damit eine Schranktür nach der anderen öffnete. Der vierte Versuch war ein Treffer. Lotte rückte die Flaschenbatterie von rechts nach links: Brandy, Rum, Rotwein, Eierlikör und andere hochprozentige Getränke, die sie gar nicht kannte, standen wie Zinnsoldaten in Reih und Glied. Kostverächter waren die Kosmetikdamen anscheinend wirklich nicht. Aber vielleicht genehmigten sie sich ja nur mal ab und zu etwas. Einen Orangenlikör gab es in diesem Sortiment aber definitiv nicht. Mist. Lotte war ein bisschen frustriert und knibbelte ratlos an ihren Fingern. Dann zuckte sie mit den Schultern und machte sich erneut ans Werk. Innerhalb weniger Minuten hastete sie von einem Raum zum nächsten.

Auf dem Küchentisch stapelten sich Berge von Lebensmitteln, vor allem Kuchen und Pralinen. Sogar eine Schachtel Kinderschokolade war da, ihre Lieblingssorte. Lotte lief das Wasser im Mund zusammen. Dafür, dass Gertrude Steinbrecher behauptete, dass Lumumba schlecht für den Teint sei, waren hier auf jeden Fall sehr viel Süßkram und Alkohol gelagert. Aber vielleicht war ihr das Lumumba-Sprüchlein ja auch von Fuertebeauty eingetrichtert worden. Lotte wollte schon zugreifen, beherrschte sich dann aber. Ihre Verdächtige durfte auf keinen Fall merken, dass jemand im Haus gewesen war.

Im Schlafzimmer fand sich, bis auf eine Schale Gummibärchen auf einem der beiden Nachttische, nichts zu essen. Dafür enthielt es die grässlichsten Schleiflackmöbel, die Lotte jemals gesehen hatte. Sie öffnete vorsichtig den Kleiderschrank und wäre fast erblindet. Entsetzt kniff sie die Augen zusammen. Zahlreiche grellbunte Outfits hingen dort dicht an dicht nebeneinander und schillerten schreiend um die Wette. In den Schubladen stapelten sich zarte Wäscheteile in poppigen Farben. Schaudernd warf Lotte die Tür wieder zu. Auf dem anderen, dem gummibärchenfreien Nachttisch, stand eine Kiste mit Fotos. Daneben lagen einige Abzüge mit abgerundeten Ecken und blassen Farben. Lotte nahm sie vorsichtig hoch. Die Frau, die immer wieder zu sehen war, kam ihr ziemlich bekannt vor. Trotzdem dauerte es einige Sekunden, bis es Klick machte. Das war Gertrude Steinbrecher, etwa zwanzig Jahre jünger und vierzig Kilogramm leichter. Schnell blätterte Lotte die Bilder durch. Auf einem war eine Klasse von jungen Krankenschwestern zu sehen. »Klinikum Großhadern, Abschluss Juni 1965« stand in dicken schwarzen Buchstaben auf der Rückseite. Sie drehte das Foto wieder um. Nach einigem Suchen entdeckte Lotte Gertrude Steinbrecher in der letzten Reihe. Die Frau war also gelernte Krankenschwester und kannte sich dann offenbar mit Medikamenten aus. Ob Julio und seine Kollegen das schon herausgefunden hatten?

Lotte überlegte nicht lange und steckte das Bild kurz entschlossen in ihren Rucksack. Dann suchte sie weiter. Der Blick in die Nachttischschublade war ebenfalls höchst spektakulär, wenn auch sicher nicht von Bedeutung für den Mord. Dort lagerten mehrere gummibärchenfarbene Dildos; einer in blassem Lila war zum Umschnallen. Lotte musste grinsen. Der Gürtel schien extra verlängert worden zu sein.

Warum jemand lesbisch war und sich mit Dildos abgab, hatte Lotte noch nie recht verstanden. Dann doch lieber einen richtigen Mann. Sein bestes Teil war ja zudem auch selten pink oder grün und roch auch nicht eklig nach Gummi.

Während sie über richtige Männer sinnierte, fiel ihr Julio wieder ein. Sie beschloss, ihr illegales Abenteuer nun doch möglichst bald zu beenden. Nicht dass sie erwischt wurde. Sie warf noch schnell einen Blick ins Badezimmer und rieb sich die Augen. Vor ihr schillerte ein muschelförmiger goldener Toilettendeckel nebst passender Spülvorrichtung. Den Spiegel über dem Waschbecken zierten kleine goldene Putten. Wirklich herzallerliebst, was sich Inneneinrichter so ausdachten. Selbst für die schlimmsten Geschmacksverirrungen gab es ganz offensichtlich Abnehmer. Wie erwartet, fand Lotte auch hier keinen Tropfen Orangenlikör. Dafür erwies sich das Apothekerschränkchen als ausgesprochen ergiebig: Aspirin, Alka Seltzer und Abführmittel standen in der ersten Reihe. Klar, das war wichtig. Dahinter, gut verborgen durch eine riesige Flasche Rhizinusöl, lag eine blau-weiße Schachtel Fentanyl. Lotte überlegte, was sie damit machen sollte. Sie entschloss sich, das Medikament in dem Schrank zu lassen. Schließlich war es ein wichtiges Indiz. Deshalb sollte die Polizei es am Besten auch dort entdecken.

Lotte schaute aus dem Fenster auf die Straße. Sie war leer. Eine gute Gelegenheit, sich unauffällig aus dem Staub zu machen. Die Eingangstür öffnete sie vorsichtig mit dem Küchentuch und verstaute es dann schnell in ihrem Rucksack. Für den Fall, dass sie von irgendwelchen Nachbarn beobachtet wurde, drehte sie sich noch einmal um und rief ein fröhliches »Tschüss, Frau Steinbrecher« in das leere Haus.

***

Elisabeth und die nichts ahnende Gertrude Steinbrecher hatten es sich im Wohnzimmer so richtig gemütlich gemacht. Die beiden pichelten eine Flasche Wein, aßen Kartoffelchips und erzählten einander aus ihrem Leben. Lotte steckte vorsichtig den Kopf durch die Tür, um die Lage zu peilen. Den Schlüsselbund hatte sie zuvor wieder sorgfältig in der Handtasche im Flur verstaut. Eigentlich hatte sie geplant, sich ungesehen in ihr Zimmer zu schleichen. Aber so ungeschoren sollte sie nicht davonkommen.

»Charlotte, komm doch rein. Stell dir nur vor, Frau Steinbrecher stammt aus München, und sie kennt tatsächlich Isolde Alder. Du erinnerst dich doch, oder?«

»Nein, eigentlich nicht. Wer soll das sein?«

»Na die Frau von dem Fischfabrikanten Alder. Ich war zweimal mit ihr zur Schrothkur in Oberstaufen, und sie hat mich später auch mal in Düsseldorf besucht. So eine große, schlanke Dame mit roten Haaren. Sie hat uns oft Fisch geschenkt.«

Lotte erinnerte sich plötzlich wieder an die schrille, nervtötende Person, die ihr als Kind statt Schokolade immer Sardinen in Dosen mitgebracht hatte. Das Grässlichste daran war, dass ihre Mutter stets darauf bestanden hatte, dass sie sofort eine Dose öffnete und einige Sardinen aß. Aus purer Höflichkeit, versteht sich. Natürlich hatte sie auch noch vorgeben müssen, die fettigen salzigen Dinger, mal in Tomaten-, mal in Senfsoße, würden gut schmecken.

»Ach, die. Ja, ich weiß jetzt, von wem du sprichst.« Lotte drehte sich bei der Erinnerung noch einmal der Magen um, aber sie enthielt sich jedes weiteren Kommentars.

»Ja, stell dir vor. Isolde hat sich von ihrem Mann getrennt und ein Jahr lang auf der Fuertebeauty-Farm in Pajara gelebt, wo wir gestern waren. Inzwischen ist sie aber wieder in München. Sie hat wohl Hautkrebs, die Arme, und liegt im Krankenhaus.«

»Ach, wie traurig. Die arme Frau.« Lotte setzte ein bedauerndes Gesicht auf. Im Grunde war ihr das Schicksal der Sardinen-Frau aber ziemlich egal. Außerdem war es ja kein Wunder. Ein Jahr hier in dem Klima, das überlebte keine Haut. Es sei denn, man schützte sich oder blieb konsequent drinnen. Aber eine Rothaarige mit blasser Haut hatte einfach schlechte Karten, wenn sie sich der Sonne aussetzte. »Grüßen Sie sie von mir, wenn Sie mal wieder in Deutschland sind, Frau Steinbrecher. Jetzt muss ich aber wirklich los. Ich habe mir etwas Arbeit mitgebracht. Einen schönen Tag noch.«

Lotte ging in ihr Zimmer und tat das, was die Einheimischen schon seit fast zwei Stunden taten. Sie legte sich ins Bett, las noch ein bisschen und schlief dann ein.

Geweckt wurde sie durch ein entsetzliches Poltern, das sie zusammenfahren ließ. Sie war augenblicklich hellwach und starrte auf den Wecker; es war gerade mal vier Uhr. Also hatte sie nur eine halbe Stunde geschlafen. Jetzt klirrte es laut in der Küche. Ihre Mutter jaulte wie eine rollige Katze. Lotte überlegte, ob vielleicht Rudi zu Besuch war und die beiden sich mit einem außergewöhnlichen Liebesspiel vergnügten. Sie war unsicher, ob sie runtergehen sollte. Dort hineinzuplatzen und die beiden Turteltäubchen zu stören wäre doch sehr peinlich und entsprach auch nicht ihrer Vorstellung von einem schönen Anblick. Deshalb wartete sie erst einmal ab. Wenig später fing ihre Mutter an zu kreischen. Das klang nicht im Geringsten nach einem Liebesabenteuer, sondern nach schlichter Panik! Lotte befürchtete plötzlich, dass der Fuerte-Mörder im Haus war. Er schien es ja auf ältere Damen abgesehen zu haben. Sie sprang wie eine Tarantel aus dem Bett und riss den Stecker der silbernen Nachttischlampe aus der Dose. Dann stürzte sie ins Wohnzimmer, die schwere Lampe wie ein Beil in der erhobenen Hand. In Sekundenbruchteilen überblickte sie die Szene und stellte die Lampe wieder ab. Elisabeth war gerade dabei, unter lautem Schluchzen eine Tasse nach der anderen an die Wand zu werfen. Die ersten mussten wohl gefüllt gewesen sein, denn eine braune Flüssigkeit floss gemächlich die Wand herab und hatte auf dem Boden bereits eine kleine Pfütze gebildet.

»Was ist passiert? Hat dir jemand etwas getan? Hast du irgendeine schlechte Nachricht bekommen?«

»Dieser Scheißkerl betrügt mich. Dieser Widerling. Ich hasse Männer, ich bleibe alleine für die letzten Jahre meines Lebens.«

Der Rest des sowieso kaum verständlichen Redesalats ging in einer dramatischen Jammerarie unter. Elisabeth hechtete gekonnt auf das Sofa. Bäuchlings blieb sie dort liegen und verbarg den Kopf in den Händen. Ihr Körper zitterte wie Espenlaub. Lotte war fassungslos.

»Von wem redest du?«

»Ru-ru-ruuuudii. Von wem sonst.«

Ein Wehklagen, laut wie eine afrikanische Trauergemeinde am Grab eines Stammesbruders, erfüllte den Raum. Ihre Mutter schien ja tatsächlich Gefühle für den alten Knacker entwickelt zu haben. Vielleicht war sie aber einfach nur sauer wegen irgendetwas, das Rudi getan hatte. Lotte ging in die Küche und holte ein Glas Wasser, doch Elisabeth wehrte es mit einer dramatischen Geste ab.

»Ich bin doch keine Ziege. Ich brauche einen Brandy.« Mit zitternder Hand wies ihre Mutter auf den Wandschrank.

Auch das, wenn es sein musste. Lotte holte die Flasche aus dem Regal und suchte nach einem Glas. Allerdings musste Elisabeth wohl vor den Tassen einen großen Teil der Gläser zerdeppert haben, jedenfalls war kein sauberes mehr da. Dann eben so! Kommentarlos reichte sie ihrer Mutter die Flasche, die diese sofort an den Mund setzte und einen kräftigen Schluck nahm. Sie rülpste ein wenig und trank weiter.

»Nun ist gut. Das muss reichen.« Lotte nahm ihr den Brandy aus der Hand und stellte ihn auf den Tisch. Immerhin hatte das Schluchzen aufgehört. »Jetzt erzähl erst mal, was los war.«

»Stell dir vor. Gertrude war noch hier. Da kommt Rudi. Ich empfange ihn im Flur und sage: ›Schön, dass du da bist. Ich habe gerade Besuch von meiner Kosmetikvertreterin Gertrude Steinbrecher.‹ Da wird er ganz blass und sagt: ›Wie heißt sie?‹ – ›Gertrude Steinbrecher, sie wohnte früher in München, kennst du sie?‹ Rudi schüttelt nur den Kopf und behauptet, er würde sie nicht kennen. Aber statt reinzukommen, meint er plötzlich, er müsse noch etwas erledigen, und eilt davon.«

Elisabeth fing wieder an zu weinen, diesmal aber in einer normalen Phonstärke. Wahrscheinlich hatte sie keine Energie mehr. Oder der Alkohol hatte sie so weit betäubt, dass sie alles nicht mehr so schlimm fand. Lotte verstand die Aufregung sowieso nicht.

»Das war alles? Er ist einfach nur gegangen? Ich meine, vielleicht wollte er nicht in ein Frauengespräch verwickelt werden. Oder er hatte Angst, dass ihm ein Haarwuchsmittel, eine Bartpolitur oder so etwas Ähnliches aufgeschwatzt wird.«

Elisabeth starrte Lotte ungläubig an. Ihr Mund stand offen, ihre Schultern strafften sich ein wenig. »Meinst du? Aber er hat doch nach ihrem Namen gefragt. Und erst als er ihn gehört hat, ist er gegangen.«

»Ach, Männer sind manchmal ein bisschen komisch. Das müsstest du doch wissen. Du hast doch reichlich Erfahrung. Das muss überhaupt nichts bedeuten.«

»Soll das heißen, ich habe das ganze Geschirr umsonst zerschmissen? Es ist ja nicht mal mein eigenes.«

Entsetzt starrte Elisabeth auf das Tohuwabohu, das sie angerichtet hatte. Sie griff einen halben Teller und suchte nach der anderen Hälfte.

Lotte nahm ihr die Scherbe ab und legte sie auf den Tisch. »Nicht ganz umsonst. Es hat dir doch sowieso nicht gefallen.«

Elisabeth verzog den Mund und betrachtete die Scherben auf dem Boden. Sie nickte widerwillig und zuckte hilflos mit den Schultern.

»Na siehst du. Dann kannst du jetzt ein neues kaufen, vielleicht das hübsche mit dem Rosenmuster, das du in dem Laden im Einkaufszentrum gesehen hast. Sprich einfach mal mit den Vermietern, sie freuen sich sicher, wenn in ihren Küchenschränken schicke neue Sachen stehen.« Lotte nickte aufmunternd, und die Tränen ihrer Mutter versiegten endgültig. Auf ihrem Gesicht erschien ein zaghaftes Lächeln.

»Ja, das ist eine gute Idee. Dann mache ich hier mal Ordnung und gehe shoppen. Ach, ich freue mich schon darauf. Ich habe so lange nichts mehr gekauft.«

Lotte hatte sich gerade in ihr Zimmer zurückgezogen und war damit beschäftigt, die Lampe wieder einzustecken, als das Geschrei wieder losging. Sie stöhnte. Was war jetzt schon wieder los? Sie eilte zurück zu ihrer Mutter.

Dieses Mal fand sie den Grund für den Lärm berechtigt. Elisabeth starrte sie mit glasigen Augen an. In der einen Hand hielt sie ein rot-weiß kariertes Küchenhandtuch, in der anderen das blutige Messer, das Lotte hinter dem Mülleimer deponiert hatte. Mist! Dieses vermeintliche Beweismittel hätte sie längst woanders unterbringen sollen. Sie hätte es am besten gleich wegwerfen sollen, nachdem sie erfahren hatte, dass der rote Fleck auf dem Kleid von Sybille Möller kein Blut, sondern Ketchup war. Aber das hatte sie wegen ihres geplanten Einbruchs bei Gertrude Steinbrecher schlichtweg vergessen.

»Das lag im Küchenschrank. Direkt hinter dem Abfalleimer. Ein blutiges Messer.« Mit angewidertem Gesichtsausdruck und zitternden Fingern hielt ihr Elisabeth die verschmierte Waffe entgegen. Lotte nahm ein Stück Küchenpapier von der Rolle an der Wand und wickelte das Messer hinein.

»Das ist ja merkwürdig. Vielleicht hat es der Vormieter dort hingelegt. Siehst du, das Blut ist schon getrocknet. Es ist sicher völlig harmlos. Aber wenn du willst, kann ich es gleich zur Polizei bringen.«

Elisabeth schien es die Sprache verschlagen zu haben. Es war wohl alles ein bisschen viel heute. Kommentarlos drehte sie sich um und ging in ihr Schlafzimmer. Lotte blickte sich um. Immer noch war alles voller Scherben, dazwischen stapelten sich einige aufgerissene Fuertebeauty-Kartons. Ein furchtbarer Anblick. Hier wollte sie sich erst mal nicht aufhalten, und zum Aufräumen hatte sie schon gar keine Lust. Das sollte mal schön ihre Mutter machen, aber die schien zumindest im Moment nicht dazu in der Lage zu sein.

Lotte betrachtete nachdenklich das Messer. Vielleicht war es gar keine schlechte Idee, Julio einen Besuch abzustatten. Erstens wäre es nett, ihn so schnell wiederzusehen, und zweitens hatte sie jede Menge Neues zum Fall zu erzählen. Das Messer könnte sie auf der Fahrt dann irgendwo entsorgen, als Indiz hatte es schließlich ausgedient. Er durfte auf gar keinen Fall erfahren, dass sie es aus dem Haus der Kosmetikvertreterinnen geklaut hatte.

ACHT

Die Landstraße von Caleta de Fuste nach Puerto del Rosario war fast leer. Wahrscheinlich waren die meisten Leute noch mit ihrer Siesta beschäftigt. Kurz vor dem Flughafen behinderte sie dann aber ein sehr langsam fahrender Bus. Lotte drückte auf die Hupe, bis ihr die Ohren wehtaten, und schaltete einen Gang runter, um das klapprige Gefährt zu überholen. In diesem Moment setzte der Bus den Blinker und bremste. Lotte fluchte, trat ebenfalls auf das Pedal und kam fast zum Stehen. Genervt beobachtete sie, wie die blaue Rostlaube im Schneckentempo links abbog, und zuckte zusammen, wie von einem kanarischen Sandkäfer gestochen. Das war einer der Busse, die hinter dem Firmengebäude von Fuertebeauty gestanden hatten! Aufgeregt gab sie Gas und schlug das Lenkrad ein, um dem Bus zu folgen, stieg aber gleich darauf wieder auf die Bremse. Mit einem dröhnenden Hupen und kreischenden Reifen jagte ein Lastwagen auf der anderen Spur an ihr vorbei. Mist, das hätte schiefgehen können, beinahe wäre sie mit ihm zusammengeprallt. Lotte atmete tief durch und versuchte, sich zu beruhigen.

Als sie die Hauptstraße endlich verlassen hatte, war der Bus weg. Frustriert sah sie sich um und merkte, dass sie genau vor dem »La Guantxa« stand, dem Lokal, in dem sie mit Julio vor ein paar Tagen gegessen hatte.

Der österreichische Wirt namens Peter war auf der Terrasse damit beschäftigt, Tische und Stühle zusammenzurücken. Lotte sprang aus dem Wagen und stolperte die kleine Treppe hinauf. Vor Aufregung war sie völlig aus der Puste.

»Hallo, Peter. Haben Sie den Bus gesehen?«

Er starrte sie konsterniert an. »Welchen Bus? Wo wollen Sie denn hin? Ist der Wagen kaputt?« Er sah auf die Uhr und wies mit dem Zeigefinger auf die Hauptstraße. »Der Bus nach Rosario fährt in zehn Minuten da vorne ab. Und in die andere Richtung in einer Viertelstunde.«

»Nein. Ich meine den Bus, der gerade eben hier in den Ort eingebogen ist. Vor zwei Minuten etwa. Er war blau und ziemlich verrostet.«

In dem Moment schepperte es hinter ihr. Sie fuhr herum. Der Bus passierte das Restaurant. Oder zumindest einer, der genauso aussah. Er kam aus der anderen Richtung und war bis auf den Fahrer leer.

»So einen Bus meine ich. Eben saßen noch Leute drin.«

Peter nickte und ruckelte an zwei aufeinandergestapelten Stühlen, die sich ineinander verkeilt hatten. Aber sie klemmten so hartnäckig, dass er sie abstellte. »Klar, den habe ich gesehen. Vor allem höre ich diese fahrenden Schrottberge immer.«

»Immer? Die fahren hier regelmäßig entlang?«

Peter nickte wieder und versuchte erneut sein Glück mit dem widerspenstigen Mobiliar. »Mindestens sechsmal am Tag. Eine Zeit lang habe ich sogar Buch geführt, um mich zu beschweren. Aber Lärm interessiert hier keinen wirklich. Dabei ist die erste Fuhre immer schon morgens um fünf.«

»Die erste Fuhre?«

»Sie bringen Arbeiter in eine Firma im Süden. Ich bin mir nicht mal sicher, ob die eine Arbeitserlaubnis haben. Hab auch schon überlegt, ob ich da mal irgendwo nachfragen soll. Aber ich hab inzwischen keine Lust mehr, mich darum zu kümmern.«

»Wo kommen die Leute denn her?« Lotte ging einen Meter zurück, um besser in die Straße hineingucken zu können. Aber keiner der Busse war zu sehen.

Peter zuckte mit den Schultern. »Keine Ahnung, Marokko, Ghana, Nigeria. Auf jeden Fall sind die meisten dunkelhäutig.«

»Nein, ich meine, wo kommen sie *hier* her, wo wohnen sie auf der Insel?«

»Ach so. Am anderen Ende von El Matorral ist ein Wohnheim für die Leute, die mit Booten illegal eingereist sind. So eine Art Asylbewerber-Auffanglager. Dort gabelt der Busfahrer die Leute auf. Ich bin sicher, die bekommen nur einen Hungerlohn für ihre Arbeit. Aber was haben sie schon für eine Alternative.«

Lotte hörte einen Dieselmotor krächzen. Sie sah sich um.

Zwei Busse hintereinander fuhren vorbei, voll besetzt mit Dunkelhäutigen. Es war unglaublich. Angestrengt überlegte sie, was das zu bedeuten hatte. Auch wenn sie die Antwort eigentlich schon wusste, fragte sie Peter: »Zu welcher Firma fahren die Leute denn? Wissen Sie das?«

»Klar, als ich noch hoffte, die Dinger von unseren Straßen verbannen zu können, bin ich ihnen gefolgt. Die Leute arbeiten bei einer Kosmetikfirma in Pajara, im Schichtbetrieb, rund um die Uhr.«

Das erklärte natürlich einiges. Kein Wunder, dass der Wachmann sie von dem Firmengelände vertrieben hatte. Und auch, dass es nicht möglich war, bei Fuertebeauty die Produktion zu sehen. Die Kundinnen würden sicher nicht einsehen, fünfundvierzig Euro für ein kleines Cremedöschen zu zahlen, das von Billigarbeitern hergestellt wurde. Wahrscheinlich wussten nicht mal die Frauen davon, die ein freiwilliges Jahr machten.

Vielleicht waren Sybille Möller und Claudia Manz ja dahintergekommen und hatten das Ganze öffentlich machen wollen. Das wäre ein ziemlicher Skandal geworden, und die Firma hätte wahrscheinlich Konkurs anmelden müssen. Es könnte ein Mordmotiv sein. Sie hatte also noch etwas, worüber sie mit Julio sprechen musste.

»Na dann, vielen Dank noch mal für die Informationen, Peter. Das Essen ist übrigens sehr lecker bei Ihnen. Ich komme sicher noch mal wieder.«

»Das ist schön. Warum interessieren Sie sich eigentlich für die Busse?«

»Ach, ich …« Sie musste kurz überlegen, doch dann fiel ihr etwas ein. »Ich bin Mitglied einer internationalen Umweltorganisation, die sich für saubere Straßen einsetzt. Wir sammeln Informationen über solche Dreckschleudern. Ich werde schauen, was ich dagegen unternehmen kann.« Sie winkte dem sichtlich erfreuten Peter lässig zu und stieg in ihren winzigen Clio. Gut, dass sie nicht mit dem von ihrer Mutter bevorzugten Benzinfresser-Jeep unterwegs war. »Internationale Umweltorganisation.« Sie musste kichern über diese gute Idee!

Für den Rest der Strecke nach Puerto del Rosario brauchte Lotte gerade mal fünfzehn Minuten. Nach dem Ortseingang am dritten Kreisverkehr links abbiegen, hatte Julio gesagt. Das war die Straße. Jetzt musste sie nur noch die Hausnummer fünfundzwanzig finden. Da war sie, die *Estacion de Policia*.

Lotte war stolz, dass sie den Weg direkt gefunden hatte. Sie parkte den Wagen in einer Nebenstraße und betrat das Polizeigebäude. Sie freute sich schon diebisch auf Julios überraschtes Gesicht. Die Ergebnisse ihrer heimlichen Ermittlungen konnten sich aber auch sehen lassen! Er musste eigentlich nur noch abräumen. Vielleicht bekam er ja eine Belobigung und ein paar Tage frei, die er dann mit ihr verbringen konnte. Der Gedanke zauberte ein Lächeln auf Lottes Gesicht. Sie sah sich um. Der Eingangsbereich der Polizeistation war edler als alles, was sie hier auf der Insel bis jetzt gesehen hatte. Sogar die Zentrale von Fuertebeauty wirkte daneben blass und unscheinbar. Die Halle glich einer großen Hotellobby und war angenehm klimatisiert. Der Boden war mit rotem Marmor ausgelegt, zwölf cremefarbene Säulen mit dunkelbraunen Intarsienarbeiten stützten eine Balustrade im ersten Stock. Dort oben befanden sich wohl die Büros.

Lotte atmete tief durch, strich sich die Haare aus der Stirn und sah sich nach einem Ansprechpartner um. Rechts war eine Art Empfangstheke. Gut gesichert hinter einer Glasscheibe mit Guckloch, ähnlich einem altmodischen Bahnhofsschalter, saß eine hübsche Endzwanzigerin. Sie feilte sich die pechschwarz gelackten, extrem langen Fingernägel. Lotte überlegte, wie lange es wohl dauerte, bis aus Fingernägeln solche Krallen wurden, und was man alles nicht tun durfte, damit sie so lang blieben. Abwaschen, Bowling und Nasebohren waren sicher absolut tabu. Sie schlenderte zu dem Schalter, um ihr Anliegen vorzutragen. Aber Pantherkralle, wie Lotte die Frau insgeheim getauft hatte, machte keinerlei Anstalten, ihre Tätigkeit zu unterbrechen. Die Dame schien nicht das geringste Interesse an irgendwelchen Besuchern zu haben. Arrogante Ziege!

Nach zwei Minuten verlor Lotte die Geduld, räusperte sich

und klopfte. Ihr Gegenüber blickte kurz auf, schüttelte unwillig den Kopf und widmete sich dann wieder ungerührt ihrer Beschäftigung. Lotte hielt ihren Mund vor das Guckloch und schrie ein unfreundliches *»Hola«* in den Glaskasten. Die Schwarzgelackte zuckte zusammen und blickte dann betont gelangweilt hoch.

»Si?«

Was für ein blödes Weibsstück. Lotte kochte innerlich, denn diese Trine war genau der Typ Frau, den sie auf den Tod nicht ausstehen konnte. Am liebsten hätte sie der Ziege ein paar Takte gesagt, aber sie riss sich zusammen. Schließlich musste sie ihre Mission verfolgen.

»Sprechen Sie zufällig deutsch? Ich möchte zu Señor Conches.«

»Julio Conches? Einen Moment, bitte.«

Plötzlich kam Leben in die gläserne Bude. Die Frau ließ die Feile fallen, reckte sich, streckte den Busen vor und kämmte sich kurz die langen Haare mit den Fingern. Dann griff sie geziert zum Telefon und wählte eine Nummer. Die Krallen klackerten auf den Tasten.

»Hallo, Julio. Da ist jemand für dich.«

Lotte war überrascht. Die Frau sprach fließend deutsch, mit leichtem Ruhrgebietsslang. Ärgerlicherweise hatte sie eine recht angenehme, rauchige Stimme. Und der Ton, den sie Julio gegenüber anschlug, klang nicht gerade, als sei sie eine Arbeitskollegin, die ihn gerade erst flüchtig kennengelernt hatte. Lotte wurde von einer Eifersuchtswelle überwältigt, die sie tsunamiartig überflutete. Sie spürte das unangenehme Gefühl bis in die Fußspitzen.

Elisabeth hätte jetzt wahrscheinlich einige der geschnitzten Wartestühle an die Wand geworfen. Lotte verspürte dazu auch große Lust, aber sie wartete erst mal ab.

Pantherkralle lachte glucksend, gurrte zwischendurch wie ein verliebtes Taubenweibchen und warf dabei den Kopf immer wieder leicht in den Nacken. In Lottes Nacken stellten sich die Haare kerzengerade auf. In Sekundenschnelle bildeten sie wie eine Reihe Zinnsoldaten ein gemeinsames Regiment.

»Nein, Süßer, es ist wirklich jemand da. Ich brauche doch keine Ausrede, um dich anzurufen. Es ist eine Frau. Eine Deutsche, Ende dreißig, ein bisschen dicklich. Sie tut so, als sei es wichtig. Soll ich sie durchlassen?«

Jetzt kicherte sie wie ein Moorhuhn. Es war ihr offenbar ganz egal, dass die dickliche Frau ihre bodenlosen Frechheiten mit anhörte. Lotte fühlte sich wie ein Wasserkocher kurz vor dem Siedepunkt. Sie war froh, dass man ihr das nicht ansehen konnte. Sonst würde sie jetzt blubbern, und Rauchzeichen würden aus ihren Ohren quellen. Am liebsten hätte sie der Tusse eine geknallt. Stattdessen schoss sie einige gedankliche Giftpfeile ab und schaute sie so böse an, wie sie konnte, aber das schien die Frau gar nicht zu bemerken. Im Gegenteil, sie hatte sich nach dem Telefonat längst wieder ihren Fingernägeln gewidmet, als sei es die wichtigste Angelegenheit im Universum. Sie blickte auch nicht mehr hoch.

»Erste Etage, dritte Tür auf der rechten Seite, aber halten Sie den Kollegen nicht von der Arbeit ab. Er ist sehr beschäftigt. Eigentlich ist er auch nicht für Touristen zuständig. Aber er ist einfach zu gutmütig. Also, beeilen Sie sich.«

»Selbstverständlich. Und entschuldigen Sie, dass ich Sie von Ihrer schweren Arbeit abgehalten habe.«

Lotte warf noch ein paar blitzende Giftblicke auf die gepflegten Hände ihrer Gesprächspartnerin. Schade, dass sie keine übersinnlichen Fähigkeiten hatte. Dann würde sie jetzt dafür sorgen, dass sich wenigstens die schwarzen Nägel hässlich zusammenrollten.

»Oh, kein Problem. Ich bin sowieso gleich fertig. Hier auf Fuerteventura gibt es keine vernünftigen Nagelstudios, da muss ich es eben selbst machen.« Pantherkralle betrachtete aufmerksam ihre Fingernägel und spitzte am Daumen ein bisschen nach. Dann sah sie hoch. »Sie sind auch Deutsche, oder? Ich komme aus Bochum und bin mit Herrn Conches zusammen hier. Seit zwei Wochen. Wir fanden die Idee klasse, gemeinsam einen Auslandsaufenthalt zu absolvieren.« Sie lächelte siegessicher und krümmte beide Tatzen wie zum Angriff.

Lotte konnte sich gut vorstellen, wie belämmert ihr Gesichtsausdruck jetzt war. Genau so etwas hatte sie befürchtet. Deshalb hatte Julio auch neulich keine Zeit für sie gehabt und war anfangs so distanziert gewesen. Sie wurde plötzlich sehr traurig. Ein dicker Kloß saß in ihrem Hals. Sagen mochte sie jetzt gar nichts mehr. Stattdessen nickte sie der Frau kurz zu und schlich davon.

Allerdings nicht in die erste Etage, sondern zurück nach draußen, auf die Straße. Sie fühlte sich im Moment einfach nicht in der Lage, Julio zu begegnen. Sie hatte sich wohl tatsächlich ein bisschen in ihn verliebt und gehofft, es würde ihm ebenso gehen. Dabei war der Kerl mit so einer fürchterlichen Person liiert. Was er wohl Pantherkralle gegenüber als Ausrede benutzt hatte, als sie essen waren? Wahrscheinlich die Arbeit. Frustrierend war vor allem, wie brav sie sich der blöden Kuh gegenüber verhalten hatte. Das passierte ihr nur selten. Dabei hätte sie wirklich ein paar scharfe Worte verdient, wenn nicht mehr.

Lotte war bei ihrem Auto angekommen und schlug wütend mit der flachen Hand auf das Dach. Es war glühend heiß, aber sie war so aufgebracht, dass sie den Schmerz gar nicht spürte.

»Dieser Mistkerl, geht mit mir essen und hat seine Holde hier herumsitzen. So eine Unverschämtheit!« Sie schimpfte laut vor sich hin und erschreckte eine spanische Mama, die gerade gluckenartig mit ihrer Kinderschar vorbeistolzierte. Lotte streckte den Kleinen die Zunge raus und stieg in den Wagen. Im Rückspiegel sah sie, wie die Frau sie mit offenem Mund anstarrte und dann einen lauten Schimpfschwall abließ. Aber das war ihr völlig egal.

Jetzt musste der Clio als Aggressionsableiter herhalten. Sie trat das Gaspedal brutal ins Bodenblech, als sei es die dumme Ziege von gerade eben. Das Auto raste mit ihr nach Norden. Raus aus der Stadt, immer die Küste entlang. Sollte dieser depperte Polizist doch sehen, wie er seinen Fall löste. Auf ihre Hilfe musste er von nun an verzichten. Er könnte ja die Schlampe aus Bochum um Rat fragen, falls die überhaupt zu etwas anderem als Schönheitspflege in der Lage war.

In Lotte tobte es, sie konnte sich überhaupt nicht beruhigen. Stattdessen steigerte sie sich lieber immer weiter in ihre Wut hinein. Sie hatte sich alles so schön ausgemalt: ein netter Urlaubsflirt, abends essen gehen oder was trinken. Vielleicht würde mehr daraus werden. Aber nein, der Typ hatte schon jemanden. Na ja, fairerweise musste sie zugeben, dass Julio keinerlei Annäherungsversuche gemacht hatte. Trotzdem! Das Leben war mal wieder bitter.

Kurz vor dem Ferienort Corralejo wurde der Clio zum tristen Bestandteil einer Mietwagenschlange. Jedes Auto war gefüllt mit Touristen, die anscheinend alle dasselbe Ziel hatten: die berühmten Wanderdünen im Norden der Insel. Ein Naturschutzgebiet, das letztlich aber auch nicht mehr bot als jeder andere Winkel Fuerteventuras: Sand in Hülle und Fülle. Das war jedenfalls Lottes Eindruck nach der Lektüre des Reisführers gewesen. Sie parkte den Wagen am Straßenrand und stieg aus. Hier vor Ort fand sie die goldgelben Sandmengen dann aber doch beeindruckend. Sand so weit sie sehen konnte, glitzerte golden in der Sonne.

Trotzdem, sie war einfach nicht in der Stimmung für das Schöne, was diese Insel zu bieten hatte. Im Moment wollte sie alles negativ sehen, und ihr fehlte die innere Ruhe für Wanderdünen, fotografierende Menschenhorden, quäkende Kinder und vor allem für Händchen haltende Paare. Sie beschloss, einfach noch ein Stückchen weiterzufahren, irgendwohin, wo es ein bisschen einsamer war.

Im Nordwesten sollte doch eine der schönsten Ecken der Insel sein, ein Geheimtipp in dem Reiseführer, den sie während des Fluges gelesen hatte. Na ja, Geheimtipps, die im Reiseführer standen, blieben natürlich nicht lange geheim. Aber selbst wenn es keiner mehr war, es war zumindest ein Ziel. Lotte fuhr die Küstenstraße einfach weiter, bis sie auf einem großen weißen Schild den Namen des Ortes entdeckte: »El Cotillo«, das war der Ort. Zwanzig Minuten später war sie da.

Ein scharfer Westwind wehte ihr um die Nase, als sie über die Klippen nach unten zum Strand kletterte. Hier war es tatsächlich noch ein bisschen ursprünglicher und wilder als an den anderen Urlaubsorten, die sie bis jetzt gesehen hatte. Keine Hotels, keine Bungalowsiedlungen und nur sehr wenige Menschen.

Auf der schaumigen Brandung turnten gekonnt einige Surfer und Wellenreiter. Sie trugen alle Neoprenanzüge, woraus Lotte blitzschnell folgerte, dass das Wasser hier auch nicht wärmer war als auf der anderen Seite der Insel. Warum sollte es auch? Der Westen Fuerteventuras lag nun mal auch am Atlantik und hatte zudem nicht mal die Küste Afrikas vor der Nase, so wie der Osten.

Am Strand tummelten sich ein paar Kinder im Wasser und rannten aufgeregt vor und zurück, wenn die Wellen anrollten. Lotte beschloss, ihren Füßen auch ein bisschen Wasser zu gönnen und streifte die Sandaletten ab. Das Meer war wirklich kalt. Aber nachdem sich ihre Füße an die Temperatur gewöhnt hatten, machte es Spaß, den Strand entlangzubummeln. Es half ihr, sich zu beruhigen und ihre Gedanken zu ordnen.

Nicht die Gedanken an Julio, die kamen jetzt erst mal in den letzten Winkel des Kleinhirns und wurden dort abgelegt unter P wie Papierkorb. Aber die Morde und das, was sie herausgefunden hatte, interessierten sie doch nach wie vor brennend. Lotte ging alles noch einmal durch.

Also, da war zunächst mal die erste Tote: Sybille Möller, Kosmetikverkäuferin. Sie hatte mausetot am Strand gelegen, mit einem dicken roten Ketchupfleck auf der Bluse. Die dazugehörige Wurst hatte sich bereits im Zustand der Zersetzung in ihrem Magen befunden, aber das war hier wohl unwesentlich. Wesentlich war dagegen, dass sie eine größere Menge Fentanyl geschluckt hatte, plus Orangenlikör. Welch eine kulinarische Mischung. Lotte schüttelte sich.

Der Schüttelvorgang ließ kurz einen Gedanken an Julio aus der Ablage hervorpurzeln. Lotte jagte ihn resolut zurück und verbannte ihn mehr oder weniger gekonnt aus ihrem Bewusstsein.

Das zweite Opfer, Claudia Manz, war die neue Freundin des

ersten Opfers und hatte offenbar ebenfalls diesen tödlichen Mix aus Gift und Likör gebechert. Merkwürdigerweise mutterseelenallein in den Bergen von Fuerteventura. Jetzt war sie ebenfalls tot. Allerdings ohne einen Klecks Soße auf dem Dekolleté.

Die Dritte im Bunde war Gertrude Steinbrecher. Sie war die Verlassene und hatte damit ein starkes Motiv: Eifersucht. Außerdem war sie gelernte Krankenschwester und hatte das verschreibungspflichtige Fentanyl zu Hause im Badezimmerschränkchen.

Alle drei hatten gemeinsam, dass sie für Fuertebeauty viel zu teure Schönheitsmittelchen verhökerten. Und dieser Laden, überlegte Lotte, war ihr nach wie vor äußerst suspekt. Nicht zuletzt die Asylbewerber, die in dem Laden Sklavendienste leisteten. Ach ja, dazu kam ja noch, dass die Firmenbesitzerin, Karin Möller, die Schwester von Sybille, nicht auffindbar war. Das könnte natürlich auch etwas bedeuten. Hier lag womöglich ein weiteres Motiv. Die Opfer könnten eine Bedrohung für das Unternehmen gewesen sein, weil sie etwas über die Produktionsbedingungen herausgefunden hatte.

Von den Asylbewerbern wusste Julio ja vielleicht noch gar nichts. Sie musste ihn dringend fragen, ob er auch etwas Neues erfahren hatte. Lotte stockte grimmig: Julio, wer war eigentlich Julio? Er war es gar nicht wert, dass sie auch nur einen weiteren Gedanken an ihn verschwendete.

Eine große Welle schwappte übermütig an ihr hoch und riss sie aus ihren finsteren Gedanken. Die weiße Hose war durchnässt bis zu den Oberschenkeln. Mist! Lotte blickte entsetzt auf ihre Beine und dann zurück in die Richtung, aus der sie gekommen war. Dabei stellte sie fest, dass sie ganz schön weit gelaufen war. Zudem war sie ziemlich durstig. Sie beschloss, das so schnell wie möglich zu ändern.

NEUN

Zwanzig Minuten später stand Lotte in einem winzigen Tante-Carmen-Laden. Die frisch erstandene Flasche Wasser setzte sie sofort an den Mund. Es war ein tolles Gefühl, die kalte Flüssigkeit durch ihre Kehle rinnen zu lassen. Sie fühlte sich wie eine fast Verdurstete in einer Oase mitten in der Wüste. Die Flasche war halb leer, als Lotte sie endlich absetzte. Tante Carmen, eine charmante Siebzigjährige mit vielen Runzeln im Gesicht und grauen Haaren, die sie zu einem Knoten gezwirbelt hatte, grinste durch ihr lückenhaftes Gebiss.

»Aqua, aqua. Heiße Sonne. Viel gut trinken. Importante. Sonst verbrennen. Und trocken.«

Lotte nickte zustimmend. Gleichzeitig sah sie sich in dem Lädchen um: Postkarten, der übliche Souvenir-Schnickschnack, Süßigkeiten und Getränke. Na ja, zum Großeinkauf würde wohl auch keiner in diesen hübschen, aber dennoch recht verschlafenen Ort kommen. Sie wollte gerade gehen, als sie etwas entdeckte. Eckige Flaschen, auf denen leuchtende orangefarbene Apfelsinen prangten. Genau so eine hatte sie in den Bergen von Rosa de los James gefunden, ganz in der Nähe der toten Claudia. Das musste der Likör sein, von dem die ermordeten Frauen getrunken hatten.

Tante Carmen folgte ihrem Blick. Sie schüttelte energisch mit dem Kopf, wobei sich eine graue Strähne löste. »Nicht gut, Likör bei Sonne. Macht Kopfweh. Gut abends trinken. Gutes Likör. Gibt nur hier.«

»Nur hier? Ich meine, ist das der einzige Laden auf Fuerteventura, der diesen Likör verkauft?«

»Si, bringe mit von Bruder. Hat Plantage bei Malaga. Südspanien. Bester Naranjalikör von Welt.«

Lotte überlegte. Vielleicht gab es den Likör ja doch noch woanders zu kaufen. Aus Marketinggründen würde sie an Tante Carmens Stelle auch behaupten, das Monopol zu haben. Aber selbst wenn es den Likör nur hier gab, wäre es ja auch möglich, dass der Mörder das klebrige Zeug auf dem Festland gekauft und erst später auf die Insel gebracht hatte. Oder Sybille Möller hatte den Likör schon lange in ihrer Hausbar gehabt, und der Mörder musste sich nur um das Gift kümmern. Trotzdem. Einen Versuch war es wert.

»Sagen Sie, war hier kürzlich eine dicke Dame und hat davon etwas mitgenommen?« Lotte riss die Arme auseinander, als würde sie einen Petziball halten, um die Ausmaße zu verdeutlichen. »Hat so eine Frau vielleicht diesen Likör gekauft? Oder sogar mehrere Flaschen?«

»Meistens dicke Frauen kaufen Likör. Oder Männer als Geschenk für dicke Frauen.« Tante Carmen grinste durch ihre Zahnlücken. Lotte nickte verständnisvoll. Klar, wer trank schon freiwillig Orangenlikör. Das musste schon eine besondere Spezies Mensch sein. Aber so schnell wollte Lotte nun doch nicht aufgeben. Sie versuchte es noch einmal.

»Eine mollige Frau mit ganz schrecklich bunten Kleidern, silbernen Sandalen und einer blonder Perücke.«

Tante Carmen zuckte bedauernd mit den Achseln und drehte die Handflächen nach oben. »Weiß nicht, dicke Frauen, alte Frauen, manchmal auch junge Mädchen, Männer, alle kaufen, ich kann mir nicht merken. Und Augen nicht gut. Und leider vergesse ich auch immer, wer kommt und kauft.«

Schade, es wäre zu schön gewesen, wenn sie hier eine Augenzeugin aufgetan hätte. Dann musste sie die Sache eben anders handhaben. Lotte zückte erneut ihre Geldbörse und kaufte zwei Flaschen von dem süßen Gift.

»Für meine Mutter, sie trinkt sehr gerne Likör. Außerdem hat sie morgen Geburtstag.«

Diese Beteuerung mitsamt der kleinen Notlüge erschien ihr wichtig. Sonst geriet sie womöglich in den Verdacht, einen völlig abstrusen Geschmackssinn zu haben. Andererseits wäre es Tante Carmen wahrscheinlich völlig egal gewesen, ob sie das süße Gift selbst trank, verschenkte oder es gleich draußen vor der Tür in den heißen Sand kippte. Egal, sie steckte die

Flaschen in eine Plastiktüte und ging beschwingt zurück zu ihrem Wagen.

***

Um kurz nach sieben war Lotte zurück in Caleta de Fuste. Es begann bereits ein wenig zu dämmern.

Als Erstes fuhr sie zu der kleinen Tauchschule am Hafen. Auf der Rückfahrt hatte sie sich überlegt, dass sie endlich anfangen wollte, ihren Urlaub zu genießen. Dazu gehörte für sie normalerweise auch der eine oder andere Tauchgang. Sie hatte vor ein paar Jahren den ersten Kurs in Ägypten besucht. Damals hatte sie noch ein bisschen besser verdient, und außerdem war der Unterricht günstig gewesen. Seitdem liebte sie es, die Unterwasserwelt zu erforschen, leider kam sie zu selten dazu. Komisch, dass sie bis jetzt nicht darauf gekommen war, das hier zu tun. Schließlich kostete sie der Urlaub fast nichts, da konnte sie wenigstens ein paar Euros in ihr Hobby investieren. Wahrscheinlich hatte das kalte Wasser sie unterbewusst abgeschreckt. Aber wofür gab es Anzüge?

Lotte meldete sich gleich für den nächsten Nachmittag an und stellte ihre Sachen zusammen: Tarierweste, Bleigurt, Neoprenanzug, Druckluftflaschen, Masken und Flossen wanderten in eine große gelbe Plastikkiste. Ein Tauchlehrer namens Max half ihr dabei, die passenden Sachen zu finden. Er war auch ein Deutscher und lebte ständig auf der Insel. Schon das Packen machte Lotte Spaß, und sie beschloss, diesen Max ein wenig näher kennenzulernen. Aber dafür war morgen noch genug Zeit.

Max klebte einen Zettel mit ihrem Namen an die von ihr gepackte Kiste und verstaute sie in einem offenen Abstellschuppen. Dann gab er ihr die Hand. »Also, bis morgen dann, ich freue mich. Kann aber sein, dass wir nur zu zweit hinausfahren. Es sind zurzeit nur wenige Urlauber hier, die auch tauchen wollen. Fuerteventura ist überflutet von Rentnern.«

»Das habe ich auch schon gemerkt. Ich bin übrigens auch

mit einer Rentnerin hier. Mit meiner Mutter. Und sie würde niemals tauchen.«

Er strich eine seiner blonden Strähnen aus der Stirn und zwinkerte ihr zu. Lotte stellte sich einen Tauchgang mit ihm allein plötzlich ausgesprochen romantisch vor. Wer weiß, vielleicht hatte er ja hinterher noch Zeit für ein Tässchen Kaffee. Das würde sie auch ein wenig von Julio ablenken. Da der Mann anscheinend vergeben war, wollte sie ihm auch nicht länger nachtrauern. Das hatte er zudem überhaupt nicht verdient, denn wie sagte schon ihre Oma immer: »Andere Mütter haben auch schöne Söhne.«

Und dieser Sohn hier war ein besonders attraktives Exemplar, seiner Mami sei Dank. Max hatte sich gerade weggedreht, um ein paar Atemschläuche zu verstauen, deshalb konnte sie ihn ausgiebig von hinten besichtigen. Das breite Kreuz und der knackige Po konnten sich jedenfalls sehen lassen. Ein echtes Sahneschnittchen. Jetzt durfte sie ihn nur nicht merken lassen, dass sie ihn attraktiv fand. Lotte gab sich gelassen.

»Okay. Bis morgen dann. Mir ist es egal, wie viele Leute mitkommen. Hauptsache, wir sehen ein paar hübsche Fische und das Wasser ist nicht so kalt. Es wird sicher nett.«

»Ja, bis morgen, ein Uhr mittags. Ich freue mich schon auf dich. Bring gute Laune mit.«

Lotte schnappte sich ihren Rucksack, winkte zum Abschied und fuhr zum Haus ihrer Mutter. Die stand im Flur und schäkerte mit Rudi. Ihre nachmittägliche Eifersucht auf Gertrude Steinbrecher schien vergessen. Durch die geöffnete Wohnzimmertür sah Lotte, dass die Scherben restlos beseitigt waren. Auf dem kleinen Tisch unter dem Spiegel stand ein riesiger Strauß roter Rosen. Das war wohl ein Versöhnungsgeschenk von Rudi. Er trug eine dunkelblaue Hose und ein hellblaues offenes Hemd, während Elisabeth mal wieder völlig überkandidelt angezogen war. Lotte musterte das edle schwarze Chanel-Kostüm und den malerisch um ihren Hals geschlungenen blauen Hermes-Schal. Glaubte sie etwa, es ginge in ein Feinschmeckerlokal in Berlin?

»Kind, da bist du ja endlich wieder. Warum hast du deinen Polizisten denn nicht gefragt, ob das Messer ein Beweisstück ist? Hattest du das nicht vor?«

»Welches Messer? Wovon sprecht ihr?« Rudi zog die buschigen grauen Augenbrauen hoch und zuckte mit der Oberlippe, wodurch der Schnurrbart ein wenig vibrierte. Er starrte verwirrt von einer zu anderen.

Lotte schluckte betroffen. Das blöde Messer hatte sie völlig vergessen. Es lag immer noch im Kofferraum des Mietwagens. So ein Mist. Sie ignorierte den neugierigen Alten und antwortete ihrer Mutter: »Ach, Julio war nicht da. Ich probiere es morgen noch mal.«

Elisabeth wollte Rudis Frage natürlich nicht übergehen. Sie drehte sich zu ihm um und plauderte munter los: »Stell dir vor, unter der Spüle bei uns in der Küche lag ein riesiges Messer. Es war total blutig. Und das nach dem Mord neulich hier, kannst du dir vorstellen, welche Ängste ich hatte? Hier ganz alleine, ohne Mann im Haus.« Sie plinkerte mit den Augen, was dazu führte, das ein wenig Wimperntusche sich verselbstständigte und unschöne schwarze Punkte auf Elisabeths Tränensäcken hinterließ. Danach wandte sie sich wieder an Lotte. »Er war übrigens hier.«

»Wer war hier?« Lotte schwante nichts Gutes.

»Na, dein Polizist, Herr Conches. Er sagte, du seist bei der Polizei gewesen und hättest dich angemeldet, seist dann aber nicht bei ihm erschienen. Daher weiß ich ja, dass du nicht mit ihm gesprochen hast. Wo warst du denn? Du warst ja so lange weg.«

Wie reizend, dass er mich besuchen wollte, dachte Lotte zynisch, aber auch ein wenig verwirrt. Was sollte das jetzt wieder? Nein, sie wollte gar nicht anfangen, darüber nachzudenken, jetzt, wo sie gerade anfing, sich nach brauchbaren Alternativen umzuschauen. Letztlich war Julio ein falscher Hund, ein Schwerenöter, ein Macho. Ein Typ, an den man einfach keine Gedanken mehr verschwenden sollte.

Sie zog die Schultern zurück und log: »Das war wohl ein

Missverständnis. Als ich nach ihm gefragt habe, hieß es, er sei nicht da. Das ist ja schade, dass wir uns zweimal verpasst haben.«

Um ihre Mutter abzulenken, öffnete sie ihren Rucksack. »Ich hab dir übrigens etwas mitgebracht.« Lotte zerrte eine der beiden Likör-Flaschen aus der grünen Plastiktüte. »Das soll angeblich der beste Orangenlikör der Welt sein, sagt Carmen.«

»Wer um alles in der Welt ist Carmen?« Ihre Mutter rümpfte ein wenig die Nase, nahm die Flasche aber doch neugierig entgegen und musterte das Etikett. Rudi reckte den Hals, damit er auch etwas sehen konnte. Sein Schnurrbart zuckte noch mehr als vorhin.

»Die Verkäuferin. Ich hab sie für mich Tante Carmen genannt, weil sie ein kleines Geschäft in der Größe eines Tante-Emma-Ladens hat. Ganz im Norden der Insel, in El Cotillo. Sie verkauft den Likör exklusiv, sagt sie, er ist also etwas ganz Besonderes.«

»Oh danke, Charlotte, das ist wirklich nett. Da können wir uns ja heute Abend ein Gläschen genehmigen.« Elisabeth schüttelte die Flasche theatralisch, als sei es Orangensaft mit Fruchtfleisch. Dann öffnete sie den Verschluss und schnupperte daran. Sie hielt Rudi das süße Gesöff unter die Nase und sah ihn erwartungsvoll an. Aber er winkte missmutig ab.

»Nein danke, Likör ist nun gar nicht mein Ding. Das solltest du doch wissen, Elisabeth.«

Murrend schraubte ihre Mutter die Flasche wieder zu. Rudi starrte Lotte von Kopf bis Fuß an, als wolle er sie ausziehen. Sie hatte den Alten ja schon von Anfang an als sehr unangenehm empfunden. Lotte verschloss ihren Rucksack wieder und machte Anstalten zu gehen, aber er war schneller.

»Wollen Sie heute Abend nicht mit uns essen gehen? Dann können wir uns ein bisschen näher kennenlernen. Ich lade Sie ein.«

Elisabeth zog ein ziemlich griesgrämiges Gesicht und trippelte missmutig auf ihren leuchtend blauen High Heels hin und her. Die deutliche Ablehnung ihrer Mutter war allerdings nicht der Grund, warum Lotte die Einladung nur zu gern absagen wollte. Sie verspürte nicht das geringste Interesse, den schmierigen Alten noch näher kennenzulernen. Andererseits, was war die Alternative für diesen Abend? Nach kurzem Überlegen nickte sie dann doch bereitwillig. Auf der Fahrt hierher hatte sie nämlich beschlossen, sich am Abend so richtig die Kante zu geben. Das war in Gesellschaft doch spaßiger, vor allem, wenn sie nicht bezahlen musste. Allein zu Hause mit einer Flasche Rotwein würde sie dann doch nur das heulende »Julio und alle Männer dieser Erde«-Elend überkommen. Er ging ihr einfach nicht aus dem Kopf. So etwas Dummes.

Sie strahlte Elisabeth und Rudi bewusst freundlich an. »Das wäre wirklich nett, wenn ich mitgehen könnte. Wohin geht es?«

Sie hatte erwartet, dass Elisabeth versuchen würde, sie wieder auszuladen. Aber die schien sich bereits mit ihrer Anwesenheit am Abend abgefunden zu haben. Oder sie wollte kein großes Drama daraus machen. Ihre Mutter verzog ihr Gesicht zu einem grimassenartigen Lächeln, während sie ein nicht vorhandenes Staubflöckchen von ihrem Blazer schnippte. Dann schaute sie auf Lottes fleckige Hose.

»Wir wollen in das Turm-Restaurant am Hafen, auf der anderen Seite der Bucht. Also zieh dich ein bisschen netter an, Charlotte, und beeil dich, wir haben für acht Uhr einen Tisch reserviert.«

Fünf Minuten später war Lotte ausgehbereit.

ZEHN

Der Blick von der Terrasse im ersten Stock des Restaurants »Puerto Castillo« war atemberaubend. Hinter den Bergen glitt die blutrote Sonne langsam herab und tauchte die gesamte Umgebung in ein warmes gelbliches Licht. Der Wind hatte sich verzogen, und das Meer war fast so still wie ein See. Winzige Wellen tänzelten am Strand der Bucht und verzerrten sanft die weißen Wolkensprengsel, die sich darin spiegelten. Die Tische waren festlich gedeckt, mit weißen Tüchern und einer Flut von Besteck und Gläsern. Ihre eigenen waren bereits gefüllt. Rudi trank Bier, Lotte hatte, genau wie ihre Mutter, Sekt bestellt. So einen Abend sollte man einfach festlich einläuten. Sie war froh, dass sie sich umgezogen hatte. Zunächst hatte sie einfach die luftgetrocknete weiße Jeans anbehalten und nur das verschwitzte T-Shirt austauschen wollen. Doch dann hatte sie sich für eine schwarze Satinhose im Marlene-Stil und ein extravagantes langärmeliges Shirt ihres Lieblingsdesigners Custo entschieden. Sie merkte, dass ihre Mutter das schrille Outfit kritisch musterte:

»Bist du nicht etwas zu alt für rote Pullis, auf denen trinkende Frauen mit Sonnenbrille zu sehen sind? Ich finde, das Teil steht dir überhaupt nicht.«

Lotte schaute an sich herunter. Das Shirt war doch prima. »Nö. Mir gefällt es, und zu alt finde ich mich keinesfalls.«

Sie nippte vorsichtig an ihrem Schampus. Eine kleine Retourkutsche musste jetzt einfach sein. »Bist du nicht etwas zu overdressed mit deinem Kostümchen? Wir sind schließlich im Urlaub!«

Elisabeth wurde puterrot und öffnete den Mund. Aber Rudi schien die aufkommende Spannung am Tisch zu bemerken und versuchte geschickt, sie auszubremsen.

»Erzählen Sie doch mal, Mädchen, was ist das für ein Messer, von dem da eben die Rede war?«

»Nicht Mädchen, bitte. Ich bin schon über dreißig. Sie wollen ja sicher auch nicht, dass ich Sie Opi nenne.« Lotte war leicht genervt und hatte große Lust, einen Streit vom Zaun brechen. »Keine Ahnung, was es für ein Messer ist, ein ganz normales Küchenmesser, denke ich. Elisabeth hat es heute unter der Spüle gefunden. Vielleicht wollte es jemand in den Mülleimer werfen und hat daneben gezielt. Ich glaube nicht, dass es von Bedeutung ist.«

»Aber die Tote, der Mord. Vielleicht gibt es ja einen Zusammenhang«, widersprach Elisabeth. »Und sei nicht so frech zu Rudi.«

Warum konnte ihre Mutter eigentlich nicht mal fünf Minuten lang ruhig sein? Und warum musste sie ausgerechnet jetzt damit beginnen, vernünftig zu denken und Schlüsse zu ziehen? Das kam doch höchstens einmal im Monat vor. Wahrscheinlich spornte sie die Anwesenheit eines Mannes zu intellektuellen Höchstleistungen an.

»Ich glaube nicht, dass da ein Zusammenhang besteht. Schließlich wurde die Frau am Strand ja nicht erstochen, sondern vergiftet. Also ist das Messer ganz bedeutungslos.«

Elisabeth und Rudi starrten sie an. Beide nahmen zeitgleich ihre Gläser hoch und spülten die Nachricht herunter. Rudi war als Erster fertig.

»Ach ja, woher wissen Sie das? Vergiftet? Sind Sie sicher? Welche Informationen haben Sie denn noch darüber?«

»Ja, Charlotte, woher weißt du das? Du hast mir doch vor drei Tagen erzählt, diese Kosmetikvertreterin sei am Strand erstochen worden.«

Rudi zwinkerte Lotte zu. »Ah, ich kann es mir schon denken. Hat vielleicht Ihr Polizist aus dem Nähkästchen geplaudert? Das ist ja spannend.«

»Oh nein!«, wehrte Elisabeth ab. »Das ist nicht spannend! Egal, wie sie ermordet wurde, mir erscheint es gefährlich, hierzubleiben. Oh Rudi, ich glaube ich werde morgen nach Hause fliegen.«

Lotte kam sich ein bisschen vor wie ein Stapel Blechdosen in einem Kirmesstand, der von frechen kleinen Kindern mit Bällen beworfen wurde und keine Chance hatte, ihnen auszuweichen. Eigentlich wollte sie ja hier nur auf Rudis Kosten ein paar Gläser trinken und nicht zwei wissbegierige Quizmaster mit ihren endlosen Fragen verbal befriedigen. Auf der anderen Seite platzte sie fast vor Stolz über ihre tollen Rechercheergebnisse und die Neuigkeiten, die sie Julio aus der Nase gekitzelt hatte. Trotzdem wollte sie lieber nichts erzählen. Ihre Mutter würde sowieso nur von einer Panik in die nächste purzeln und Rudi, in seiner leicht inquisitorischen Art, immer neue Antworten einfordern. Das musste sie möglichst schnell unterbinden.

»Dass die Frau erstochen wurde, war eine Fehlinterpretation von mir. Ich weiß praktisch nichts. Und Herr Conches hat nur mal in einem Nebensatz erwähnt, dass die Frau vergiftet wurde. Wie die andere auch.« Sie biss sich auf die Zunge und wurde rot. Mist, jetzt war ihr doch etwas rausgerutscht. Warum passierte das nur immer wieder? Sie trank ihr Glas leer.

»Die andere, welche andere Frau? Gibt es zwei Tote? Sind beide ermordet worden?« Elisabeths blaue Augen traten mindestens zwei Millimeter aus den schwarzumrandeten Höhlen. Zudem wurde sie beinahe so weiß wie das Tischtuch vor ihnen.

Lotte ärgerte sich extrem über sich selbst und überlegte, ob sie das geplante Sturztrinken nicht doch lieber verschieben sollte. Ihr Mund machte sich beim Picheln einfach pausenlos selbstständig, und es kam selten das heraus, was sie auch rauslassen wollte. »Es gibt da wohl noch eine Frau, die vergiftet wurde. Aber nicht hier. Irgendwo am anderen Ende der Insel. Mach dir keine Sorgen. Das hat nichts mit uns zu tun, und es besteht auch keine Gefahr.«

Elisabeth wackelte mit dem Kopf wie eine Ente mit ihrem Schwanz.

Rudi stellte bedächtig sein Bierglas ab. »Ich glaube, Sie wissen viel mehr, als sie uns verraten, kleines Fräulein. So etwas kann gefährlich werden. Ich meine, anscheinend läuft ja hier ein Mörder frei auf der Insel herum.«

Der Alte ging Lotte wirklich immer mehr auf den Keks. Was für ein unerträglicher Typ! Dieses Fräulein-Geschwätz war wirklich das Allerletzte. Und seine Neugier fast noch schlimmer als ihre eigene.

»Der Mörder ermordet aber nur Damen über fünfzig, Großväterchen«, sagte sie zuckersüß und grinste ihn an. Elisabeth brach augenblicklich in Tränen aus. Lotte wartete darauf, dass sie sich auf den Boden werfen und wie eine trotzige Dreijährige mit den Beinen strampeln würde. Zum Glück waren nur wenige Tische in dem Lokal besetzt. Doch die Gäste, die daran saßen, hatten ihren Spaß. Sie schauten äußerst interessiert zu ihnen herüber. Der Ober kam als rettender Engel mit einer Ladung Papierservietten und einem Brandy für Elisabeth. Wenige Augenblicke später schleppte er die Vorspeisen heran, wofür Lotte ihm ausgesprochen dankbar war. Elisabeth regte sich dann auch spontan wieder ab. Lotte atmete auf, griff zum Besteck und widmete sich in aller Ruhe ihrem eingelegten Ziegenkäse. Auch Rudi und ihre Mutter waren mit ihrem Chicoreesalat, garniert mit Tomatenpaprika und Sardellen, erst einmal wunderbar abgelenkt.

Der Hauptgang verlief ebenfalls friedlich. Elisabeth und Rudi schienen die Morde vergessen zu haben oder gaben sich zumindest Mühe, das heikle Thema zu ignorieren. So entschloss sich Lotte nach dem Essen, mit ihnen auch noch in die im Keller gelegene Bar zu gehen. Dort wollte sie sich noch einen klitzekleinen Absacker genehmigen.

Die Musik in der »Cavern Bar« war klasse. Lotte wippte im Takt mit den Füßen mit. Sie saß mit einem Glas Cola-Rum allein an einem kleinen Tischchen und hörte dem zotteligen grauhaarigen Sänger zu. Nach einer Hinweistafel an der Eingangstür hieß er Frank Young und war in den sechziger Jahren Gitarrist der Gruppe »Herman's Hermits« gewesen. Deren bekanntestes Lied »No milk today« hatte er bereits zweimal geschmettert. Elisabeth und Rudi schwoften wie zwei ausgelassene Teenager und gönnten sich kaum eine Pause. Allerdings erleichterte Franky ihre sportliche Höchstleistung dadurch, dass er seit einer halben Stunde ausschließlich Schmusesongs vor sich hin trällerte. Lotte nahm einen großen Schluck von ihrer Cola und bemerkte amüsiert, wie eng sich Elisabeth an ihren Lover klammerte. Ihr Gesicht war rot. Die hohen Schuhe hatte sie abgestreift und trippelte nun barfuß hin und her. Je oller, desto doller.

Überhaupt fand Lotte das Leben inzwischen wieder richtig schön. Ein leckeres Stück Fisch hatte dazu beigetragen, ebenso wie die drei großen Gläser Weißwein, die es nach dem Sekt gegeben hatte. Während sie auf der Terrasse gegessen hatten, war die Sonne unter- und der Mond aufgegangen. Der Anblick war ebenso malerisch und romantisch wie das anschließende Funkeln der Sterne an dem klaren Nachthimmel. Jetzt hatte sie gerade die zweite Runde Cola-Rum in Arbeit. Sie musste lächeln. Cola-Rum hatte sie schon seit der Schulzeit nicht mehr getrunken. Sie fühlte sich einfach nur großartig beschwingt. Doch damit war es innerhalb eines Moments vorbei.

»Da bist du ja, ich habe dich überall gesucht. Was war denn los heute Nachmittag?«

Lotte zuckte zusammen. Diese Stimme hatte sie schon mal irgendwo gehört. Aber sie kam nicht drauf. Sie konnte einfach nicht klar denken. Wann war das noch mal? Es musste in einem anderen Leben gewesen sein. Andererseits klang sie genau wie die von Julio. Sollte er etwa hier sein? Langsam drehte Lotte den Kopf nach hinten. Dabei drehte sich die Bar überraschenderweise genau in die entgegengesetzte Richtung und fing dann auch noch an zu schaukeln.

»Julio, was machst du hier auf Fuerteventura? Ich dachte du wohnst in Bochum mit Felix und Panther.«

Diesen Witz fand sie so komisch, dass sie ein bisschen kicherte. Julio schien einen anderen Humor zu haben, er blieb ernst und runzelte die Stirn.

»Du warst doch heute in der Polizeistation, oder nicht? Jedenfalls habe ich mir Sorgen gemacht, als du angekündigt wurdest und dann nicht kamst.«

»Kommen wir nicht alle immer wieder und gehen dann? Ist das nicht der Lauf der Welt?« Lotte bekam Schluckauf, redete aber tapfer weiter. »Was sagt denn die schwarze Lola, dass du hier bist? Das Pantherweibchen. Weiß sie es überhaupt?

»Lola? Wer ist das denn? Bist du betrunken? Ich verstehe gar nicht, wovon du redest.«

»Betrunken, ich? Ich trinke nur Cola. Ich bin nie betrunken und heute schon gar nicht. Vielleicht bist du ja betrunken.« Sie versuchte ein Lächeln, aber es misslang. Stattdessen merkte Lotte, wie sich die Cola nebst allen anderen Getränken und dem köstlichen Thunfisch ihren Weg ins Freie erkämpften. »Moment«, rief sie gebieterisch und sprang auf. Sie eilte an Julio vorbei auf die Toilette.

Fünf Minuten später ging es ihr etwas besser. Ein Blick in den Spiegel über den Waschbecken verdeutlichte ihr allerdings unbarmherzig, dass sie nicht im Geringsten danach aussah. Ihr Gesicht war leichenblass, die Wimperntusche völlig verschmiert. Brrrh, der Rum hier auf der Insel musste extrem stark sein. Lotte wusch sich das Gesicht mit eiskaltem Wasser. So wollte sie Julio auf keinen Fall gegenübertreten. Was wollte dieser Mistkerl eigentlich hier? Egal, sie wollte jedenfalls nichts von ihm. Sie beschloss spontan, sich vom Acker zum machen, und torkelte aus dem Lokal. Mit einem fröhlichen und vor allem lautstarken »I will survive« auf den Lippen schaffte sie den Weg am Strand entlang auf die andere Seite der Bucht und ins Bett in weniger als fünfzehn Minuten.

ELF

Sie lag in einem dunklen, feuchten Keller auf dem nackten Boden und hatte Angst. Am anderen Ende des Raums war eine Lichtquelle, doch sie konnte nicht erkennen, was dort passierte. Irgendjemand hatte ihr eine schmutzige Decke hingeworfen, die sie aber nicht benötigte. Es war extrem heiß. Sie schwitzte und war durstig. Zu trinken gab es nichts, auch nichts zu essen. Abgesehen davon hätte sie sowieso nichts zu sich nehmen können, denn in ihrem Mund steckte ein Taschentuch oder etwas Ähnliches. Schlecht war ihr auch immer noch ein wenig, und ihr Kopf fühlte sich an, als sei er kurz vor dem Zerbersten. Was für eine schreckliche Situation. Plötzlich hörte Lotte Schritte. Es waren eindeutig hohe Absätze, aber sie konnte niemanden sehen. Das Gefühl der Angst verstärkte sich, wurde zur Panik. Sie versuchte zu schreien, aber es ging nicht. Nur ein jämmerliches Quietschen kam aus ihrer ausgedörrten Kehle.

»Dich nehme ich wirklich nie wieder mit, Charlotte. Du hast mich blamiert bis auf die Knochen. Es war wirklich sehr unangenehm.«

Die vertraute Stimme riss Lotte aus ihrem furchtbaren Traum. Noch nie war sie so froh gewesen, ihre Mutter zu hören. Sehen wollte sie sie nicht, denn dazu hätte sie die Augen öffnen müssen, und das machte ihr auch im wachen Zustand Angst. Sie tastete nach der Plastikflasche Wasser auf ihrem Nachttisch und nahm einen Schluck. Dabei floss die Hälfte über ihren Badeanzug, den sie seltsamerweise trug. Was war nur passiert?

»Was ist los? Wo bin ich? Wie spät ist es?«

»Was los ist? Es geht um gestern Abend. Erst hast du ein Glas nach dem anderen getrunken. Dann hast du die ganze Zeit darüber lamentiert, wie furchtbar Männer sind. Und das, obwohl mein Rudi dabei war und dich auch noch eingeladen hatte. Dann hast du dem Kellner gesagt, er sei ein Rotschwänzchen. Zum Glück konnte er kein Deutsch. Später bist du aus der ›Cavern Bar‹ einfach verschwunden. Spurlos. Dein Polizist stand plötzlich vor uns und wollte wissen, wo du bist. Wir haben dich überall gesucht, auf der Toilette und am Hafen. Schließlich sind wir nach Hause gegangen, um zu sehen, ob du dort bist. Und da lagst du, in Badekleidung. Da war sogar er entsetzt. Wie merkwürdig, wie überaus merkwürdig alles ist, was du tust! Ich wollte ihn ein bisschen aufmuntern und hab ihn auf ein Glas Orangenlikör eingeladen. Damit du in einem etwas besseren Licht dastehst, hab ich ihm erzählt, dass du mir die Flasche geschenkt hast und dass es ein ganz besonderer Likör ist. Aber er hat ihn gar nicht getrunken, sondern gleich die ganze Flasche eingesteckt und gesagt, es sei ein Beweisstück. Der Mann passt wirklich prima zu dir, genauso unhöflich …«

»… und schlecht erzogen«, beendete Lotte den Satz, um das nervtötende Gemoser zu beenden. Sie konnte nur krächzen und nahm einen weiteren Schluck aus der Wasserflasche. Langsam kam sie zu sich, aber die Schimpftirade ihrer Mutter ging munter weiter.

»Nein, nicht schlecht erzogen, an mir liegt deine Art ganz sicher nicht. Und was habe ich mit diesem Polizisten zu schaffen? Man lädt ihn ein, und er kassiert. Genauso bist du auch. Kein Wunder, dass du Probleme mit Männern hast, wenn du dir immer solche Typen suchst.«

Diese Salve von bitteren Vorwürfen und erschütternden Neuigkeiten war Lotte einfach zu viel, und sie drehte sich seufzend zur Seite. Ein stechender Schmerz zuckte durch ihren Hinterkopf. Sie machte einen letzten Versuch, ihre Mutter abzulenken.

»Mir geht es nicht so gut. Kannst du mir eine Kopfschmerztablette bringen? Ich hab wohl ein bisschen viel Sonne abbekommen.«

»Sonne? Du hast was ganz anderes abbekommen: die Gene deines Vaters. Der hat auch immer zu viel getrunken, und ich musste es dann ausbaden! Mit dir wird es genauso schlimm enden wie mit ihm. Aber ich werde das nicht unterstützen. Kopfschmerzen, pah!« Mit diesen verheißungsschweren Worten rauschte Elisabeth aus dem Raum. Lotte atmete auf.

Dann musste es eben ohne Tablette gehen. Sie versuchte, möglichst ruhig liegen zu bleiben. Irgendwann fiel sie noch mal in einen leichten, unruhigen Schlaf.

Gegen Mittag ging es ihr etwas besser, und sie wankte vorsichtig in die Küche, um sich einen starken Kaffee zu kochen. Ihre Tauchstunde wollte sie nicht auch noch verpassen. Sie hatte sich darauf gefreut, und der Tauchlehrer schien ein richtig netter Typ zu sein. Unter seinem weißen T-Shirt hatte sich eine starke Brustmuskulatur abgezeichnet, und auch sonst sah er mehr als passabel aus. Ein kleiner Flirt mit Max würde ihr sicher guttun. Wer weiß, vielleicht konnten sie abends mal etwas gemeinsam unternehmen. Er wohnte ja schon länger hier auf der Insel und kannte bestimmt ein paar nette Lokale. Das Schlimmste, was Lotte sich vorstellen konnte, war, jetzt in Liebeskummer unterzugehen. Sie wollte Julio keine einzige Träne nachweinen. Schließlich hatte ihre Beziehung noch gar nicht angefangen, zumindest nicht in der Realität, sondern nur in ihrer Phantasie. Sie würde sich nur lächerlich machen, wenn sie Julio hinterherlief.

Die Tasse vorsichtig in den Händen balancierend, ging sie ins Wohnzimmer. Elisabeth lag auf dem Sofa, hatte die Augen geschlossen und war giftgrün im Gesicht. Lotte zuckte gehörig zusammen. Was hatte das jetzt wieder zu bedeuten?

»Alles in Ordnung, Elisabeth? Geht's dir gut?«

Sie wartete einen Moment, aber es kam keine Antwort.

»Hallo, Elisabeth, ist alles in Ordnung mit dir? Bist du krank?«

Sie bekam ein ungutes Gefühl und rüttelte an ihrer Mutter. Dabei entstand in dem grünen Gesicht ein Geflecht von winzigen Rissen. Inmitten der Kraterlandschaft öffnete sich Elisabeths ebenfalls grünlicher Mund und sagte: »Mein Gott. Das ist doch die Minze-Aloe-Vera-Maske. Die muss eine Viertelstunde in die Haut einziehen, damit sie wirkt. Jetzt ist sie kaputt, Charlotte. Du bist wirklich ein ungeschicktes Ding.«

Elisabeth setzte sich ruckartig auf. Weitere grüne Teile sprangen aus ihrem Gesicht auf den hellen Parkettboden. »Du hast dich also tatsächlich aus dem Bett erhoben. Was für ein Wunder. Müsstest du nicht schon längst beim Tauchen sein?«

»Woher weißt du denn, dass ich heute tauchen gehe? Das weiß doch überhaupt niemand.« Lotte war ziemlich überrascht, aber es beschlich sie sogleich ein ungutes Gefühl. Hatte sie doch geplaudert?

»Das hast du uns gestern Abend beim Essen erzählt. Auch von dem Tauchlehrer, Max, der wohl einen viel knackigeren Hintern hat als dein Polizist.«

»Was, das habe ich euch erzählt? Das kann ich ja kaum glauben!« Sie rieb sich den Kopf und stellte die Tasse vorsichtig auf dem Tisch ab. »Der Tauchgang ist erst um eins. Was habe ich noch erzählt? Abgesehen davon?«

»Sonst nichts. Leider, obwohl wir mehrfach nachgefragt haben. Wir hätten so gerne noch etwas über die toten Frauen erfahren. Ich glaube nämlich auch, dass du uns etwas verschweigst. Rudi hatte gleich den Eindruck. Er ist sehr besorgt um mich.«

Lotte war erleichtert. Trotz der Weinschwemme in ihrem Körper schien das Vorhaben, die spektakulären Ereignisse der letzten Tage für sich zu behalten, gelungen zu sein. Sie nahm einen großen Schluck Kaffee aus der Tasse und strich sich die Haare aus der Stirn.

»Dann ist ja gut. Und jetzt möchte ich erst mal frühstücken. Ich muss etwas früher in der Tauchschule sein, um die Sachen anzulegen.«

»Ja, ja, das sagtest du bereits alles gestern. Behaupte nie wieder, dass ich vergesslich bin. Gegen dich bin ich eine wahre Gehirnkünstlerin. Noch keine vierzig und so durcheinander!«

Elisabeth gackerte unvermittelt los. Wie platt getretene Grashüpfer sprangen die restlichen Partikel der Maske auf den Boden und die alte Elisabeth kam wieder zum Vorschein. Lotte musterte sie kritisch. Ihr Gesicht sah kein bisschen jünger aus als vorher. Aber vielleicht lag es ja auch daran, dass die ungeschickte Tochter die kostspielige Schönheitskur gestört hatte.

Mit einem lässigen »Hasta luego« winkte sie ihrer Mutter zu und ging aus dem Raum.

***

Der Neoprenanzug war, wie erwartet, mindestens eine Nummer zu klein. Als Max gestern gefragt hatte, welche Größe sie bräuchte, hatte sie ein bisschen geschwindelt. Sie wollte seine Erwartungen nicht schon im Vorfeld enttäuschen. Sportliche Männer mochten Frauen mit Idealmaßen. Das war ihre Erfahrung. Aber Größe achtunddreißig funktionierte in der Regel nur oben herum, und zwar nur, wenn sie den Bauch einzog und die Brust zusammenquetschte. Lotte schlich möglichst unauffällig zu dem Kleiderständer mit den Neoprenanzügen und suchte sich einen in Größe vierzig. Zum Glück schaute keiner zu ihr hin. Sie wühlte ein bisschen in den Anzügen, die nebeneinander zum Trocknen an einer Stange hingen. Schnell fand sie ein passendes Exemplar und hoffte, dass Max das Austauschmanöver nicht mitbekam. Nur mühsam bekam sie die graue Gummihaut über ihren Badeanzug.

»Alles klar? Du siehst ein bisschen blass aus heute.«

Lotte nickte und musterte ihn unauffällig. Max sah einfach nur super aus. Sein Anzug saß wie angegossen. Er hatte einfach kein Gramm Fett zu viel. Der Wind hatte seine blond gesträhnten Haare ein bisschen zerzaust. Die Sonne und wohl auch das entspannte Leben hier auf Fuerteventura hatten viele kleine Lachfältchen um seine grünen Augen gezaubert. Ein Bild von einem Mann. Er könnte sicher auch gut als Model arbeiten.

»Mir geht's gut. Ich hab nur ein bisschen schlecht geschlafen. Ein paar Mücken waren in meinem Zimmer und sind die ganze Nacht um mich herumgesummt. Es war furchtbar.«

»Mücken, hier auf Fuerteventura? Da hast du aber Pech gehabt. Normalerweise halten sich diese Viecher hier überhaupt nicht auf, wegen des starken Windes.«

Richtig! Das war eine blöde Ausrede! Sie hatte ja auch wirklich noch keine einzige Mücke gesehen. Lotte steckte sich blitzschnell den Oktopus, das Mundstück ihrer Sauerstoffflasche, in den Mund und brummte. Sie war stolz auf diesen guten Trick. So konnte sie eben nicht antworten.

Außer ihr und Max war nun doch noch ein anderer Teilnehmer bei ihrer Exkursion dabei. Brian, ein blasser Engländer, etwa fünfzig Jahre alt. Er hatte den typischen mittelgroßen Guiness-Bauch, leicht rötliche Haare und wirkte etwas unsicher. Brian hatte erst vor wenigen Tagen seinen Tauchschein gemacht. Wohl deshalb kümmerte sich Max hauptsächlich um ihn.

Lotte sah zu, wie Brian ungeschickt in seinen Anzug kletterte. Vielleicht war er ihm ja auch zu klein. Hinterher sah der Mann jedenfalls aus wie eine schwarze Leberwurst, die kurz davor war, aus der Pelle zu platzen. Max schien wie Lotte ein Grinsen zu unterdrücken, und sie zwinkerte ihm zu. Er lächelte zurück, und Lotte beschloss, es bei ihm besser anzustellen als bei Julio. Hoffentlich hatte er nicht auch irgendwo eine Liebste rumsitzen. Sie seufzte. So wie Max aussah, war es wahrscheinlich nicht nur eine. Na ja, für einen Urlaubsflirt wäre das ja egal. Eine längerfristige Beziehung mit einem Tauchlehrer auf den Kanaren war sowieso nicht in ihrem Sinne.

»Also, in fünf Minuten geht's los. Seid ihr beide fertig? Wir fahren mit dem Boot dort raus.« Max wies mit dem Finger auf ein geräumiges schwarzes Schlauchboot mit Außenmotor, das vorne am Steg ungeduldig auf den Wellen zappelte. »Wir werden etwa zehn Minuten brauchen, dann sind wir über einem Riff. Es liegt nur zwölf Meter tief, ist also für den Anfang ganz gut. Wir werden dann an der Bojenleine abtauchen und auf jeden Fall zusammenbleiben. Ich werde eine Lampe mitnehmen, damit wir in die Höhlen leuchten können. Da versteckt sich schon mal ein Rochen. Wir wollen ja schließlich was haben von unserem Ausflug. Das ganz große Highlight für Taucher ist ein Korallenriff in Orangetönen, es liegt allerdings in vierzig Metern Tiefe. Das heben wir uns für einen der nächsten Tauchgänge auf, wenn ihr etwas fitter seid.« Er sah auf die Uhr und blickte kurz in den Himmel.

Lotte warf ihm einen neidischen Blick zu. Im Gegensatz zu

ihr und Brian stand ihm die hautenge Schwimmhaut wirklich ausnehmend gut. Immerhin hatte der Engländer eine noch schlechtere Figur als sie selbst.

Während Max redete, packte er eine Taschenlampe in die große gelbe Kiste, die auf einer Bank bereitstand. »Der Höhepunkt unseres Tauchgangs wäre, wenn wir einen Engelhai sehen würden. Die gibt es hier. Sie sind harmlos, ihr braucht euch also keine Sorgen machen, aber ich kann nicht versprechen, dass wir wirklich einem begegnen.«

Brian starrte ihn mit offenem Mund an. Er hatte seine Taucherbrille bereits aufgesetzt. Dadurch wirkte er wie eine leicht abgedrehte Eule. Max wiederholte seine kleine Einführung noch mal auf Englisch. Seine Aussprache klang sehr amerikanisch, und Lotte nahm sich vor, ihn zu fragen, ob er dort gelebt hatte. Während er redete, nickte Brian fast ununterbrochen und strahlte wie ein Atomkraftwerk. Dabei trat er von einer Flosse auf die andere. Vielleicht musste er ja mal auf die Toilette. Da er den Anzug schon anhatte, würde er das dann wohl im Meer erledigen. Lotte fand die Vorstellung, dass vielleicht auch in ihrem Anzug jemand sein kleines Geschäft erledigt hatte, ziemlich eklig. Aber da würde sie jetzt auch nichts dran ändern, also verdrängte sie die Vorstellung. Brians Art war wirklich komisch. Sie konnte sich das Lachen kaum verkneifen. Schön, dass manche Menschen so begeisterungsfähig waren. Sie nutzte die Zeit, um noch einmal einen ordentlichen Schluck Wasser zu trinken. Ihr Hals war nach wie vor kratzig wie eine Schuhbürste.

»Es geht los, jeder trägt seine Sachen.«

Die leere Wasserflasche kam zurück in den Kasten, und Lotte und Brian folgten dem Tauchlehrer wie kleine Enten. Richtig fit fühlte sie sich nicht, das Zechgelage und der Schnupfen, den sie inzwischen hatte, waren eigentlich keine gute Voraussetzung für einen Ausflug unter Wasser, aber es würde schon irgendwie gehen.

***

Eine Viertelstunde später glitt Lotte langsam an der Leine entlang nach unten. Sie hatte sich viel Mühe gegeben, beim Abtauchen nicht allzu unelegant ins Meer zu plumpsen. Anders als Brian, der seinem Image als wurstiger Anfänger weiterhin treu blieb. Er hatte sich gar nicht erst getraut, sich rückwärts ins Wasser fallen zu lassen, und musste von Max reingeschubst werden. Inzwischen zuckelte aber auch er an der Schnur, etwa vier Meter über ihr. Darüber konnte sie Max gerade noch erkennen. Lotte genoss die Schwerelosigkeit, während sie immer tiefer sank. Jetzt hatte sie den Meeresboden erreicht und schaute sich um. Das Licht war noch erstaunlich hell. Sie konnte bestimmt fünfzig Meter weit sehen. Die felsigen Wände des Riffs waren zerklüftet und sahen spannend aus. Am liebsten wäre sie sofort losgeschwommen, um zu erkunden, was sich dort alles verbarg. Aber sie wartete auf die beiden anderen. Unter Wasser ging Sicherheit nun mal vor Neugier, so bedauerlich das auch war. Ein Schwarm grauer Fische umkreiste sie und versuchte, an ihren Armen zu knabbern. Sie schüttelte sie energisch ab. Währenddessen waren auch Max und Brian auf dem Meeresgrund angekommen. Max winkte ihnen zu, wies in eine Richtung und schwamm los. Wenige Meter weiter wedelte er mit einer Hand im Sand und legte dabei einen Stachelrochen frei. Der schaute äußerst unzufrieden und glitt davon.

Lotte zog gleichmäßig durch ihren Oktopus Sauerstoff ein. Das tat wirklich gut. Langsam hatte sie das Gefühl, dass ihr Kopf wieder klar wurde, und sie beschloss, nie wieder Alkohol zu trinken. Der ganze Vormittag war verloren. Wie ärgerlich. Dabei hatte sie sich so viel vorgenommen, aber jetzt war es nicht mehr zu ändern. Sie schlug entschlossen mit den Flossen und glitt durch das klare Wasser. Nach einer Weile gab Max ihr ein Zeichen und tippte auf seinen Druckluftmesser.

Lotte warf einen Blick auf ihren und hielt den angewinkelten Unterarm hoch. Damit signalisierte sie ihm, dass noch die Hälfte ihrer Luft da war. Max formte Daumen und Zeigefinger zu einem »Okay« und schwamm weiter. Lotte beschloss, die Umgebung hier unten nun doch auf eigene Faust zu erkunden. Sie gab Max ein Zeichen und wies in die andere Richtung. Wenn sie in der Nähe des Bootes blieb, konnte ja nicht viel passieren. Außerdem hatte sie noch für etwa zwanzig Minuten Luft. Max würde sie schon einsammeln, wenn sie wieder nach oben mussten.

Sie schwamm über ein zitterndes Algenfeld und beobachtete einige braune Barben, die sich hier unten augenscheinlich langweilten. Na ja, lieber hier nichts zu tun haben, als oben an der Angel hängen. Lotte grüßte die Fische mit einem hochgestreckten Daumen und freundlichem Kopfnicken. Die Viecher schienen sich allerdings nichts aus menschlichen Kontakten zu machen und ignorierten sie komplett. Zwei Thunfische trieben mit stoischer Gelassenheit an ihr vorbei. Lotte empfand ein erhabenes Gefühl, während sie die mächtigen Tiere beobachtete, und beschloss, nie wieder Thunfisch-Pizza zu essen, na ja, oder zumindest nicht mehr so oft. Sie wandte den Kopf und hielt den Atem an. Da war er, der angekündigte Engelhai. Er glitt direkt an ihr vorbei: fast einen Meter lang, mit stromlinienförmigen Flossen, durch die er ein wenig wirkte wie ein Düsenjet. Jetzt schwamm das Tier neugierig auf sie zu und fletschte ein bisschen die spitzen Zähne. Es sah aus, als würde er ziemlich hämisch grinsen.

Lotte merkte, wie ihr Magen sich verkrampfte. Jetzt wäre sie doch lieber bei den beiden anderen. Ihr Herz schlug schneller als noch vor wenigen Sekunden. Auch wenn Max vorher behauptet hatte, die kleinen Räuber seien für Menschen harmlos, war ihr der große Fisch nicht gerade geheuer. Sie drehte sich um, um zu sehen, ob Max und Brian in der Nähe waren, aber sie konnte niemanden entdecken. Der Hai starrte direkt in ihre Taucherbrille. Sie lächelte ihm freundlich zu, blieb aber ansonsten reglos. Der Raubfisch schien sie auch nicht besonders aufregend zu finden und wandte sich kurz entschlossen ab.

Lotte atmete erleichtert auf und entspannte sich wieder. Sie schwamm weiter. Das Wasser hier vor Fuerteventura war zwar schön klar, aber irgendwie erschien Lotte alles ein wenig farblos. Sie überlegte, ob es vielleicht eine Nachwirkung der dritten

Cola-Rum sein könnte. Ach nein, die war ja bereits vor Stunden in die Toilette der »Cavern Bar« gewandert. Wahrscheinlich war die Unterwasserlandschaft hier im Atlantik von Natur aus nicht so farbenfroh. Ihren letzten Tauchgang hatte sie zwei Jahre zuvor im Roten Meer vor Ägypten absolviert. Da war deutlich mehr zu sehen gewesen. Vor allem die Farben waren anders, viel leuchtender und bunter.

Sie sah auf ihre Taucheruhr. Fast eine halbe Stunde lang waren sie jetzt schon hier unten, und sie begann langsam zu frieren. Bei siebzehn Grad Wassertemperatur hielt so ein Neoprenanzug eben auch nicht lange warm, schon gar nicht, wenn der Körper unter leichten Vergiftungserscheinungen litt. Sie überlegte, vorzeitig nach oben zu schwimmen.

Ein großer Schatten erregte ihre Aufmerksamkeit. Es war ein Delphin, der ein freundliches Gesicht und einen ausgesprochen zutraulichen Eindruck machte. Lotte war begeistert. Sie folgte ihm in der Hoffnung, ihn streicheln zu können. Und tatsächlich, das Tier blieb ganz in der Nähe und schaute sie aufmerksam an. Sie schwamm auf ihn zu und streckte vorsichtig ihre Hand nach ihm aus.

Plötzlich blieb ihr die Luft weg. Lotte griff zu ihrem Mundstück, um festzustellen, ob irgendetwas die Öffnung verstopft hatte. Doch der Oktopus war sauber. Sie hatte noch für mindestens fünfzehn Minuten Luft, da war sie ganz sicher. Schließlich hatte sie eben erst nachgesehen und Max ihre Restzeit angezeigt. Sie versuchte es mit dem Ersatzoktopus. Aber auch damit schien es ihr, als sauge sie an einer geschlossenen Flasche. Lotte drehte sich panisch um in der Hoffnung, Max irgendwie auf sich aufmerksam machen zu können. Aber sowohl er als auch Brian waren wie vom Meeresboden verschluckt. Lotte probierte noch einmal, tief durchzuatmen, aber vergeblich. Sie geriet in Panik und wollte auftauchen, wusste aber nicht, in welche Richtung sie schwimmen sollte. Auch der Delphin hatte sich inzwischen verzogen. Wahrscheinlich war ihm ihr unruhiges Gezappel viel zu aufreibend gewesen. Und helfen hätte er ja sowieso nicht können. Schließlich war er nicht Flipper. Im Film hätte sie so ein Delphin jetzt locker nach oben transportiert.

Aber das hier war die Realität, furchtbare Realität. Der Druck in ihrem Kopf wurde immer größer, in ihren Ohren spürte Lotte ein Sausen. Sie versuchte mit zitternden Händen, den Bleigürtel herunterzureißen, und klemmte sich dabei den Daumen ein. Sie spürte den Schmerz kaum. Gleichzeitig fingerte sie an dem Ventil ihrer Weste, um das lebensrettende Teil mit Luft zu füllen. Aber Luft war ja nicht mehr da. Ihr wurde schwarz vor Augen.

Wie in Trance sah sie viele Menschen, die sie in ihrem Leben kennengelernt hatte, an sich vorbeiziehen. Ihr kam es vor, als seien sie alle hier bei ihr unter Wasser und würden ihr noch einmal zuwinken. Zuletzt waren da die braunen, ernst blickenden Augen von Julio, die in kleinen, kreisenden Bewegungen nach oben zu schwimmen schienen und schließlich wie in einer großen Seifenblase an der weit entfernten Wasseroberfläche verschwanden. Sie verlor das Bewusstsein.

***

Der Himmel über Fuerteventura war leuchtend blau, als Lotte ihre Augen wieder öffnete. Sie zuckte am ganzen Körper, und ihr war mindestens genauso schlecht wie am Morgen. Aber in einem war sie sich sicher: Sie lebte noch. Auf irgendeine wunderbare Weise war sie aus dem Wasser gekommen und hatte sich in das Boot gehievt. Sie seufzte und wurde wieder bewusstlos.

Als sie zum zweiten Mal zu sich kam, hatte sie jemand auf die Seite gedreht, sodass sie sich übergeben konnte, was sie auch gerne und ausgiebig tat. Sie lag auf dem Boden im Hof der Tauchschule und hatte ihren Neoprenanzug noch an. Die Sauerstoffflasche stand neben ihr. Mario, der zweite Tauchlehrer, nestelte mit ernstem Gesichtsausdruck an ihr herum. Auf der Bank saß ein leichenblasser Brian. Er trank Bier. Wohl schon seit einer ganzen Weile, denn eine leere Flasche stand neben ihm. Lotte wischte sich den Mund ab und wälzte sich auf den Rücken. Sie suchte Blickkontakt mit Max. Wahrscheinlich sah sie fürchterlich aus, aber das war ihr im Moment völlig egal. Aus ihrer Kehle kam ein merkwürdiges Geräusch. Es klang so ähnlich wie »Hallo«.

»Ah. Lotte. Bin ich froh, dass du wieder okay bist. Ich hatte vielleicht eine Angst um dich. So was habe ich noch nie erlebt.«

»Wie bin ich hierhergekommen? Was ist da unten passiert?«

»Das wollte ich dich fragen. Ich hatte dich ein paar Minuten lang nicht im Blick, weil Brian nicht zurechtkam. Als ich wieder bei dir war, triebst du bewusstlos auf dem Meeresboden. Mann, hab ich mich erschrocken. Ich dachte schon, du seist tot.«

»Ich auch. Die Luft war alle, ich hab euch nicht mehr gesehen. Keine Ahnung, wieso.«

Lotte fing an zu weinen. Wie peinlich. Aber der Schreck saß noch tief in ihren Gliedern. Jetzt, wo alles vorbei war, wurde ihr erst richtig klar, dass sie bei dem Abenteuer hätte sterben können. Sie hatte ja schon viel erlebt, aber so etwas noch nie. All die Gefühle, die sich in den letzten Tagen aufgestaut hatten, brachen jetzt aus ihr heraus. Die guten und die schlechten. Sie versuchte, tief durchzuatmen und sich dadurch zu beruhigen. Aber es gelang nur langsam. Immerhin verwandelte sich dadurch das Weinen in ein jämmerliches Wimmern. Max kam zu ihr, richtete sie sanft auf und legte die Arme um ihre Schultern.

»Ja, wein nur. Das tut dir gut und ist völlig okay. Es war sicher ein furchtbares Erlebnis. Mario versucht gerade herauszufinden, was nicht in Ordnung war. Wir warten unsere Sachen immer so genau. Da kann eigentlich nichts passieren.«

Vorsichtig flößte er ihr ein paar Schlucke Pfefferminztee ein. Das erinnerte Lotte an die grässliche giftgrüne Maske, die ihre Mutter am Morgen auf dem Gesicht hatte. Sie musste lachen.

»Na also, es wird doch wieder. Deine Lebensgeister scheinen schnell zurückzukehren. Unkraut vergeht nicht, stimmt's?« Max strich ihr eine Haarsträhne aus der Stirn, die über das rechte Auge gefallen war und drückte sie noch einmal leicht an sich.

Dann warf er einen fragenden Blick zu Mario, der inzwischen Lottes Druckmesser in der Hand hielt. Seine Kinnlade war hinuntergefallen und berührte fast den Brustkorb. »Was ist los? Was schaust du so entgeistert?«

»Das gibt's doch nicht. Das habe ich wirklich noch nie erlebt.« Mario drehte den Druckmesser hin und her. Er betrachtete ihn fassungslos, als sei er ein Frosch mit drei Hinterbeinen. »Hier hat jemand dran rumgeschraubt. Der Finimeter zeigt hundert Bar zu viel an. Das heißt, die Flasche war wahrscheinlich schon ziemlich leer, als ihr losgefahren seid. Und keiner hat es gemerkt. Von alleine kann das nicht passiert sein. Das war Sabotage. Ich denke, ich werde besser mal die Polizei anrufen.«

»Ja, mach das.«

Max reichte Lotte ein Handtuch. Sie überlegte, ob sie sich umziehen oder besser als Beinaheleiche lasziv auf dem Boden liegen bleiben sollte. So könnte sie weiter Mitleid erwecken, und alle würden sich um sie kümmern. Andererseits sah sie in diesem engen Ganzkörperkondom nicht sonderlich attraktiv aus und wollte einem ganz bestimmten Polizisten lieber nicht in diesem Aufzug begegnen. Aber eben der würde ja vielleicht kommen. Sie raffte sich auf, wickelte das Handtuch gekonnt um ihre Hüften, nahm sich ein weiteres für die Haare und hauchte Max ein »Danke, sehr lieb« entgegen.

Als sie gerade in die Umkleidekabine treten wollte, sagte Max: »Ich würde dich gerne für heute Abend zum Essen einladen. So als kleinen Trost.«

Lotte war ein bisschen gespalten. Essen mit Max, super, aber als Trost? Sie war doch kein kleines Mädchen, dem das Eishörnchen heruntergefallen war und das jetzt heulend dastand. Max schien ihr Zögern richtig zu deuten.

»Ich wollte dich sowieso einladen. Dann können wir uns ein bisschen kennenlernen, und ich kann dir zeigen, wie schön Fuerteventura ist. Du bist ja erst ein paar Tage hier und hast sicher noch nicht viel gesehen.«

Lotte schmunzelte in sich hinein. Wenn er wüsste, was sie in der kurzen Zeit auf der Insel schon alles erlebt hatte! Sie beschloss, das Kapitel »romantischer Abend« erneut aufzublättern und nickte. »Ja, ist gut. Wann und wo?«

»Ich hab ja deine Adresse, ich hole dich um acht Uhr ab und überlege mir was Schönes.«

»Alles klar.« Lotte band das Handtuch noch mal fest um die Taille und ging in die Umkleide. Eine gute Entscheidung, denn zwanzig Minuten später betrat Julio mit einem Kollegen die Tauchschule. Lotte trug inzwischen geblümte Shorts und ein rotes T-Shirt. Ihre Haare waren noch nass, aber gekämmt. Sie hielt die nächste Tasse Tee in der Hand und lehnte sich an Max, der neben ihr auf der Holzbank saß. Julio starrte sie nachdenklich an. Sein Gesicht wurde merklich blasser, und er zog die Augenbrauen hoch.

»Du warst das da unten? Du wärst fast ertrunken?«

Lotte nickte und überlegte, wie sie sich ihm gegenüber verhalten sollte. Da er sie geduzt hatte, war für alle klar, dass sie sich kannten. Zu vertraut wollte sie aber nicht sein, schließlich hatte er sie hintergangen. Ihre Verletztheit durfte natürlich auch auf gar keinen Fall auffallen. Sie kam allerdings gar nicht dazu, sich in irgendeiner Form zu äußern, denn Julio redete weiter.

»Oh Gott. Das darf ja wohl nicht wahr sein. Wie geht es dir? Bist du so weit in Ordnung?«

Lotte zuckte mit den Schultern und gab sich cool. »Ich lebe noch. Siehst du doch.«

»Was genau ist denn überhaupt passiert?« Er sah in die Runde.

Lotte überließ Max die Schilderung der Ereignisse. Er konnte auch besser erklären, was mit dem Finimeter los gewesen war. Julio schien sich mit dem Tauchen auszukennen, er stellte keine dummen Zwischenfragen, sondern nur welche, die auch richtig Sinn machten. Gab es eigentlich irgendein Gebiet, auf dem dieser Mensch nicht toll war? Ach egal, sie ging heute mit Max aus, und der hatte auf jeden Fall die bessere Figur. Andererseits fand Lotte das eigentlich gar nicht so wichtig, aber da wollte sie jetzt nicht drüber nachdenken.

»Wer wusste alles, dass du heute tauchen gehst?«

Die Frage riss sie aus ihren Gedanken. Lotte überlegte.

»Niemand eigentlich. Nur meine Mutter und ihr Freund. Na ja, und Max natürlich. Vielleicht hat mich ja noch jemand hier gesehen, als ich mich angemeldet habe.«

»Ist dir denn jemand aufgefallen? Jemand, den du kennst? Oder der sich auffällig verhalten hat?«

»Ich glaube nicht. Es liefen natürlich Leute draußen rum. Und das Café gegenüber war auch gut besucht. Aber konkret?« Lotte runzelte die Stirn. Schließlich schüttelte sie den Kopf. »Ich habe einfach nicht darauf geachtet. Tut mir leid.«

Julio wandte sich wieder an Max. »Haben Sie eine Ahnung, wer das gewesen sein könnte? Vielleicht galt der Anschlag ja nicht Frau Köhler persönlich, sondern Ihrer Tauchschule. Haben Sie vielleicht Konkurrenten hier in der Nähe?«

Max nannte ihm die Namen der nächstgelegenen Tauchschulen. Sabotage mochte er aber keiner von ihnen unterstellen. Es gab genug Kunden für alle, und das Verhältnis untereinander war sogar eher freundschaftlich. Julio fragte noch einige Details ab. Dabei machte er sich Notizen. Dann sah er auf seine Armbanduhr, die er am rechten Handgelenk trug. Lotte überlegte, ob er vielleicht Linkshänder war.

»Hast du noch Zeit für einen Kaffee?«, fragte er sie abschließend. »Ich würde mich gerne mit dir unterhalten.«

»Können wir das nicht auf morgen verschieben? Ich möchte jetzt lieber nach Hause gehen. Ich bin total fertig.«

»Das verstehe ich, aber es ist wichtig. Schließlich hatte es hier womöglich jemand auf dich abgesehen. Und vielleicht passiert das noch mal. Ich möchte lieber so schnell wie möglich mit den Ermittlungen beginnen. Außerdem gibt es da noch etwas von gestern zu klären. Du weißt schon. Wir können uns hier unterhalten oder auf der Wache, wenn es dir lieber ist. Sagen wir in einer Stunde, dann kannst du dich noch frisch machen.«

Lotte überlegte, ob das jetzt eine Drohung sein sollte. In Anwesenheit von Max und Mario wollte sie keinesfalls über ihren Besuch in der Polizeistation und den Orangenlikör sprechen. Und Julio konnte ja wohl nicht ernsthaft annehmen, dass sie

Lust hatte, in die Hauptstadt zu fahren. Außerdem würde da womöglich Pantherkralle als Assistentin rumlungern und sich wichtig machen. Das fehlte ihr gerade noch. Sie hatte das hämische Grinsen ihrer Rivalin und die wild trommelnden Nägel schon bildlich vor Augen. Da war ein Gespräch in einem netten Café auf jeden Fall das kleinere Übel.

»Also gut, dann trinken wir eben einen Kaffee zusammen. Aber jetzt gleich.«

***

Am Nebentisch saß Kevin, der kleine Junge, der vor einigen Tagen neben ihr in den Sand gepinkelt hatte. Seine hellblauen Shorts schienen bis jetzt noch trocken zu sein. Er hatte eine große Portion Schokoladeneis vor sich und verschmierte es gleichmäßig in seinem Gesicht. Seine Mutter schien das gar nicht wahrzunehmen. Das lag wahrscheinlich an der riesigen Sonnenbrille, die ihr Gesicht fast bis zu den Mundwinkeln verdeckte. Sie hatte ihren durchtrainierten Körper in ein hautenges weißes Minikleid gehüllt. Ihre roten Haare waren zu einem straffen Zopf geflochten. Sie duftete penetrant nach Kokossonnenmilch und trank ein Mineralwasser. Typisch, dachte Lotte, so kann man ja auch kein Gramm zulegen. Dafür hatte sie eine Haut wie ein Brathähnchen und würde in spätestens zehn Jahren wie ein alter brauner Plisseerock aussehen. Sie wandte sich genervt ab und widmete sich ausgiebig ihrem stark gezuckerten Cappuccino.

»Bekomme ich jetzt Polizeischutz?«

Lotte zog mit einem Löffel das süße Milchschaumhäubchen vom Kaffee und schleckte es genüsslich ab. Das Getränk war köstlich, jetzt musste nur noch der Erdbeerbecher kommen.

»Polizeischutz? Ich sollte dir ein paar Handschellen verpassen und dich irgendwo anketten!«

Julio schaute sehr ernst, aber in seinen Augen entdeckte Lotte ein kleines Schmunzeln. Sie tat sehr unschuldig. »Mich? Wieso? Ich bin ja schließlich kein Verbrecher.«

»Na, irgendwie scheinst du aber nicht besonders gut auf dich aufpassen zu können. Und auch wenn das nicht die einzige mögliche Erklärung für den Zwischenfall in der Tauchschule ist, hast du vielleicht irgendjemanden auf dich aufmerksam gemacht. Hängt das vielleicht mit dem Orangenlikör zusammen, den du deiner Mutter geschenkt hast?«

Lotte kicherte, als sie an Elisabeths Gezeter vom Morgen dachte. »Sie war total aufgebracht, dass du das klebrige Gesöff einkassiert hast. Sie wollte abends davon trinken und meinte, du hättest ihn ihr weggenommen.«

Sie überlegte, ob sie Julio alles erzählen sollte, was sie inzwischen herausgefunden hatte. Warum sollte sie es ihm einfach machen? Es war schließlich sein Job zu recherchieren, was passiert war. Außerdem hatte er sie nicht besonders nett behandelt, von der grässlichen Pantherkralle, die es offensichtlich in seinem Leben gab, ganz zu schweigen. Auf der anderen Seite hatte da vielleicht wirklich jemand versucht, sie umzubringen. Und derjenige könnte das ja auch noch mal probieren.

»Ich glaube nicht, dass es an dem Orangenlikör liegt. Den habe ich zufällig in einem Laden entdeckt. Aber ich hab mich in den letzten Tagen ein bisschen umgeschaut und vieles zu dem Mord herausgefunden.«

»Du hast was?« Julio starrte sie ziemlich entsetzt an.

»Nun stell dich doch nicht so an. Lass mich einfach erzählen, am besten ohne Unterbrechungen, wenn du das schaffst.«

Julio nickte, und Lotte berichtete von ihrem heimlichen Besuch bei Gertrude Steinbrecher. Von den Fotos, die sie gefunden hatte, und vom Giftschränkchen im Badezimmer mit den verschiedenen Medikamenten.

Das geklaute Messer vom ersten Besuch ließ sie geflissentlich weg, das hatte ja ohnehin nichts mit dem Mord zu tun. Zwischendurch schaute Lotte sich immer mal wieder um, ob jemand zuhörte. Aber das Café hatte sich ziemlich geleert. Auch Kevin war mitsamt seinen Eltern abgezogen. Er hatte eine Schokoladenlache und einen Berg zerknüllter Servietten auf dem Tisch hinterlassen. Außerdem war sein Stuhl umgekippt, und bisher hatte sich keiner die Mühe gemacht, ihn wieder aufzustellen.

Julio machte sich geschäftig ein paar Notizen und unterbrach Lotte freundlicherweise nicht mit irgendwelchen Vorwürfen. Allerdings meinte sie doch, gelegentlich ein leichtes Zähneknirschen und Knurren zu vernehmen. Als sie mit ihrer Geschichte geendet hatte, war er merklich blasser geworden. Lotte schaute ihn an und erwartete gespannt seine Reaktion. Sie war genau so, wie sie es sich vorgestellt hatte: typisch männlich und machohaft.

»Das ist wirklich unglaublich. Du kannst doch nicht einfach bei jemandem einbrechen! Das ist strafbar. Auch wenn du meinst, die alte Dame habe etwas mit den Morden zu tun.«

Lotte nickte ungerührt. Ein kleines Lob hätte ihr jetzt auch mal gutgetan. Aber das war von einem Spanier wohl zu viel verlangt.

»Vielleicht ist es aber auch dieser Fuertebeauty-Verein. Der ist, glaube ich, nicht ganz koscher. Da gibt es jede Menge Beschwerden im Internet. Und die Leute, die da in der Fabrik und der Gärtnerei rumlaufen, sind irgendwie alle nicht ganz richtig im Kopf. Ein bisschen wirken sie wie nach einer Gehirnwäsche.«

In diesem Moment kam ihr Eis. Lotte widmete sich sogleich den leuchtend roten Früchten. Julio sollte sich jetzt ruhig seinen düsteren Gedanken hingeben und sie essen lassen. Aber so schnell wollte er anscheinend keine Ruhe geben.

»Und der Orangenlikör? Wo hast du den her? Ich dachte, ich seh nicht richtig, als deine Mutter die Flasche aus dem Schrank holt. Ich war kurz davor, dich und deinen ganzen Clan wieder auf die Verdächtigenliste zu setzen. Nur dein lupenreines Alibi zu beiden Tatzeiten hat mich davon abgehalten.«

»Mein Alibi? Hast du mich etwa überprüft?«

»Das brauchte ich nicht. Beim ersten Mal lagst du mit deiner Mutter am Strand, und zu der Zeit, als Claudia Manz ermordet wurde, warst du mit ihr bei Fuertebeauty, da hatten wir uns doch getroffen.«

Lotte war beruhigt und wischte sich den Mund vorsichtig mit der Serviette sauber. Das Papier war danach ziemlich rot getupft. Wenn sie gleichzeitig aß und redete, war sie meistens fast genauso verschmiert wie vorhin Kevin. Das fand sie in dieser Situation ganz und gar nicht angemessen. Sie erzählte von dem Lädchen im Nordwesten der Insel.

Julio schrieb sich kopfschüttelnd die Adresse von Tante Carmen auf. »Und den Likör gibt es nur dort? Ist ja unglaublich.«

Er zögerte. »Trotzdem. Ich finde es völlig unverantwortlich, dass du hier auf eigene Faust losziehst und recherchierst. Das ist ja auch gefährlich, wie du vielleicht gemerkt hast. Oder langsam merken solltest. Also lass das jetzt endlich. Sonst mache ich noch ernst mit den Handschellen.« Er schaute sie grimmig an und rührte gedankenverloren in seinem Latte macchiato. »Übrigens, du hast Erdbeereis auf der Nasenspitze. Sieht süß aus.«

Lotte ärgerte sich. Da hatte sie mal kurz nicht aufgepasst, und schon wurde sie mit Essen im Gesicht erwischt. Sie tupfte den lästigen roten Fleck mit dem Zeigefinger weg. Eine Ablenkung musste dringend her.

»Hast du eigentlich auch etwas herausbekommen oder dich nur in deinem Büro amüsiert?« Den kleinen Seitenhieb hatte sie sich einfach nicht verkneifen können. Ihr erster Eishunger war inzwischen gestillt. Sie ließ den Inhalt des Bechers ruhig vor sich hin schmelzen und lehnte sich entspannt zurück.

»Diese Aloe-Vera-Farm haben wir auseinandergenommen. Die kam mir auch nicht ganz sauber vor. Aber die Bücher sind in Ordnung. Und wenn erwachsene Frauen freiwillig umsonst arbeiten, weil sie sich einbilden, dadurch schöner zu werden, kann man ihnen auch nicht helfen.« Er strich sich mit beiden Händen durch die Haare, eine Geste, die Lotte schon mehrmals bemerkt hatte. »Was allerdings merkwürdig ist: Diese Firmenbesitzerin, Karin Möller, ist nach wie vor verschwunden. Da vermuten wir tatsächlich einen Zusammenhang mit den Morden. Ist doch seltsam, dass eine Schwester ermordet wird und die andere zeitgleich untertaucht.«

»Oder untergetaucht wird«, warf Lotte in Erinnerung an ihr

beinahe tödliches Erlebnis vom früheren Nachmittag ein. »Ach so, eventuell werden dort illegale Arbeiter beschäftigt, das kannst du auch mal nachprüfen.« Sie erzählte von den Bussen, die sie in El Matorral gesehen hatte.

»Sag mal, kann es sein, dass du zu viele Krimis liest? Oder hast du einfach zu viel Phantasie?«

Lotte rieb die Füße unter dem Tisch aneinander. Dort hatte sie eine Sonnenallergie bekommen, und es fing langsam an zu jucken. »Krimis kann man nie genug lesen.«

»Lesen kannst du, was du willst. Hör aber auf, selbst nachzuforschen. Das Leben ist kein Krimi, in dem immer die Guten gewinnen.«

Er überlegte kurz. »Was ich immer noch nicht verstehe, ist, warum du mir das nicht gestern schon im Büro erzählt hast? Du warst doch da und hast dich angemeldet, oder?«

Oh Mist, auch das noch. Das hatte sie für den Moment total vergessen. Lotte schaltete blitzschnell und ließ ihren Löffel unter den Tisch fallen. Die Kellnerin brachte dienstbeflissen einen neuen, den sie noch schnell mit einem weißen Tuch ein wenig nachpolierte. Diese Zeit reichte Lotte, um sich eine erstklassige Geschichte auszudenken.

»Deine Kollegin, die Schwarzhaarige, die unten saß, meinte, du hättest sehr viel zu tun, und tat so, als würde ich dir die Zeit stehlen. Da war ich etwas sauer, weil wir ja verabredet waren.«

Julio zog die Augenbrauen hoch. »Das hat sie gesagt? Das verstehe ich nicht. Ich hatte Zeit. Da werde ich sie nachher gleich mal drauf ansprechen.«

»Ach, lass nur, war vielleicht ein Missverständnis. Und es hat ja auch was gebracht. Ich hab die Orangenlikörquelle entdeckt.«

Mit diesen wohlwollenden Worten über ihre verhasste Rivalin wandte sich Lotte wieder ihrem inzwischen etwas flüssig gewordenen Erdbeereis zu und ließ jeden Löffel bewusst auf der Zunge zergehen.

ZWÖLF

Heute Abend würde sie es besser machen. Kritisch musterte sich Lotte im Spiegel. Sie trug ihre Lieblingsjeans und ein rot-weiß geringeltes Sweatshirt. Ihre Füße machten es sich in den roten Sneakern gemütlich, die sie im vergangenen Sommer im Ausverkauf erstanden hatte. Jetzt noch eine regendichte Windjacke, dann war das Outfit perfekt.

Noch einmal wollte sie sich nun wirklich nicht lächerlich machen und schon gar nicht mehr frieren. Es klopfte an der Haustür. Sie hatte das Gefühl, das schon einmal ganz genauso erlebt zu haben. Ihr Abendessen mit Julio war gerade mal drei Tage her. Es kam ihr gleichzeitig vor wie gestern und wie eine halbe Ewigkeit. Normalerweise ging sie innerhalb weniger Tage nicht mit verschiedenen Männern aus, aber was sich hier auf der Insel abspielte, war ja nun auch nicht gerade normal.

Erwartungsvoll riss sie die Tür auf. Max hatte sich in Schale geschmissen. Das dunkelblaue Jackett und die weiße Hose standen ihm genauso gut wie der Neoprenanzug. Manche Menschen können einfach alles tragen, dachte Lotte neidisch. Seine blonden Haare waren ordentlich gegelt. Allerdings hatten sich einzelne Strähnen selbstständig gemacht und fielen ihm ins Gesicht. Aber auch das sah irgendwie gut aus. Insgesamt wirkte er wie frisch dem Quellekatalog entsprungen. Er starrte sie nur leider genauso verwundert an wie sie ihn. Toll, jetzt hatte sie alles richtig machen wollen und passte optisch wieder nicht zu ihrem Date.

»Sportlich siehst du aus.«

Max hatte als Erster die Sprache wiedergefunden. Er küsste sie zur Begrüßung leicht auf beide Wangen. Lotte wusste wie immer nicht, welche Seite zuerst dran war, sodass sie mit den Nasen zusammenstießen.

»Was hast du vor? Gehen wir in die Oper?«

»Oper? Nein, ich glaube hier gibt es gar keine. Nicht mal ein

Theater. Auf der anderen Seite der Bucht, in der Nähe der Tauchschule, ist ein feines Lokal, ich dachte, wir könnten vielleicht dahin gehen. Die Aussicht auf den Hafen ist toll.«

Lotte zögerte. Ihre Erinnerung an den gestrigen Abend war noch ziemlich präsent und ausgesprochen betrüblich. Man würde sich dort sicher an sie erinnern. Nach dem, was ihre Mutter erzählt hatte, war sie eher unangenehm aufgefallen. Nein, da würde sie heute bestimmt nicht hingehen.

»Da war ich schon gestern mit meiner Mutter und ihrem Freund. Es war schon gut, aber hast du vielleicht noch eine andere Idee? Ich würde gerne mehr von Fuerteventura kennenlernen.«

Max runzelte die Stirn. Er überlegte. Es dauerte mehr als einen Moment. Lotte wartete. Der Schnellste war er anscheinend nicht. Schließlich fing sie an, leise zu zählen, und beschloss, das Treffen abzusagen, wenn er bei hundert noch keine neue Idee hatte. Aber er wurde bereits bei dreiundzwanzig fündig.

»Isst du gerne Fleisch? Es gibt ein gutes Steakhaus in der Nähe des Flughafens. Das ist sehr gemütlich, und die Küche ist wirklich gut.«

Lotte konnte sich ein Grinsen nicht verkneifen. Die Auswahl an ausgezeichneten Restaurants war hier wohl nicht so groß wie gedacht.

»Tut mir leid. Da war ich auch schon mal. Und in dem Fischlokal auf dieser Seite der Bucht auch, aber sonst kenne ich noch nichts.«

»Tja, dann lass mich noch mal überlegen. Also, da wäre noch ein Fischlokal, vier Kilometer von hier, im nächsten Ort, immer die Küste entlang. Es wird schon langsam dunkel, vielleicht sollten wir uns ein Taxi nehmen. Zurückkommen ist kein Problem. Die Gäste werden immer vom Wirt höchstpersönlich gefahren.«

»Ein bisschen laufen wäre doch gar nicht schlecht.« Lotte stellte sich den Weg ziemlich romantisch vor. Gut, dass sie heute warme Sachen anhatte. »Entsprechend angezogen bin ich auch.«

»Ja, aber ich eigentlich nicht.« Er sah an sich runter und betrachtete missmutig die geputzten Schuhe. »Na ja, es ist ja nicht kalt. Wenn du gerne willst, lass uns hinlaufen. Wenn wir uns beeilen, sind wir in einer Dreiviertelstunde da und haben uns den richtigen Appetit geholt.«

Lotte band sich die Jacke um die Taille. Noch war es warm genug. Der erste Teil des Weges war asphaltiert. Schweigend gingen sie vorbei an mehreren halb fertigen Hotels und einem großen Einkaufszentrum. Auf der anderen Seite der Promenade umspülte der Atlantik die zerfurchte Küste. Überall an den kleinen Wasserpfützen, die die zurückgehende Flut hinterlassen hatte, hüpften zeternde Möwen aufgeregt hin und her. Wahrscheinlich hofften sie auf kleine Beutefische, die nicht rechtzeitig zurück ins Meer geschwommen waren.

»Wie bist du eigentlich nach Fuerteventura gekommen?«

»Ach, das ist eine lange Geschichte. Ich hab Biologie und Mathematik studiert, fürs Lehramt. Aber ich bin nicht so richtig vorangekommen. Dann hab ich gedacht, ich nehme mir mal eine Auszeit und versuche mich als Animateur. Das hat auch gleich geklappt. Ich habe auf Mallorca gearbeitet, auf Ibiza und schließlich auf Gran Canaria. Dort habe ich das Tauchen gelernt. Danach bin ich zurück nach Hannover, in meine Heimat, und wollte weiterstudieren, aber es hat nicht geklappt. Lernen ist einfach nicht mein Ding. Außerdem war ich da schon Mitte zwanzig. Also habe ich mich wieder als Animateur verdingt, diesmal hier auf der Insel Fuerteventura. Na ja, und dann bin ich einfach hängen geblieben. Meine Mutter hat damals ständig hier gelebt, und ich bin nun auch schon fünf Jahre auf der Insel. Ist ganz nett, aber ich glaube, es ist nichts für das ganze Leben.«

Lotte nickte verständnisvoll. Sie fand die Insel schon für einen zweiwöchigen Urlaub völlig ungeeignet: viel zu karg, viel zu windig, viel zu viel Sand und anscheinend auch eine ziemlich hohe Todesrate. Sie fröstelte und zog sich die Jacke über. Inzwischen war es deutlich kühler geworden. Das lag daran, dass die Sonne fast ganz hinter den Bergen verschwunden war. Der Weg war jetzt nur noch eine Sandpiste.

»Ist deine Mutter nach Deutschland zurückgegangen?«

»Nein, sie ist vor ein paar Jahren an Hautkrebs gestorben. Ziemlich schlimme Geschichte. Wahrscheinlich hat sie zu viel Sonne abgekriegt. Oder zu viel gecremt.«

»Gecremt? Wieso denn das?« Lotte hegte einen winzigen Verdacht. Sie wartete gespannt.

»Ach, sie hat hier für so einen komischen Verein gearbeitet, der ihr weisgemacht hat, sie könne sich durch deren Kosmetik ewige Jugend verschaffen. Und das Zeug hat sie sich tonnenweise ins Gesicht und sonst wo hingeschmiert.«

»Fuertebeauty?«

»Sag bloß, du kaufst auch bei denen ein!«

»Ich? Nein, natürlich nicht. Ich bin doch nicht blöd. So viel Geld habe ich auch gar nicht. Aber meine Mutter.«

»Was, das ist ja furchtbar! Du musst versuchen, ihr das auszureden. Meine Mutter war damals total abgedreht, wie nach einer Gehirnwäsche. Ich hatte fast das Gefühl, sie sei in einer Sekte gelandet. Und dann hat sie diesem Club auch noch ihr ganzes Geld vermacht. Ich habe nur den Pflichtteil bekommen. Mann, war ich sauer.«

Lotte hatte den Eindruck, dass er immer noch ziemlich sauer war, konnte es aber auch verstehen. »Hast du versucht, gegen das Testament anzugehen?«

»Klar, hat mich viertausend Euro gekostet. Trotzdem hab ich verloren. Die haben super Anwälte. Ehrlich gesagt: Ein kleiner Grund, warum ich immer noch auf der Insel bin, ist die Hoffnung, dass ich dem Laden vielleicht etwas anhängen kann.«

»Und kannst du?«

»Bis jetzt nicht. Ich hab Annoncen aufgegeben, um andere Betroffene kennenzulernen. Alle haben ähnliche Erfahrungen mit Fuertebeauty gemacht, aber keiner hat etwas gegen sie in der Hand.«

»Kennst du die Besitzerin, Karin Möller?«

»Nee, ich hab immer nur mit Anwälten zu tun gehabt. Die müssen ein Heidengeld machen mit diesen blöden Pflanzen.«

Lotte dachte nach. Es gab tatsächlich eine Menge Leute, die

auf Fuertebeauty nicht gut zu sprechen waren. Inzwischen gingen sie über einen ausgetretenen Sandweg zwischen der steinigen Küste und einer großen öden Fläche. Nur ein wenig graugrünes Kraut wuchs dort. Lotte stieß gedankenverloren einen Stein weg, der im Weg lag. Er war weich.

»Mist, ich bin in Kamelkacke getreten.«

Max lachte. »In Deutschland liegt Hundekot auf den Bürgersteigen, hier machen eben die Kamele auf den Gehweg. Vielleicht kriegst du die Schuhe da in den Pflanzen sauber?«

Lotte schaute zweifelnd auf die trockenen Halme, die sich mühsam aus dem Boden gequält hatten. Sie schüttelte den Kopf. Das Kamelthema wollte sie jetzt ohnehin nicht vertiefen. Sie nahm sich vor, im Lokal als Erstes die Toilette aufzusuchen und die Schuhe zu putzen.

»Kannst du dir vorstellen, dass jemand wegen dieser Fuertebeauty-Firma einen Mord begeht, oder besser gesagt zwei?«

»Mord, wieso Mord? Ist jemand ermordet worden?«

»Liest du keine Zeitung? Diese Woche sind zwei Kosmetikvertreterinnen von Fuertebeauty umgebracht worden. Eine wohnte in Caleta de Fuste.«

»Oh! Tatsächlich?«

Lotte sah Max prüfend von der Seite an. Wusste er wirklich nichts davon, oder tat er nur so? Sie fühlte sich plötzlich ganz komisch. War er womöglich selbst der Mörder? Schließlich hätte er ja auch ganz leicht ihr Tauchgerät manipulieren können, ohne dass es jemandem auffiel. Aber warum hatte er sie dann gerettet? Oder hatte der Engländer auf sie aufmerksam gemacht? Nein, geschildert worden war es anders. Außerdem hatte Lotte nie ein Wort über Fuertebeauty verloren, warum hätte er also versuchen sollen, sie umzubringen? Vielleicht wäre es das Beste, einfach das Thema zu wechseln. Aber Max wollte es nun genauer wissen.

»Wie hieß sie?«

»Wer?«

»Na, die Tote natürlich.«

»Ach so. Sybille Möller.«

»Was, die Besitzerin von Fuertebeauty ist ermordet worden?«

»Nein, die heißt Karin. Es war ihre Schwester. Die Besitzerin ist verschwunden.«

»Sie ist verschwunden? Wie kann man denn einfach verschwinden?« Max schüttelte den Kopf, wobei seine gesträhnten Haare im Wind hin und her flogen wie die Mähne eines Islandponys. Er öffnete den Mund, um etwas zu sagen.

In diesem Augenblick stieß Lotte einen spitzen Schrei aus. Sie war, ohne es zu merken, vom Weg abgekommen und mitten in einem Distelfeld gelandet. Eines dieser grässlichen Biester hatte sich durch die weiten Beine ihrer Jeans gebohrt. Andere Stacheln hatten ihr in die Finger gepiekt. Sie rieb die Hände aneinander. Es brannte und fühlte sich feucht an, sie blutete sogar ein wenig. Lotte steckte die Hand in den Mund. Dann krempelte sie das rechte Hosenbein hoch. Im Dämmerlicht konnte sie zwei lange Kratzer erkennen.

»So ein blöder Mist!«

»Vielleicht hätten wir eine Taschenlampe mitnehmen sollen. Hast du dir wehgetan?« Behutsam nahm Max ihre Hand in seine.

Lotte spürte ihr Herz klopfen, wusste aber nicht, ob die Erregung durch seine Berührung entstanden war oder durch den Verdacht, er könne vielleicht etwas mit den Morden zu tun haben.

»Du hast ja heute wirklich einen harten Tag! Na komm, lass uns weitergehen. Sonst wird es noch richtig dunkel.«

Lotte nickte. Sie stapfte weiter über den unebenen Boden. Max' Hand hielt sie krampfhaft fest. Sie spürte in sich hinein, wie viel Kribbeln nun wirklich da war. Aber sie konnte sich nicht festlegen. Das Thema Fuertebeauty war jedenfalls erst mal vergessen, und sie wollte es im Moment auch nicht wieder aufleben lassen.

Zehn Minuten später waren sie in Las Salinas.

»Der Ort hat seinen Namen, weil hier jahrzehntelang Salz abgebaut wurde. Nach einer uralten Technik, die mehr als viertausend Jahre alt ist. Das Meerwasser wurde über Kanäle in Verdunstungsbecken geholt, und die Sonne hat das Wasser hochgezogen. Inzwischen ist die Saline stillgelegt. Es gibt aber ein Salzmuseum.«

Max zeigte nach links. Dort kämpfte sich der Mond gerade hinter schwarzen Wolkenbergen hervor. Die oberen Ränder schimmerten hell und silbrig, und die unruhigen Wellen auf dem Meer bekamen leuchtende Kämme. Es roch nach Salz und Algen. Gleich an der Küste war eine verschwommene weiße Fläche zu erkennen. Es sah aus wie ein verharschtes Schneefeld in den Alpen. Lotte hatte das Gefühl, in einem Märchen aus Tausenden von Sinneseindrücken zu schweben. Deshalb verspürte sie nicht das geringste Interesse, mehr über Salzgewinnung zu erfahren. Max hörte aber nicht auf, davon zu erzählen, noch dazu schlug er einen dozierenden Ton an, der ihre Stimmung Richtung Nullpunkt sinken ließ. Aus ihm wäre sicher ein guter Lehrer geworden. Sie hasste Lehrer. Lotte zog ihre Hand zurück.

»Ich habe inzwischen so einen Hunger. Wann sind wir denn endlich da?«

»Jetzt sofort, wir müssen nur noch hier um diese Ecke biegen.«

Die Straße, in der das Lokal lag, war genauso dunkel wie der ganze Ort. Und auch das Restaurant wirkte nicht gerade einladend. An der Tür baumelte von innen ein Schild mit der Aufschrift *»Cerrado«*. Lotte konnte zwar kein Spanisch, aber dieses Wort verstand sie unmittelbar. Und auch, was das für ihren Magen und den Rückweg bedeutete.

»Oh nein, heute und morgen sind die Ruhetage des Lokals. Ich hätte vorher anrufen sollen. Was machen wir denn jetzt?«

»Ja, was machen wir jetzt? Du hast sicher eine gute Idee!« Lotte war stinksauer. Sie bückte sich, nahm eine Handvoll Sand und warf sie enttäuscht gegen die Wand. Am liebsten hätte sie jetzt geschrien. »Ich weiß auf jeden Fall, was wir nicht machen! Wir werden diesen grauenhaften Weg jetzt nicht durchs Dunkle zurückgehen.«

»Sorry, aber du wolltest zu Fuß gehen. Ich hatte für uns einen netten romantischen Abend in einem schicken Lokal geplant. Und einen Tisch reserviert. Also werd jetzt nur nicht zickig. Ich rufe ein Taxi.«

Lotte zog sich beleidigt zurück. Mit einem lauten Plumpsen ließ sie sich auf die kalte Steintreppe fallen, die zum Eingang des Lokals führte. Na toll, das hatte sie jetzt also auch wieder vermasselt. Sie legte den Kopf auf die Knie. Am liebsten würde sie jetzt im Bett liegen. Wer brauchte schon Essen oder gar Männer? Sie sehnte sich einfach nur noch nach Ruhe.

»Ich hatte eine gute Idee und hab sie auch schon ausgeführt.«

Lotte hob langsam den Kopf. Sie schaute Max fragend an.

»Ich habe ein Taxi bestellt und den Pizzaservice angerufen. Sie liefern zweimal Vierjahreszeiten, einen großen gemischten Salat und eine Flasche Wein zu mir nach Hause. Damit machen wir es uns dort so richtig gemütlich.«

Na super! Lotte ließ den Kopf wieder auf ihre Knie fallen. Jetzt konnte sie ihm wohl schlecht sagen, dass er sie nach Hause bringen sollte und dass sie auf das gemeinsame Essen verzichten wollte. Sie überlegte, wie der weitere Abend bei ihm zu Hause ablaufen würde. Vor allem, ob dabei die Gefahr bestand, dass er sie beseitigen würde. Aber warum sollte er? Dieser Verdacht war wirklich etwas weit hergeholt.

»Was ist, geht's dir nicht gut? Oder gefällt dir die Idee mit der Pizza nicht?« Max griff ihr vorsichtig unter das Kinn und hob ihren Kopf. Er nickte ihr aufmunternd zu.

»Doch, doch, der Plan ist ganz großartig. Ich bin nur erschöpft. Aber das gibt sich sicher, sobald ich etwas gegessen habe.«

DREIZEHN

Das Appartement lag auf halber Höhe des Berges, nur etwa einen Kilometer vom Haus ihrer Mutter entfernt. Aber die Atmosphäre hier oben war eine ganz andere. Von nettem, gepflegtem Urlaubsambiente keine Spur. Der Wind pfiff ungehindert um die kleinen Bungalows, die sich eng nebeneinander an den Hang schmiegten. Vorgärten oder Gehwege gab es nicht, die Eingänge lagen direkt an der Straße. Ein paar Häuser weiter schien ein britisches Pub zu sein. Laute Musik und Gegröle waren bis in Max' winziges Zimmer zu hören. Sie saßen an einem niedrigen Kieferntisch und aßen die Pizza. Max hatte sie in Viertel geschnitten und auf eine Platte gelegt. Lotte hatte innerlich resigniert. Klar wäre sie lieber nach Hause gefahren, aber letztlich war es ja wirklich ihre Idee gewesen, einen Fußmarsch am Meer entlang zu unternehmen. Sie hatte ihre Kondition wohl doch überschätzt. Der Alkohol vom Vortag und ihr grässliches Taucherlebnis steckten ihr noch in den Gliedern. Allerdings hatte das erste Glas Wein sie bereits ein bisschen aufgemöbelt. Sie kaute halbwegs zufrieden auf dem knusprigen Heferand herum.

»Schmeckt es? Ich habe extra Vierjahreszeiten genommen, damit jeder sich das nehmen kann, was er möchte.«

Max hatte das bereits getan, die beiden Viertel mit dem Schinken waren weg. Auch egal, dann eben Funghi, dachte Lotte und griff noch einmal zu. Ganz gegen ihre guten Vorsätze vom Mittag schmeckte ihr auch das Viertel mit Thunfisch ausgezeichnet.

»Das hat gutgetan.«

Die Teller waren leer. Lotte lehnte sich zufrieden zurück. Das Sofa war ganz gemütlich, nachdem sie herausgefunden hatte, an welchen Stellen die Federn von innen durch das Polster drückten. Inzwischen hatte sie sich gekonnt dazwischen platziert. Sie überlegte kurz und beschloss dann, das Gespräch noch mal auf die toten Fuertebeauty-Vertreterinnen zu lenken. Dass Max der Mörder der beiden Damen war, erschien ihr doch irgendwie unwahrscheinlich. Oder wollte sie es einfach nicht glauben? Irgendwie ließ ihr das Thema keine Ruhe.

»Du hast übrigens meine Frage vorhin nicht beantwortet. Die Disteln kamen dazwischen.«

Max stellte sein Glas ab. Er sah sie erstaunt an. »Welche Frage?«

»Ob im Fall der beiden toten Fuertebeauty-Frauen vielleicht ein betroffener Angehöriger der Täter sein könnte.«

»Ach so. Also ehrlich gesagt: Nein, das glaube ich nicht. Ich meine, die Frauen waren ja wahrscheinlich selbst Opfer dieses Konzerns. So wie meine Mutter.« Er zögerte und stand auf. In der Ecke stand eine Mini-Anlage, an der machte er sich zu schaffen. »Ich kann aber mal jemanden fragen, der sich noch viel mehr damit beschäftigt hat als ich. Er heißt Viktor Nibius und ist auch extra hierhergezogen, um sich mit Fuertebeauty anzulegen. Wohnt in Puerto del Rosario. Seine Frau ist dem Schönheitskonzern auf den Leim gegangen.«

Er nahm eine CD aus der Hülle. Lotte glaubte nicht, dass irgendeine Musik die Chance hatte, den Lärm aus der Nachbarschaft zu übertönen. Aber einen Versuch war es allemal wert.

»Jetzt entspann dich mal ein bisschen. Immer nur Mord und Totschlag, das Leben hat doch noch so viel anderes zu bieten.«

Max setzte sich wieder neben sie aufs Sofa und legte den Arm um ihre Schulter. In der Ecke schnulzte Robbie Williams vor sich hin, im Pub grölte Roger Whittaker dagegen an. Lotte schloss die Augen und lehnte sich nach hinten. Das schien Max als Aufforderung zu verstehen. Er zog sie an sich und küsste sie vorsichtig auf die Wange. Lotte ließ es geschehen. Ja, so stellte sie sich einen romantischen Abend vor. Ein charmanter und vorsichtiger Liebhaber, der mit ein bisschen Zärtlichkeit ihr gebeuteltes Ego wieder aufrichtete. Sie seufzte zufrieden. In diesem Moment spürte sie seine Hand auf ihrer Brust. Na, der ging ja ran! Lotte wurde stocksteif. Das ging ihr nun doch ein bisschen schnell. Max bemerkte ihr Widerstreben gar nicht, sondern kniff ihr in die Brustwarze. Was für ein unsensibler Idiot! Vorsichtig versuchte sie, sich aus seiner Umarmung zu winden.

»Ah, du hast es gern ein bisschen härter. Stehst du auf kleine Kämpfe? Kein Problem.« Blitzschnell war er mit der Hand unter ihrem Sweatshirt und kniff ihr noch mal in die Brustwarze.

»Aua, sag mal spinnst du? Das tut weh!«

Lotte drehte sich hin und her, um ihn loszuwerden. Aber er ließ nicht locker. Unter seiner weißen Hose schien sich etwas zu regen. Er umklammerte sie fester und versuchte, den Reißverschluss ihrer Jeans zu öffnen.

»Ich bin so geil auf dich.«

Seine Stimme war heiser. Lottes Stimme war laut und wütend.

»Ich aber nicht auf dich! Lass mich los. Max! Ich möchte das nicht!«

»Du willst schon, du traust dich nur nicht. Sonst hättest du dich doch gar nicht mit mir verabredet. Es wird dir gefallen, warte ab.«

Er nahm ihre Hand und legte sie auf seine Hose. Lotte riss sie sofort wieder weg. Scheiße. Er schien es nicht zu kapieren, oder es war ihm egal. Vielleicht war er auch betrunken und wusste nicht mehr, was er tat. Panisch sah sie sich um. An das Pizzamesser kam sie nicht ran, es lag auf der anderen Seite des Tisches, aber das Weinglas war in Reichweite. Sein Arm, der um ihre Schultern lag, zog sie eng an sich, mit der Hand griff er von oben an ihre Brust. Die andere rubbelte grob zwischen ihren Beinen herum. Lotte fasste beherzt das Glas und schüttete den Inhalt zielgerichtet auf die harte Ausbuchtung in seiner schicken weißen Hose. Die rote Flüssigkeit verteilte sich gleichmäßig. Dann schlug sie ihm mit dem leeren Glas auf den Kopf. Die Scherben klirrten, als sie auf den Boden fielen. Augenblicklich ließ Max sie los und jammerte wie eine Windboje. Er hatte eine kleine Schnittwunde an der Stirn.

»Du frigide Kuh! Was soll denn das? Was glaubst du eigentlich, warum ich mit dir ausgehe! Weil ich keine andere finde?

Glaub mir, hier gibt es jede Menge Frauen, die scharf auf mich sind. Und die stellen sich nicht so an.«

Lotte riss sich endgültig los, trat noch gezielt zwischen seine Beine und stürmte davon. In der Tür drehte sie sich noch einmal um und schrie »Arschloch«. Dann war sie draußen. Sie hatte genug Adrenalin im Körper, um den gesamten Rückweg rennend zurückzulegen. Viel denken konnte sie dabei nicht, aber das musste sie ja auch nicht. Eines war klar: Das kurze Kapitel Max war für sie eindeutig beendet.

Außer wenn sich zeigen würde, dass er nicht nur sexbesessen, sondern auch noch mordlüstern war. Aber das sollte Julio herausfinden. Sie wollte jetzt nur noch ins schöne warme Bett.

VIERZEHN

Lotte sah auf den Wecker. Es war fast halb zehn. Sie hatte tatsächlich elf Stunden geschlafen. Unglaublich. Eigentlich müsste Julio jetzt jeden Moment vorbeikommen. Er hatte gestern Abend noch einmal angerufen und ihrer Mobilbox erzählt, er habe den Durchsuchungsbefehl für das Haus von Gertrude Steinbrecher erhalten und wolle morgens um neun im Haus der Verdächtigen sein. Sie, Lotte, solle auf jeden Fall zu Hause bleiben und sich nicht einmischen. Dafür wollte er anschließend auf eine Tasse Kaffee vorbeikommen und erzählen, was er vorgefunden hatte. Sie sollte jetzt also besser mal aufstehen, um dann auch fertig zu sein. Toll, dass er sie über die weiteren Entwicklungen informieren wollte.

Lotte sprang voll Elan aus dem Bett, stolperte dabei über ihre Schuhe, die auf dem Boden lagen, und landete ziemlich hart auf dem Bauch. Dabei knallte sie mit der Nase in eine offene Cremedose und verdrehte sich ein wenig den Fuß.

Ein wunderschöner Morgen.

Fluchend und humpelnd schleppte sie sich ins Badezimmer. Die Ablage unter dem Spiegel war völlig überfüllt. Neben den alten Fläschchen und Tiegelchen von Elisabeth hatte dort eine Flut von Fuertebeauty-Produkten ein neues Zuhause gefunden. Lotte fegte sie genervt zur Seite und begab sich auf die Suche nach ihrer Zahnbürste. Während sie Plaque und Karies bekämpfte, musterte sie sich im Spiegel. Dabei dachte sie noch mal über den gestrigen Abend nach. Das hätte sie Max echt nicht zugetraut. Dass er mehr wollte als nur Händchenhalten, okay. Das hatte sie auch schon bei anderen Verabredungen erlebt. Aber dass er so schnell und so massiv zudringlich wurde, fand sie schon erstaunlich. Dabei hatte er tagsüber so einen netten Eindruck gemacht. Vielleicht war er ja eine Art Werwolf: Dr. Max und Mr. Hype.

Lotte musste kichern und freute sich, dass ihr Humor wieder da war. Das lange Schlafen hatte gutgetan. Sie ging mit dem Gesicht etwas näher an den Spiegel ran und wischte sich die Reste von dem Cremedöschen-Unfall von der Nase. Endlich mal keine Ränder unter den Augen, außerdem war sie in den letzten Tagen ein bisschen braun geworden. Zufrieden bürstete sie sich die Haare nach hinten und knetete ein bisschen Schaum hinein, damit sie lockiger fielen. Es klingelte. Kurz darauf klopfte es an der Badezimmertür.

»Charlotte, Besuch für dich. Dein Polizist.«

»Ich komme gleich, bitte ihn ins Wohnzimmer.«

Oh Gott. Sie hatte ihrer Mutter überhaupt nichts von ihrem Unterwasserabenteuer erzählt, um sie nicht aufzuregen. Aber das wusste Julio nicht.

Lotte beeilte sich und stürmte mit hochrotem Kopf, barfuß und nur unvollständig angekleidet ins Wohnzimmer. Dort platzte sie mitten in eine Unterhaltung über die gute alte Zeit.

»Und dann habe ich dem Lehrer – wie hieß er noch gleich?«

»Wegschneider.«

»Genau, Wegschneider. Dann habe ich ihm erst mal erklärt, wie man Kinder richtig behandelt. Das hat er aber überhaupt nicht eingesehen.«

Lotte hüstelte und scharrte ein bisschen mit den Füßen.

»Da bist du ja, Charlotte. Wir reden gerade über den Klassenausflug, an dem ich mal teilgenommen habe. Als du im dritten oder vierten Schuljahr warst. Herr Conches kann sich gut an mich erinnern. Setz dich doch zu uns.«

Julio zwinkerte ihr zu. »Nein, bleib ruhig stehen. Ich wollte dich bitten, mit nach Puerto del Rosario zu kommen.«

Lotte hatte das Gefühl, dass ein Stein durch ihren Magen wanderte. »Mich? Jetzt? Warum denn das?«

»Charlotte, hast du etwas angestellt? Das würde mich gar nicht wundern. Bei dir ist man ja nie vor Überraschungen sicher.«

»Nein, natürlich nicht. Alles ist in Ordnung.«

Julio machte einen ganz gelassenen Eindruck. Lotte wurde immer verwirrter. Sie sah ihn fragend an, und er nickte ihr hinter dem Rücken ihrer Mutter zu. Das beruhigte sie augenblicklich.

»Einen Moment, ich zieh mich nur eben fertig an. Redet ruhig noch ein bisschen über die alten Zeiten.«

***

Julio war in einem dieser kanarischen Polizeiautos gekommen, die überall herumfuhren. Außen dunkelblau und weiß, innen mit Ledersitzen und bestimmt nicht schnell genug, um bei einer Verfolgungsjagd auch nur die geringste Chance zu haben. Aber hier gab es ja sowieso keine Autobahnen, und für die staubigen Straßen und die Sandpisten würde der schnuckelige Kleinwagen schon reichen.

Julio saß ruhig hinter dem Steuer und fuhr langsam aus der kleinen Bungalowsiedlung. Lotte saß wie auf Kohlen.

»Nun sag schon, was ist los?«

»Gertrude Steinbrecher ist tot.«

»Was? Woher weißt du das?«

»Na, wir waren doch eben da. Als sie nicht geöffnet hat, haben wir die Tür aufgebrochen. Möglicherweise war es Selbstmord.«

»Und wie? Wo habt ihr sie gefunden? Und woher wisst Ihr, dass es Selbstmord war?«

Julio lachte. Er musste bremsen, weil eine Horde leicht bekleideter Touristen die Straße überquerte. »Wie, nur drei Fragen auf einmal? So bescheiden habe ich dich bisher nicht kennengelernt. Bleib ganz ruhig, wir wissen es ja noch gar nicht. Also das mit dem Selbstmord. Deshalb habe ich dich mitgenommen.«

»Wieso? Was hab ich denn damit zu tun? Du meinst doch wohl nicht, ich hätte sie ermordet? Als Racheengel für die Fuertebeauty-Geschädigten oder für alle lesbischen Liebenden dieser Welt?«

»Nein, aber ich weiß, dass du in dem Haus rumgeschnüffelt hast. Wo wir hoffentlich keine Fingerabdrücke von dir finden. Oder wenn doch, dann nur an erklärbaren Stellen.«

»Ich habe alles mit einem Küchentuch abgewischt.« Lotte war stolz auf sich und kam sich plötzlich vor wie ein Hahn. Sie streckte die Brust raus, und der nicht vorhandene leuchtendrote Kamm auf ihren braunen Haaren schwoll ein bisschen an. »Am Schluss habe ich sogar die Klinke der Haustür sauber gemacht.«

Julio stöhnte. Er blickte verzweifelt zu ihr hinüber. »Na, hoffentlich hat dich keiner dabei gesehen. Was ich jetzt gar nicht brauchen kann, sind Zeugen, die dich sofort und einwandfrei wiedererkennen.«

Mist, da hatte er natürlich recht. Der eingebildete Kamm auf Lottes Mittelscheitel sank verzweifelt in sich zusammen. Wäre er wirklich dort gewesen, hinge er nun schlaff über dem rechten Ohr. Sie strich energisch die Haare nach hinten und überlegte.

»Nö. Ich glaube nicht, dass mich jemand gesehen hat. Ich habe vorher aus dem Fenster geschaut. Die Straße war total leer. Außerdem war ich verkleidet.«

Julio zog die Augenbrauen hoch und sah sie fragend an.

»Ich hatte andere Klamotten an und zusammengebundene Haare.«

Er schüttelte den Kopf und öffnete den Mund, doch Lotte ließ ihm keine Chance, etwas zu erwidern. Sie war einfach schneller.

»Was ist denn mit den Fotos, von denen ich erzählt habe, habt ihr die gefunden? Und das Schmerzmittel?«

Julio zog seine Jacke aus, ohne sich abzuschnallen, und wirkte dabei wie ein Schlangenmensch. Lotte nahm sich vor, das demnächst auch mal auszuprobieren. Oder vielleicht besser nicht. Wahrscheinlich würde sie sich bloß hoffnungslos im Sicherheitsgurt verheddern und gegen den nächsten Ampelmast fahren. Julio warf die Jacke nachlässig, ohne hinzusehen, auf den Rücksitz. Heute war es wirklich fürchterlich warm und stickig, dabei war es wahrscheinlich noch nicht mal halb elf. Lotte schaute zur Kontrolle auf ihre Armbanduhr, es stimmte.

»Eine leere Packung Fentanyl haben wir gefunden. Sie lag auf dem Nachttisch, daneben ein leeres Glas. Die Tür war von innen abgeschlossen, alle Räume sind total aufgeräumt. Die

Frau liegt tot im Bett und riecht nach Orangenlikör. Wenn sie, wie es aussieht, auf die gleiche Weise gestorben ist wie Sybille Möller und Claudia Manz, mag es ohne Weiteres sein, dass sie erst ihrer Freundin und deren Geliebten und dann sich selbst ein Ende gesetzt hat. Nur dass die Kiste mit den Fotos nicht da ist, ist merkwürdig. Du kannst bezeugen, dass sie auf dem Nachttisch stand. Das kann der Täter, wenn es denn einen gibt, nicht wissen. Deshalb habe ich dich abgeholt und hierhergebracht.«

Der Wagen hielt vor dem rosafarbenen Haus. Neugierige Anwohner bildeten einen großen Halbkreis. Sie reckten ihre Hälse wie Schildkröten, die ein Salatblatt im Visier hatten. Zwei Polizeiwagen und einer von den gelb-weißen Krankenwagen, wie sie schon vor ein paar Tagen einen am Strand gesehen hatte, parkten vor der Haustür. Lotte kramte ihre Sonnenbrille aus der Tasche und setzte sie auf. Vielleicht hatte vorgestern ja doch einer der Nachbarn hinter einer verdunkelten Scheibe gestanden und sie beobachtet. Ach was, immer positiv denken! Sie holte einen kleinen Block und einen Stift heraus, setzte einen wichtigen Gesichtsausdruck auf und stieg gleichzeitig mit Julio aus dem Wagen.

Das Haus war genau so, wie sie es in Erinnerung hatte. Nur der Geruch war deutlich strenger. Sie schnupperte und verzog das Gesicht. Julio nickte.

»Ja, ich weiß, es ist widerlich. In der Küche steht eine vergammelte Suppe. Sie stinkt bestialisch vor sich hin.«

»Die stand am Dienstag schon auf dem Herd und roch ähnlich appetitlich.«

»Ja, ekliges Zeug. Vielleicht brauen sie daraus ja ihre Körperlotionen. Das würde jedenfalls erklären, warum sie nicht wirken.«

Lotte musste lachen, riss sich dann aber gleich wieder zusammen. Dies war nun wirklich nicht der richtige Ort für Späßchen. Auf der anderen Seite hatte ihr ein gewisser Galgenhumor schon immer gutgetan, um brenzlige Situationen unbeschadet zu überstehen.

Im Schlafzimmer huschten weiß bekleidete Wesen um das große Bett, nahmen Fingerabdrücke von den Schleiflackmöbeln und durchwühlten alles, was ihnen zwischen die behandschuhten Finger kam. Im Bett lag ein mit einem Laken zugedeckter voluminöser Körper. Das musste sie sein. Lotte schluckte und schaute schnell zur Seite. Doch lange hielt sie diese Zurückhaltung nicht durch. Nach zwei Sekunden holte sie tief Luft und starrte dann fasziniert und neugierig wieder hin. Sie drehte sich nach Julio um und zeigte auf den weißen Nachttisch:

»Hier stand die Kiste mit den Fotos.«

»Ja, aber jetzt nicht mehr. Den Schrank haben wir schon durchsucht. Da ist nichts drin.« Zur Bestätigung öffnete er die Tür und die dahinter gelegenen Schubladen. Rosa Spitzenunterwäsche und viel zu klein anmutende türkis- und fliederfarbene Hemdchen quollen hervor. Von Fotos keine Spur.

Lotte hörte die Haustür schlagen. Kurz darauf erklang ein schrilles hyänenartiges Lachen. Oh nein. Das konnte nur Pantherkralle sein. Die hatte ihr gerade noch gefehlt. Schon ging die Tür auf, und die schwarzhaarige Ziege aus dem Polizeipräsidium stand breitbeinig und aufgebracht im Raum.

»Julio, du hast mir versprochen, dass ich zum nächsten Tatort mitdarf. Und, ist das hier ein Tatort oder nicht?« Sie streckte ihren höchstwahrscheinlich künstlichen Busen, den sie nur notdürftig unter ein weißes Top geräumt hatte, nach vorne. Dann entdeckte sie Lotte. Ihre Augen wurden schmal. »Ach, da ist ja auch dein Besuch von neulich, der so plötzlich davongeeilt ist. Ihnen ist wohl der Mut vergangen.«

Sie grinste Lotte hämisch an. Die beschloss, sich von der blöden Tusse nicht noch einmal ins Boxhorn jagen zu lassen. Freundlich, ohne dass Julio es sehen konnte, streckte sie den Mittelfinger ihrer rechten Hand nach oben. Dann schaute sie zu Julio. Er war eindeutig genervt. Das ließ hoffen. Vielleicht war die Beziehung der beiden ja kurz vor dem Scheitern. Lotte überlegte, wie sie noch ein bisschen dazu beitragen könnte. Selbst wenn Julio kein wirkliches Interesse an ihr hatte. Für diese

Schlampe war er nun wirklich zu schade. Aber sie brauchte gar nichts tun. Julio nahm das Heft selbst in die Hand.

»Ich meinte damit einen eher harmlosen Tatort. Also beispielsweise wenn irgendwo eine Ziege gestohlen oder eine Parkbank umgeschmissen wurde. Dann sag ich dir Bescheid, und du kannst mitgehen. Aber hier kann ich keine Unbeteiligten brauchen.«

»Und was macht die hier?«

Ein spitzer schwarzer Nagel zeigte auf Lotte und machte den Eindruck, als würde er sich gerne in ihr Herz bohren. Eisern blieb sie stehen. Ihr lagen siebzehn freche Antworten auf der Zunge, aber sie wollte lieber abwarten, was Julio jetzt sagte.

»Das ist Frau Köhler. Sie ist eine wichtige Zeugin in dem Fall und hat mir schon sehr geholfen. Jetzt geh bitte. Müsstest du nicht schon längst bei der Arbeit sein?«

Lotte hatte das Gefühl, dass Pantherkralle kurz vor dem Explodieren stand. Hatte sie die Situation etwa total falsch eingeschätzt? Die Schwarzhaarige öffnete den Mund. Lotte meinte, viele Haare auf den Zähnen und eine gespaltene Zunge erkennen zu können. Aber das war sicher wieder Einbildung.

»Ach bitte, ich kann auch Notizen für dich machen und tippe hinterher alles ab.«

Das war ja wirklich unglaublich. Jetzt versuchte sie es auch noch auf die Weibchentour. Die war sich für nichts zu schade.

Julio blieb hart und schüttelte den Kopf. »Nein danke. Bitte geh jetzt! Wenn es was zu tippen gibt, wirst du es schon erfahren.«

Die Frau starrte ihn wutentbrannt an. Mit ihrer Ruhe und ihrem zuckersüßen Gehabe war es anscheinend vorbei. »Mit dir bin ich fertig, endgültig! Und bild dir gar nicht ein, du könntest irgendwann noch mal winselnd ankommen.«

Mit diesen bedeutungsschweren Worten drehte sie sich auf ihren viel zu hohen Absätzen um und klapperte davon.

Übrig blieb ein kleiner Hauch von Chanel Nr. 5. Der verflog schlagartig, als die Haustür mit einem lauten Krachen ins Schloss fiel. Lotte atmete durch. Die Luft schien gleich ein bisschen klarer und frischer zu sein.

In der Ecke gluckste einer der weißen Mondmänner. *»Ah, Amor. Amor en Alemania.«*

»Quatsch. Nix Amor. Weder hier noch da!«

Julio war sichtlich wütend und ließ einen spanischen Redeschwall vom Stapel. Lotte versuchte, sich den Inhalt zusammenzureimen, aber er sprach zu schnell. Das einzige Wort, was sie verstand, war *trabajo* – Arbeit.

Julio bemerkte wohl ihren verständnislosen Gesichtsausdruck und erklärte: »Ich hab ihm nur gesagt, er soll sich um seinen Kram kümmern und seine Arbeit erledigen.«

»Hat sie jetzt mit dir Schluss gemacht?«

»Schluss? Wer, Carolina?«

Lotte nickte. Sie fand die Entwicklung in Sachen Pantherkralle total aufregend.

»Gott bewahre, wie kommst du denn auf die komische Idee? Wir waren nie zusammen. Sie ist eine Kollegin aus Bochum, die wirklich jeden anmacht, der ihr über den Weg läuft. Na ja, jeden, der halbwegs nach einem Mann aussieht. Sie hat sich gleichzeitig mit mir hier beworben, als Sekretärin. Insofern hat sie mit meiner Arbeit gar nichts zu tun. Aber sie nervt mich, seit wir hier sind, dass ich sie mal mit zu einem Tatort nehmen soll. Das kann ich aber gar nicht brauchen. Und mit ihr ausgehen will ich auch nicht. Sie ist wirklich nicht mein Fall.«

Lotte verspürte auf einmal ein unglaubliches Glücksgefühl. Das war ja großartig! Sie hoffte, dass man ihr die tanzenden Schmetterlinge im Bauch nicht ansah, und biss sich auf die Lippen. Manchmal fing sie nämlich unwillkürlich an zu pfeifen oder zu summen, wenn es ihr gut ging. Das musste jetzt und hier nun wirklich nicht sein.

»Komm, lass uns mal im Bad nachsehen. Zeig mir einfach, wo du das Schmerzmittel gesehen hast und was jetzt alles anders ist. Danach kannst du dann auch wieder gehen. Hier ist es ja nicht gerade schön.«

Lotte fand es hier ausgesprochen wunderbar. Sie hätte eine

ganze Woche mit ihm neben einer langsam verwesenden Leiche verbringen können. Aber das konnte und wollte sie ihm jetzt nicht erklären.

»Es ist schon ganz in Ordnung für mich. Man erfüllt als gute Bürgerin ja gerne seine Pflicht.«

Zwei Männer in dunkler Uniform hatten Gertrude Steinbrecher zwischenzeitlich auf eine Trage bugsiert und verließen hinter ihnen das Schlafzimmer. Im Flur machten Lotte und Julio Platz für die Totenträger und pressten sich eng an die Wand. Die Männer schleppten schwer an Gertrude Steinbrecher und ächzten sichtlich unter ihrer Last. Lotte blickte ihnen nach und dachte noch einmal kurz an die Kosmetikverkäuferin, die sie erst vor wenigen Tagen kennengelernt hatte. Sie hatte sie nicht besonders gemocht, aber irgendwie tat sie ihr jetzt leid. Sie war ja doch eine lebenslustige Person gewesen und schon die dritte Tote innerhalb weniger Tage. Alle hatten voll im Leben gestanden. Aber wer rechnete denn auch mit einem so plötzlichen gewaltsamen Tod?

Lotte gab sich einen Ruck und folgte Julio ins Bad. Dort zeigte sie auf das kleine Apothekenschränkchen. Es stand offen.

»Da war es drin. Rechts in der untersten Ablage. Du siehst ja, es ist ziemlich voll hier drin. Die Damen haben ja wohl Pillen und Tropfen gegen alles Mögliche gehortet. Sonst sieht, glaube ich, alles so aus wie beim letzten Mal.«

Julio nickte und zog eine kleine Plastiktüte aus der Tasche. Darin war eine weiß-rote Schachtel. »Ist das das Medikament, das du im Schrank gesehen hast?«

Lotte dachte kurz nach und schüttelte dann den Kopf. »Ich glaub nicht. Meiner Meinung nach sah die Packung ganz anders aus. Ich glaube eher blau oder grünlich.«

Julio nickte und holte eine zweite Tüte aus der Tasche. »Wie diese hier vielleicht?«

»Ja, genau, das ist das Medikament!«

»Super, dass du dich erinnerst. Das spricht eindeutig gegen Selbstmord. Diese Packung Fentanyl haben wir im Medizinschrank gefunden, wie du gesagt hast. Die andere muss der Mörder mitgebracht haben. Das Fentanyl ist nicht nur von einem anderen Hersteller, es wird auch vollkommen anders eingesetzt. Gertrude Steinbrecher hat ihres dem Ablaufdatum zufolge nach einer Operation vor zwei Jahren verschrieben bekommen. Das andere ist gegen Rheuma, woran aber keine der beiden Frauen erkrankt war. Mal sehen, was der Gerichtsmediziner noch so zu diesem Thema herausfindet.«

Er begleitete sie zur Haustür. Auf der Straße hatte sich die Menschenmenge inzwischen verdreifacht. Anscheinend waren die Mittagsschläfer aus den Hotels jetzt auch da und hofften wahrscheinlich, eine neuerliche Urlaubsattraktion zu erleben. Die konnten sie dann später als Miniaufsatz auf die nächste Ansichtskarte an Daheimgebliebene kritzeln. Frei nach dem Motto: »Mein schönstes Urlaubserlebnis.«

Lotte fiel etwas ein. »Hast du eigentlich etwas herausbekommen, was die Arbeiter von Fuertebeauty betrifft? Ich meine die, die immer mit den klapprigen Bussen dorthin gefahren werden?«

»Ein Kollege kümmert sich darum. Wir haben die Angelegenheit auch bei der Inselverwaltung gemeldet. Ich denke, die schicken einen Kontrolleur. Aber noch wissen wir nichts Genaues.« Er zögerte. »Was ich noch fragen wollte: Hast du heute Abend schon was vor, oder möchtest du lieber früh ins Bett, um dich zu erholen?«

»Zweimal nein.« Lotte wartete gespannt.

»Dann würde ich gerne mit dir etwas unternehmen. Wir könnten ein bisschen spazieren gehen und dann etwas essen. Wenn du Lust hast, heißt das.«

»Gerne. Meine Mutter ist heute Abend nicht da. Wenn du möchtest, können wir bei uns etwas kochen. Ich kaufe dann ein. Also, nichts Großes. Ich bin in der Küche nicht gerade begnadet. Aber einen Salat oder Spaghetti vielleicht, das kriege ich hin.«

Er nickte. »Gerne. Wenn ich es zeitlich schaffe, mache ich uns einen Nachtisch.«

Lotte hätte jetzt eigentlich gehen können, aber sie zögerte.

Auch Julio schien nicht genau zu wissen, wie er sich von ihr verabschieden sollte. Sie gab sich einen Ruck.

»Also, ich mache mich dann jetzt mal auf den Weg.«

»Ja, pass auf dich auf. Und mach nicht wieder irgendeinen Blödsinn. Geh einfach nur nach Hause.«

Seine Augen wurden etwas dunkler. Er zog sie an sich, und Lotte spürte, wie seine Lippen ihre Wange berührten. Eine wohlige kleine Welle floss durch ihren Körper. Sie war heilfroh, dass sie Max gestern widerstanden hatte. Wäre er nicht so extrem zudringlich geworden, wer weiß, wie der Abend sich dann entwickelt hätte? Womöglich wären sie miteinander im Bett gelandet. Das wäre ihr jetzt schon extrem unangenehm. So erwiderte sie Julios Umarmung kurz und mit lupenreinem Gewissen. Dann ließ sie los.

»Bis heute Abend. Sechs Uhr?«

Er nickte wortlos.

FÜNFZEHN

So eine Suchmaschine war schon eine feine Sache. Lotte hatte »Fuertebeauty« und »Viktor Nibius« eingegeben und war gleich fündig geworden. Auf einer der Seiten, die gegen den Kosmetikkonzern wetterten, und zwar ziemlich massiv. Sie erinnerte sich, dass sie diese Website am Anfang ihrer Recherchen schon einmal besucht hatte. Eine Telefonnummer und eine Adresse in Puerto del Rosario standen auch dabei. Lotte notierte sich alle Daten und griff zum Handy. Als sie gerade wählen wollte, hielt sie plötzlich inne. Sie hatte Julio versprochen, keinen Blödsinn zu machen. Nein, kein Problem! Das hier war eindeutig kein Blödsinn.

Viktor Nibius war zu Hause.

»Hola?«

»Hallo, mein Name ist Lotte Köhler. Ich habe ihren Namen von Max, dem Tauchlehrer.«

»Ah, Max. Wie geht es meinem gut aussehenden Freund?«

»Keine Ahnung. Ich glaube, er hat Schmerzen im Genitalbereich. Ich hoffe es zumindest.« Lotte sah keinen Grund, Max in irgendeiner Form zu schonen. Im Gegenteil. Sie genoss es, ihn schlechtzumachen, diesen Widerling. Am anderen Ende der Leitung hörte sie ein schallendes Lachen.

»Typisch Max, er kann es einfach nicht lassen. Ich kann mir gut vorstellen, was Ihnen passiert ist. Einfach zu stürmisch, der Gute. Aber Sie scheinen sich ja erfolgreich gewehrt zu haben. Was kann ich für Sie tun?«

»Ich habe einige Informationen über Fuertebeauty und würde mich gerne mit Ihnen treffen. Vielleicht können wir uns ein bisschen austauschen.«

Lotte hatte sich vorher überlegt, dass sie die Morde erst mal nicht erwähnen wollte. Wenn einer dieser Fuertebeauty-Gegner dahintersteckte, wollte sie nicht ins Schussfeuer geraten. Aber vielleicht war sie das ja schon. Das beinahe tödliche Taucherlebnis fiel ihr wieder ein. Sie spürte, wie ihr eine Gänsehaut über den Rücken lief. Auf jeden Fall war es besser, ganz allgemein über den Konzern zu plaudern.

»Wenn Sie Zeit haben, kommen Sie doch einfach vorbei. Ich bin zu Hause.«

»Ja, gerne. Aber ich muss mir noch ein Auto organisieren. Ich wohne in Caleta de Fuste.«

»Ach, das brauchen Sie nicht. Da fährt jede Stunde ein Bus. Immer um viertel nach. Der ist in zwanzig Minuten hier.«

Lotte sah auf die Uhr.

»Also gut. Dann nehme ich den um zwölf Uhr fünfzehn.«

»Steigen Sie an der zweiten Haltestelle in Rosario aus. Die erste ist am Krankenhaus. Ich hole sie dort ab.«

»Danke, bis gleich.«

Lotte überlegte, ob sie jemandem Bescheid sagen sollte, wo sie hinfahren würde. Aber sie wusste nicht, wem. Ihre Mutter würde nur wieder in die nächste Ohnmacht fallen und ein Riesengezeter machen. Julio würde versuchen, ihr auszureden, sich allein mit einem Mann zu treffen, der eventuell in mehrere Mordfälle verwickelt war. Blöderweise müsste sie ihm dann recht geben. Dann fiel ihr eine weitere Möglichkeit ein. Sie setzte sich hin und verfasste einen kurzen Brief, in dem sie die Adresse von Viktor Nibius für Julio notierte. Sicherheitshalber schrieb sie noch einmal ihre Handynummer dazu.

***

So hatte sie sich einen Linienbus nicht vorgestellt. Nicht auf dieser Insel.

Sie hatte erwartet, dass in dem Gefährt Hühner und Ziegen transportiert wurden. Aber weit gefehlt. Der Bus war ausgesprochen modern ausgestattet. Die Sitze waren neu und bunt bezogen, eine Klimaanlage düste leise vor sich hin und sorgte für eine angenehme Temperatur. Sie kam sich vor wie in einem dieser Reisebusse, die ältere Herrschaften auf sogenannten Kaffeefahrten zu irgendeiner Verkaufsveranstaltung karrten. Vor ihr saßen zwei schwatzende spanische Frauen mit großen Taschen, die wohl zum Shoppen in die Stadt fuhren. Auch einige Touristen waren an Bord. Die meisten stiegen am Flughafen aus. Lotte sah neugierig aus dem Fenster. Mit viel Spektakel holten die Leute ihre Reisetaschen und Rucksäcke aus dem Kofferfach an der Seite des Busses und eilten in das Flughafengebäude. Auch der sächsische Mund-zu-Mund-Beatmer tummelte sich unter den Rückfliegern. Lotte rechnete kurz zurück. Sie war gerade mal fünf Tage hier, es war unglaublich, was in der kurzen Zeit alles passiert war. Und das Beste daran: Sie hatte über die Hälfte ihres Urlaubs noch vor sich. Wer wusste schon, was noch alles passieren würde. Vor allem hoffte sie auf Ereignisse, die nichts mit Mord und Totschlag zu tun hatten. Mal sehen, wie sich das Essen heute Abend entwickeln würde.

Der Bus erreichte die Inselhauptstadt. Rechts unten sah Lotte den Hafen. Verrostete Frachtkähne und kleine Fischerboote schaukelten gelassen auf dem leicht bräunlich verfärbten Wasser. Kräne hievten langsam gewaltige Pakete hin und her. Der einzige Glanzpunkt in diesem trübseligen Ensemble war ein großes Kreuzfahrtschiff. Auf den Schornstein war ein buntes Auge gemalt. Es schien das Geschehen ringsum zu beobachten, wirkte jedoch wenig angetan.

Puerto del Rosario bestand hauptsächlich aus kleinen weißen Häusern. Von Prachtbauten oder gar Hochhäusern, wie Lotte es von anderen Hauptstädten kannte, keine Spur. Allerdings sah sie an jeder Ecke eine Baustelle. Vielleicht kam die Zivilisation ja langsam auch auf dieser Wüsteninsel an. Ein erstes Anzeichen dafür war ein großes Einkaufszentrum, das gleich neben der Haltestelle lag, an der Lotte ausstieg. Sie sah sich um. Niemand schien sie zu erwarten. Doch da, weiter unten, kämpfte sich ein Rollstuhlfahrer den holprigen Gehweg hinauf. Das könnte er sein. Von einer Behinderung hatten zwar weder Max noch Nibius selbst etwas gesagt, aber damit ging man ja auch nicht hausieren. Sie winkte. Der Mann rollte näher und hob ebenfalls die Hand. Jetzt sah Lotte, dass es ein sehr moderner Rollstuhl war. Ein Motor summte leise, rechts und links hatte er einen Rückspiegel. Vielleicht durfte man damit sogar auf der Straße fahren.

Viktor Nibius machte einen sympathischen Eindruck. Lotte schätzte ihn auf Ende fünfzig. Seine dunkelblonden Haare waren teilweise grau, vorne hatten sie sich schon ziemlich gelichtet. Er war sehr hager, und sein Gesicht war von Falten durchzogen, vor allem um die Augen herum. Er schaute sie erwartungsvoll an, während sie langsam auf ihn zu ging.

»Viktor Nibius?«

»Ja, genau. Ihren Namen hatte ich vorhin gar nicht verstanden. Sollen wir hier einen Kaffee trinken, in dem Einkaufszentrum? Oben gibt es mehrere Lokale, und bei mir ist es kein bisschen aufgeräumt. Es wäre mir lieber.«

»Natürlich, gern. Es ist schön, dass sie überhaupt Zeit für mich haben. Lotte Köhler heiße ich.«

»Zeit habe ich genug, das ist kein Problem. Ich hab ganz andere Sorgen.«

Lotte schaute auf seine Beine und sah ihn nachdenklich an. Sie wollte fragen, traute sich aber nicht recht. Er hatte ihre Gedanken wohl erraten.

»Ein Motorradunfall vor acht Jahren. Es ist hier auf der Insel passiert, auf dem Weg von Pajara nach Puerto del Rosario. Ich hatte an einer Besichtigung bei Fuertebeauty teilgenommen, meine fünfte übrigens. Auf dem Rückweg hat mich ein Auto von der Straße abgedrängt. Der Fahrer wurde nie gefunden. Ich hatte zu der Zeit gegen Fuertebeauty prozessiert. Lange habe ich gedacht, es sei jemand von diesem Verein gewesen, der mich ausschalten wollte. Eigentlich denke ich es immer noch, aber ich konnte es nie beweisen.«

Sein Gesichtsausdruck war verbittert, die Augenbrauen eng zusammengezogen. Klar, dachte Lotte. Sie wäre auch wütend. Gut, dass sie bereits beim Thema waren.

Durch eine abgedunkelte Glastür betraten sie das klimatisierte Gebäude. Lotte starrte überrascht nach oben. Dieses Kaufhaus hätte genauso gut in New York oder Berlin stehen können. Es war sehr modern eingerichtet und grell neonbeleuchtet.

Leise Gitarrenmusik klimperte aus unsichtbaren Lautsprechern. Lange Rollbänder, wie Lotte sie von großen Flughäfen kannte, brachten die Einkaufslustigen von einer Ebene auf die nächste. Eine Vielzahl von Geschäften aller Art boten Kleidung, Sonnenbrillen und Kosmetika an.

»Das Centro del Rontondro ist neu. Es soll wohl Touristen nach Rosario locken. Das war auch nötig. Es kommt ja sonst kaum jemand her, so unattraktiv, wie die Stadt ist. Hier ist, oder besser gesagt, war einfach nichts los. Aber inzwischen gibt die Inselverwaltung sich Mühe. Es wird überall neu gebaut, das haben Sie ja vielleicht schon gesehen.«

Die Rollbänder waren praktisch für Viktor Nibius. Ohne Mühe erreichten sie den vierten Stock. Als beide einen Cappuccino vor sich stehen hatten, sah er sie fragend an.

»Also, worum geht es? Ich rate mal: ihre Mutter oder Großmutter will sich dort verpflichten. Oder hat sie schon?«

»Na ja, sie überlegt es, also, meine Mutter. Zumindest hat sie schon Unmengen dieser blödsinnigen Kosmetikartikel gekauft. Aber das ist im Moment nicht das Problem.«

Lotte fragte sich, ob sie Nibius vertrauen konnte. Aber mit seinem Rollstuhl konnte er wohl kaum über den Sandstrand von Caleta de Fuste fahren. Auch den Mord an Claudia Manz hätte er unmöglich begehen können. In den Bergen wäre er mit seinem Rollstuhl ganz einfach überfordert. Sie beschloss, die Karten offen auf den Tisch zu legen.

»Haben Sie von den Morden gehört, die in den letzten Tagen hier auf der Insel passiert sind?«

Er nickte. »Sie meinen die Frau, die man am Playa del Castillo, dem Strand von Caleta de Fuste, gefunden hat, und die andere, die in den Bergen tot neben ihrem Auto lag.«

»Ja, genau. Inzwischen gibt es noch eine. Sie alle waren Mitarbeiterinnen von Fuertebeauty. Ich frage mich, ob der Konzern etwas damit zu tun hat.«

»Der Konzern? Hm. Gute Frage. Was haben Sie denn überhaupt mit der Sache zu tun?«

»Eigentlich gar nichts. Außer dass ich die Frauen vor ihrem

Tod kennengelernt habe. Zwei waren bei meiner Mutter, um ihr Kosmetika zu verkaufen. Die dritte habe ich zufällig am Strand von Costa Calma getroffen.«

»Warum sollte Fuertebeauty die eigenen Leute umbringen? Ich meine, das sind die Kühe, die sie melken. Es sei denn, die drei hätten irgendetwas herausgefunden, was dem Verein schadet, und geplant, es gegen die Firma zu verwenden.« Er wiegte abwägend den Kopf hin und her. Dabei verzog er ein wenig den Mund. »Halten Sie das für möglich?«

»Na ja, ich hab schon darüber nachgedacht und hatte es zunächst auch vermutet. Aber eigentlich kann ich es mir inzwischen nicht mehr vorstellen. Ich glaube, die Frauen waren linientreu. Was haben Sie denn bisher über Fuertebeauty herausgefunden? Max sagte mir, er habe versucht, die Firma zu verklagen, nachdem seine Mutter dem Unternehmen ihr ganzes Vermögen vererbt hatte. Aber es hat wohl nichts genutzt. Wie war es bei Ihnen?«

Nibius nahm bedächtig einen Schluck aus seiner Tasse und schüttelte den Kopf. »Keine Chance. Die haben super Anwälte. Letztlich ist es ja jedem selbst überlassen, wem er sein Geld gibt. Herausgefunden habe ich, dass die Cremes nicht vor der Sonne schützen. Allerdings hatten sie das auch nie auf die Döschen geschrieben. Das wurde nur mündlich verbreitet. Wer den Verkäuferinnen geglaubt hat, so wie meine Frau, war eben selbst schuld. Auch sonst ist in dem Zeug nichts drin, was die teuren Preise rechtfertigt.«

»Wissen Sie, wo die Sachen produziert werden? Ich hab herausbekommen, dass die Arbeit von illegalen Aushilfen erledigt wird. Wahrscheinlich für einen Billiglohn. Das wird bereits überprüft, und vielleicht hat es ja etwas mit den Morden zu tun. Also, dass da jemand hintergekommen ist.«

»Illegale Arbeiter? Kann ich mir schon vorstellen. Als ich mich noch intensiv mit Fuertebeauty beschäftigt habe, war die Produktion im Keller des Hauptgebäudes. Wo sie jetzt ist, weiß ich nicht, ich habe irgendwann aufgehört zu forschen.«

»Aber Sie sind immer noch auf Fuerteventura?«

»Nach dem Unfall musste ich meinen Job aufgeben. Ich bin Busfahrer gewesen. Zum Glück hatte ich eine ganz gute Versicherung. So konnte ich hierbleiben und weitere Recherchen anstellen. Aber der Firma ist einfach nicht beizukommen, und inzwischen bin ich wohl eher ein stiller Beobachter als ein Kämpfer.«

Plötzlich wurden seine Augen größer. Er starrte an Lotte vorbei. Seine Hände begannen etwas zu zittern. Lotte überlegte, ob er vielleicht Alkoholiker war.

»Möchten Sie einen Brandy? Ich würde ihnen gerne was spendieren.« Sie wollte schon der Kellnerin winken, aber Viktor schüttelte unwillig den Kopf.

»Mache ich so einen Eindruck? Nein, eine der Führungsfrauen von Fuertebeauty hat sich gerade an einen der Tische hinter Ihnen gesetzt. Arabella Korn. Ich würde zu gerne wissen, was sie hier zu tun hat.« Er lachte kurz und trocken. »Sie merken es! So richtig kalt lässt mich das Thema immer noch nicht.«

»Arabella Korn kenne ich. Ist sie alleine?«

»Nein, sie hat sich zu einer dunkelhaarigen, sehr aufgemotzten Person gesetzt. Die sehe ich zum ersten Mal. Sie ist noch ziemlich jung, jedenfalls jünger als die übliche Fuertebeauty-Zielgruppe. Höchstens dreißig, in einem extrem kurzen schwarzen Kleid mit Netzstrümpfen.«

Lotte saß wie auf heißen Kohlen. Am liebsten hätte sie sich umgedreht, aber sie traute sich nicht. Ihr Blick fiel auf den Rollstuhl.

»Dürfte ich mal einen Blick in Ihren Rückspiegel werfen? Wenn Sie den unauffällig drehen, kann ich vielleicht etwas sehen.«

Er schmunzelte. »Sie sind ja ganz schön neugierig. Aber es ist ja für einen guten Zweck.«

»Ja, das auf jeden Fall. Und ich bin Journalistin. Da ist Neugierde einfach berufsbedingt.«

Viktor Nibius drehte den Spiegel um hundertneunzig Grad.

»Noch ein bisschen mehr.«

Lotte rutschte ungeduldig auf ihrem Stuhl hin und her. Jetzt konnte sie Arabella Korn sehen. Dann auch die Frau, die ihr gegenübersaß. Sie war fassungslos. Pantherkralle! Was um alles in der Welt machte die denn hier? Lottes Hirn ratterte in blitzartiger Geschwindigkeit. Recherche auf eigene Faust? Nein, dazu war sie definitiv zu dösig! Außerdem interessierte sie sich nicht für die Morde, sondern für Julio. Ihr Aussehen! Hatte sie deshalb Kontakt zu Fuertebeauty? Vielleicht war sie ja Kundin, dumm genug war sie auf alle Fälle. Oder sie gab gegen Geld vertrauliche Informationen weiter, zum Beispiel, dass die Polizei von den Illegalen wusste.

»Ich kenne die andere Frau. Sie ist eine Deutsche und arbeitet für die Polizei als Sekretärin. Soweit ich weiß, ist sie nur für ein paar Wochen hier. Ich kann nicht richtig erkennen, was die beiden machen, Sie vielleicht?«

»Nein, aber ich könnte einfach mal hinrollen und Arabella Korn begrüßen. Bis jetzt hat sie mich noch nicht gesehen. Es wäre mir eine Freude, ihr einen kleinen Schrecken einzujagen. Ich gehöre, glaube ich, zu ihren Lieblingsfeinden.«

Lotte kicherte. »Ja, das ist eine gute Idee. Aber warten sie noch einen Moment. Vielleicht können wir beobachten, was sie machen, ohne dass sie uns bemerken.«

Sie starrte unaufhörlich in den Spiegel, um nichts zu verpassen. Dabei holte sie sich fast eine Genickstarre. Aber das war jetzt egal. Nur schade, dass sie nicht hören konnte, worüber die Frauen sprachen.

»Ach übrigens, Sie machten so eine Andeutung wegen Max. Gab's Probleme?« Viktor Nibius sah sie fragend an und zwinkerte ihr zu. »Oder ist die Nachfrage zu indiskret?«

»Na ja, ich bin ja auch nicht gerade diskret. Gehört wohl nicht zu meinen guten Eigenschaften.« Lotte grinste schief. »Wir haben zusammen etwas gegessen. Bei ihm zu Hause. Auf einmal wurde der Gute ein bisschen sehr aufdringlich. Da musste ich mich wehren. Ich bin also nicht sehr gut auf ihn zu sprechen. Ich dachte übrigens zwischendurch sogar, dass er vielleicht der Mörder ist. Ich war mit ihm tauchen, und jemand hat mein

Atemgerät manipuliert. Das hätte er sein können. Ich wäre beinahe ertrunken.«

Viktor Nibius starrte sie entsetzt an. »Jemand hat versucht, Sie umzubringen? Ich bin sicher, dass Max nichts damit zu tun hat. Auch nicht mit den Morden an den anderen Frauen. Er hat zwar dieselbe Wut auf den Verein wie ich, aber genauso wenig Grund, einzelne Vertreterinnen zu ermorden. Und eine hübsche junge Frau, die er ins Bett bekommen möchte, sowieso nicht.«

Er zuckte zusammen und reckte den Hals. »Hinter Ihnen tut sich übrigens was. Die Schwarzhaarige schreibt irgendetwas auf.«

Lotte hielt nichts mehr auf ihrem Stuhl. Sie sprang entschlossen auf und stieß mit dem Hüftknochen an den Tisch. Es tat höllisch weh, und die Kaffeetasse schwappte über. Aber das war ihr völlig egal. Sie drehte sich um und rannte auf die beiden Frauen zu. Arabella Korn schreckte hoch und starrte Lotte verdattert an, als sei sie ein Geist, der gerade ihrer Mineralwasserflasche entstiegen war. Pantherkralle bekam als Erste den Mund auf.

»Ah, da ist ja unsere dickliche Hobbydetektivin. Ungeschickt wie immer. Wieder auf Männerfang?«

»Das habe ich ja wohl nicht nötig. Ich muss auch nicht meinen Arbeitskollegen hinterherlaufen und dabei Lügen verbreiten. Aber ich kann verstehen, dass Sie neidisch sind.« Lotte versuchte zu erspähen, was auf dem DIN-A4-Bogen stand. Er sah ziemlich offiziell aus. Pantherkralle bemerkte ihren Blick und zog den Zettel weg.

»Ich und neidisch? Gott bewahre. Den blöden Polizisten können Sie haben. Ich hab von dem Laden sowieso die Nase voll. Die bekommen morgen meine Kündigung auf den Tisch.« Geziert nahm sie einen kleinen Schluck aus ihrem Glas. Jetzt wurde auch Arabella Korn wieder lebendig.

»Carolina hat einen Jahresvertrag mit Fuertebeauty unterschrieben. Sie wird uns auf der Farm unterstützen. Hatten Sie und Ihre Mutter sich das nicht auch überlegt? Das wäre doch nett für Sie alle, es gemeinsam zu machen, da Sie sich ja wohl kennen.«

Lotte jubilierte innerlich. Darum ging es hier. Das war das Schreiben, das auf dem Tisch lag. Die dämliche Pantherkralle hatte einen ehrenamtlichen Vertrag mit dem dubiosen Kosmetikkonzern abgeschlossen. Manche Probleme lösten sich wirklich von alleine. Die dumme Ziege war damit weg vom Markt und konnte nicht mehr nerven. Sollte sie doch kleine Pflanzen hin- und hertragen und sich Creme ins Gesicht schmieren, bis sie schwarz wurde!

Sie nickte Arabella Korn freundlich zu. »Meine Mutter überlegt noch. Für mich kommt ihr nettes Angebot erst mal nicht in Frage. Aber danke. Ich muss jetzt auch wieder los.«

Triumphierend kehrte sie an ihren Tisch zurück. Viktor Nibius hatte ihn mithilfe des Personals inzwischen wieder in Ordnung gebracht und schien soeben von Arabella Korn entdeckt worden zu sein, denn er drückte dreimal auf die Hupe seines Rollstuhls. Dann deutete er eine Verbeugung an. Lotte drehte sich um und amüsierte sich über Arabella Korns arrogantes versteinertes Gesicht. Die beiden Frauen waren gerade im Aufbruch. Sie ließen ein paar Münzen auf den Tisch fallen und zogen wild diskutierend davon.

Lotte lehnte sich zurück und atmete tief durch. »Fuertebeauty hat neues Personal. Um die ist es wirklich nicht schade, da brauchen wir uns keine Sorgen zu machen. Eine furchtbare Person. Die passt genau dorthin.«

Sie schaute Viktor Nibius nachdenklich an. Viel hatte das Gespräch nicht gebracht. Sie wusste immer noch nicht, wer die drei Frauen auf dem Gewissen hatte. Es war sicher kein offizielles Exekutionskomitee von Fuertebeauty gewesen. Da musste sie ihm recht geben. Es wäre einfach unlogisch.

»Tja. Ich fahre dann jetzt mal wieder zurück. Es war nett, Sie kennengelernt zu haben. Natürlich halte ich Sie auf dem Laufenden.« Lotte gab ihm einen Zettel, auf dem ihre Mobilnummer stand. »Vielleicht fällt Ihnen noch was ein. Dann können Sie sich ja melden.«

»Das werde ich tun. Seien Sie vorsichtig.«

Auf dem Weg nach draußen machte Lotte noch einen kleinen Abstecher in eine Boutique. Sie kaufte einen schicken warmen rosafarbenen Pulli. Den hatte sie sich verdient, und für das heutige Treffen konnte sie ihn auch dringend brauchen.

SECHZEHN

Das Geschrei ihrer Mutter im Bungalow war spektakulär. Lotte überlegte, ob sich ein Schwarm hungriger Möwen im Wohnzimmer verfangen hatte und dort verzweifelt nach Fischen suchte. Nein, das war eher unwahrscheinlich. Sie schnappte sich einen Holzkleiderbügel als Waffe. Dann öffnete sie vorsichtig die Tür. Elisabeth saß kreischend auf dem Boden. Um sie herum waren Unmengen Fotos verteilt. Sie zerriss gerade einen ganzen Stapel. Ob das vielleicht Jugendbilder von ihr waren? Vielleicht hatte sie ja plötzlich bemerkt, dass sie seitdem etwas älter geworden war. Ach was, Elisabeth hatte sicher keine Fotos von sich dabei. Lotte schaute genauer hin und erkannte den kleinen Karton, der direkt neben ihrer Mutter stand. Das war eindeutig die verschwundene Fotokiste aus dem Haus von Gertrude Steinbrecher.

»Wo hast du die Bilder her?«

Ein erneutes Aufjaulen war die Antwort. Lotte war genervt. Auf hysterische Anfälle hatte sie gar keine Lust. Sie ging zu ihrer Mutter, packte sie an der Schulter und schüttelte sie wie einen kleinen Teppich. Doch Elisabeth heulte ungebremst weiter. Das Geräusch wurde nur etwas rhythmischer und ein wenig leiser. Lotte entdeckte ein Glas mit Lumumba auf dem Tisch. Das war die schnelle Lösung. Zwischen zwei Schluchzern kippte sie ihrer Mutter das süße Gesöff in den Mund. Elisabeth musste Husten und fing an zu schimpfen.

»Dieses Schwein, er hat mich betrogen. Er war schon mal verheiratet. Dabei dachte ich, ich sei die Erste. Er hat immer behauptet, er habe sich noch nie fest gebunden, und wenn er mal heiraten würde, dann mich.«

Sie schmiss Lotte ein Foto vor die Füße. Es schien aus den sechziger Jahren zu sein. Auf der alten Schwarz-Weiß-Aufnahme war ein Brautpaar abgebildet. Dieser nette junge Mann im dunklen Anzug mit den braunen, etwas längeren Haaren und dem Vollbart sollte Rudi sein? Möglich wäre es. Das Problem sah sie nicht. Sie schaute ihre Mutter fragend an.

»Das ist doch wohl völlig egal. Siehst du nicht, wie alt das Bild ist? Überleg doch mal, wie oft du schon verheiratet warst. Hast du ihm das erzählt?«

Elisabeth nickte jammernd. Dann sank sie in sich zusammen.

»Na ja, eigentlich nur von zwei Ehen.«

»Na also, dann seid ihr ja quitt.«

Lotte schaute wieder auf das Foto. Wieso war ein Hochzeitsbild von Rudi bei den Fotos von Gertrude Steinbrecher? Die Braut war jung, hübsch und schlank. Sie trug ein bodenlanges Kleid im Hippiestil und hatte wilde Locken. Trotzdem kam sie Lotte bekannt vor. Sie nahm ein paar andere Bilder vom Haufen. Plötzlich war es, als ob in einem Theater der Vorhang aufgezogen wurde. Sie konnte es klar erkennen. Die Braut war Sybille Möller, die Tote vom Strand. Anscheinend war sie mit Rudi verheiratet gewesen. Das war ja wirklich unglaublich.

In Lottes Gehirn ratterte es wie in einem geschmeidigen Uhrwerk. Gertrude Steinbrecher war Rudis Nachfolgerin und kannte Rudi natürlich auch. Auf jeden Fall hatte sie von ihm gewusst. Deshalb war er vor ein paar Tagen auch so panisch davongeeilt, als er erfuhr, dass Gertrude zu Besuch bei ihrer Mutter war. Lotte schaute Elisabeth an. Sie stellte ihre Eingangsfrage noch einmal.

»Wo hast du die Fotos her?«

Aber Elisabeth reagierte kein bisschen. Stattdessen starrte sie trübselig vor sich hin.

»Hallo, Elisabeth, aufwachen! Woher stammen diese Bilder? Wie sind sie hier ins Haus gekommen?«

Elisabeth fing wieder an, einzelne Fotos zu zerreißen. Ihre Stimme klang ziemlich resigniert.

»Rudi hat sie gebracht, vor einer Stunde etwa. Zusammen mit den anderen Sachen hier.« Mit ihrem beringten Zeigefinger wies sie in die Ecke des Raumes. Dort standen zwei fremde Koffer und einige geräumige Umzugskartons. »Er muss dringend nach

Deutschland und hat mich gebeten, seine Sachen für ihn aufzubewahren. Ich wollte halt wissen, was drin ist. Dann habe ich die Fotos gefunden.«

Sie gab sich erneut einer Schluchzarie hin. Lotte wurde es eiskalt. Sie griff wahllos nach weiteren Fotos. Auf den meisten waren entweder Gertrude Steinbrecher oder Sybille Möller abgebildet. Dass Rudi diese Bilder hatte, konnte nur eins bedeuten: Er war im Haus von Gertrude Steinbrecher gewesen. Und zwar, *nachdem* sie dort herumgeschnüffelt hatte. Das könnte bedeuten, dass er die alte Dame auf dem Gewissen hatte. Warum auch immer. Lotte dachte nach. Seine Ehe mit Sybille Möller konnte ja wohl kaum ein Grund für einen Mord sein. Da musste es noch irgendetwas geben, das sie nicht verstand. Sie zog ihr Handy aus der Tasche und wählte Julios Nummer. Eine unbeteiligte Stimme erklärte ihr, dass sein Anschluss im Moment nicht erreichbar war. Erst auf Deutsch, dann auf Englisch, dann auf Spanisch. Nicht mal die Mobilbox war eingeschaltet. Ein internationales Desaster. Sie kramte aus ihrem Rucksack die Nummer der Polizeistation hervor.

»Hola, Estacion de Policia.«

Oh nein, es war Pantherkralle. Wieso war die denn noch da? Sie wollte doch kündigen. Auf ein Gespräch mit ihr hatte Lotte jetzt gar keine Lust. Sie verstellte ihre Stimme und verlangte Señor Conches. Aber das nutzte ihr gar nichts.

»Ah, die deutsche Hobbydetektivin. Immer noch im Einsatz? Sind Sie den Rollifahrer wieder losgeworden? Julio ist nicht da und ich hab keine Ahnung, wann er kommt.«

Es knackte in der Leitung. Pantherkralle hatte einfach aufgelegt. Lotte wählte die Nummer noch einmal.

»Ich bin es wieder, Lotte Köhler. Richten sie Julio bitte aus, er möchte mich so schnell wie möglich auf dem Handy anrufen. Es ist wichtig. Es geht um die Morde. Ich weiß jetzt, wer der Täter ist.«

»Ja klar, herzlichen Glückwunsch. Ich werd's ihm sagen, falls ich ihn sehe.« Besonders glaubhaft klang dieses Versprechen in Lottes Ohren nicht. Aber im Moment blieb ihr nichts anderes übrig, als darauf zu vertrauen, dass Pantherkralle die Nachricht weitergab.

Sie steckte das Handy in die unterste Tasche ihrer Cargohose. Direkt unterhalb des Knies störte es am wenigsten. Dann griff sie nach dem Hochzeitsbild von Rudi und Sybille Möller, brachte es in ihr Zimmer und versteckte es unter dem Kopfkissen. Zurück im Wohnzimmer, versuchte sie, ihre Mutter zu beruhigen.

»Ich schlage vor, wir packen die Kisten so gut es geht wieder zusammen. Rudi wird ziemlich wütend werden, wenn er sieht, dass du seine Fotos nicht nur angeschaut, sondern weitestgehend auch noch zerrissen hast.«

»Das ist mir doch egal!«

»Nun los. Sei vernünftig. Egal was er gemacht hat, du kannst nicht einfach sein Zeug kaputt reißen.«

Elisabeth machte ein leicht bedröppeltes Gesicht. Dann half sie, die Umzugskisten wieder einzupacken. Lotte überlegte, ob sie ihrer Mutter von ihrem Verdacht erzählen sollte. Aber sie entschied sich dagegen. Elisabeth würde es wahrscheinlich sowieso nicht glauben. Wenn doch, wäre sie nicht in der Lage, Rudi gegenüber neutral zu bleiben, wenn sie ihn wiedersah. Sie würde sich unter Garantie in irgendeiner Form verraten.

Sie waren fast fertig, da rappelte es an der Terrassentür. Rudi stieß rückwärts die angelehnte Tür auf und trug eine weitere Kiste hinein.

»Da bin ich wieder, Elisabeth. Das hier ist die letzte Kiste, versprochen.«

Lotte rollte entsetzt die Augen Richtung Zimmerdecke. Rudi war noch gar nicht abgeflogen? Diese äußerst wichtige Information hatte ihre Mutter natürlich verschwiegen. Wenn sie das gewusst hätte, dann hätte sie rechtzeitig das Weite gesucht. Sollte Rudi ein Mörder sein, war er es womöglich auch, der ihr Tauchgerät manipuliert hatte. Natürlich, sie hatte ihm und ihrer Mutter ja auch im Restaurant erzählt, dass sie zum Tauchen wollte! Jetzt war es zu spät.

Rudi stand breitbeinig im Raum. Die Kiste hatte er abgestellt. Er war etwas atemlos. Schweigend sah er auf die geöffnete Umzugskiste vor ihnen und dann von einer zu anderen. Lotte machte ein unschuldiges Gesicht.

»Hallo, Herr Hinze. Lange nicht gesehen. Ich hab gehört, Sie müssen überraschend nach Deutschland? Das ist ja schade, wo das Wetter hier gerade so schön wird.«

Elisabeth war natürlich mal wieder weniger diplomatisch. Das war zu erwarten gewesen. Vielleicht hätte sie ihr doch von ihrem Verdacht erzählen sollen.

»Rudi, du gemeiner Kerl! Warum hast du mir nicht gesagt, dass du verheiratet warst? Auf Lügen kann man keine Beziehung aufbauen!«

»Ich, verheiratet? Das war ich nie. Wie kommst du denn auf so eine Idee?«

»Wir haben dein Hochzeitsfoto gefunden. Ich habe dich sofort erkannt. Du brauchst dich jetzt auch überhaupt nicht rausreden.«

Sie fing wieder an zu weinen. Lotte griff nach dem Kleiderbügel, den sie vorhin mitgebracht hatte. Aber der nutzte ihr jetzt auch nichts, denn Rudi steckte seine Hand in die Jackentasche und zog eine Pistole heraus. Sein Tonfall war ziemlich barsch.

»Ihr habt also in meinen Sachen gestöbert. Das war keine gute Idee. Aber das ist euch ja jetzt wohl klar. Los. Rüber in die Küche. Alle beide.«

Er packte Elisabeth hart am Oberarm. Sie schrie entsetzt auf. Lotte hatte es die Sprache verschlagen. Sie verstand nicht, wieso er eine Pistole dabeihatte. Er konnte doch gar nicht damit gerechnet haben, dass ihm jemand auf die Schliche gekommen war. Sie starrte die Waffe entsetzt an. Sie war genau auf ihr Herz gerichtet.

»Wird's bald? Die ist echt, und ich habe nichts zu verlieren.«

Lotte sah das sofort ein. Elisabeth nicht. Sie zappelte wie ein Fisch an der Angel und versuchte, sich aus Rudis Umklammerung zu befreien. Mit ihren spitzen Schuhen trat sie nach ihrem Liebhaber und zeterte: »Rudi, du tust mir weh. Was hat das zu bedeuten? Warum hast du überhaupt eine Pistole? Was haben wir dir getan?« Ihr Wutanfall ging in ein Jammern über. »Wenn ich ehrlich sein soll, finde ich es jetzt doch nicht so schlimm, dass du schon verheiratet warst. Ich war es auch schon dreimal. Es tut mir leid, dass ich dich beschuldigt habe. Kannst du mich jetzt wieder loslassen?«

Doch Rudi dachte nicht daran. Binnen weniger Augenblicke hatte er sich zum brutalen Monster entwickelt. Auch seine Sprache war völlig anders geworden.

»Halt die Klappe. Los, rüber da. Das ist kein Spaß!«

Gewaltsam bugsierte er Lotte und Elisabeth in die Küche. Er öffnete die Küchenschublade. Dort bewahrten sie eine Ersatzwäscheleine auf, die zog er jetzt raus. Woher wusste er das nur? Er zwang Elisabeth auf den Boden und drückte Lotte die Schnur in die Hand.

»Du wirst deine keifende Mutter jetzt an den Tisch binden«, sagte er zu ihr. »Aber beeil dich! Da seht ihr mal, wohin Neugier führt.«

Wahrscheinlich hatte er die Leine mal gesehen, als er den Korkenzieher geholt hatte. Aber das war ja jetzt eigentlich auch egal. Das Ergebnis zählte. Und natürlich, wie sie hier aus dieser Situation herauskommen konnten. Langsam wickelte Lotte das Seil auseinander. Sie versuchte fieberhaft, eine Lösung zu finden. Es musste doch eine geniale Idee geben, wie sie hier wegkamen. Aber ihr fiel einfach nichts ein.

»Wird's bald? Du bist doch sonst nicht so langsam! Reporter-Ziege!«

Rudi drückte ihr den Lauf der Pistole so fest in die Seite, dass Lotte vor Schmerz aufschrie. Wenn sie doch bloß Julio erreicht hätte! Da ihr nichts Besseres einfiel, nahm sie die Schnur und band ihre völlig verstörte Mutter an einem Bein des Küchentisches fest. Die Schlinge ließ sie relativ locker. Wenn Elisabeth sich nicht ganz dumm anstellte, könnte sie sich später leicht befreien, indem sie einfach den Tisch anhob.

Rudi holte ein kleines Tablettenröhrchen hervor und wies auf den Küchenschrank. »Zwei Gläser Wasser, aber dalli.«

Als Lotte nicht sofort reagierte, spannte er den Hahn seiner Pistole. Er richtete sie auf Elisabeth und brüllte: »Ich habe gesagt, Wasser holen!«

Elisabeth sagte gar nichts mehr und schaute nur noch verängstigt von einem zum anderen. Sie war blass wie eine venezianische Maske. Lotte holte die Gläser aus dem Schrank. Dann drehte sie am Wasserhahn und füllte sie. Rudi warf jeweils zwei Tabletten hinein, die sich langsam auflösten und die reine Flüssigkeit trübten. Lottes Hals war trocken. Sie hatte Angst, Todesangst. Wenigstens blieb ihnen dieser eklige Orangenlikör erspart. Obwohl, Elisabeth wäre das wahrscheinlich lieber gewesen.

»Los, trinken!«

Lotte kniff die Lippen zusammen. Sie starrte aus dem Fenster und hoffte auf ein Wunder. Dann spürte sie die kalte Mündung der Waffe an ihrer Schläfe.

»Du gibst das jetzt deiner Mutter, aber schnell.«

Lotte überlegte. Wenn er schoss, waren sie gleich tot. So hatten sie vielleicht noch ein bisschen Zeit. Zögernd hielt sie ihrer Mutter das Glas an den Mund. Elisabeth prustete, schluckte dann aber widerstandslos. Dann nahm Lotte das andere Glas und leerte es auf einen Zug. Das Getränk war wie erwartet bitter. Sie spürte den schalen Geschmack aber nur kurze Zeit, dann dämmerte sie langsam weg.

SIEBZEHN

Lotte war verkleidet. Sie trug eine zerrissene Hose, einen Pullover und einen langen roten Mantel. Als St. Martin ritt sie mit ihrem Schimmel vor einer Horde Kinder her. Alle sangen laut und ziemlich falsch durcheinander. Sie trugen Laternen und schienen sich auf die Süßigkeiten zu freuen, die sie bekommen würden. Es waren nur noch wenige Meter bis zum Feuer. Da überquerte eine Schar schnatternder Gänse und Enten die Fahrbahn. Das Pferd wieherte und scheute. Lotte stieß einen schrillen Schrei aus und landete auf dem Boden. Ihr Kopf hämmerte wie verrückt, und sie hatte plötzlich keine Ahnung mehr, wo sie war. Mühsam öffnete sie die Augen. Sie waren merkwürdig verklebt.

Unvermittelt fühlte Lotte sich in ihre früheste Kindheit zurückversetzt. Sie befand sich eindeutig in einem Wohnwagen. Genau auf so einem Bett hatte sie als Kind manchen Urlaub verbracht. Allerdings nur in den ersten Jahren, als ihre Mutter noch mit ihrem Vater zusammen gewesen war. Später, als Elisabeth es durch ihre zweite Ehe zu Geld und Ansehen gebracht hatte, zog sie ein Vier-Sterne-Hotel den Unbilden eines Campingplatzes vor. Dieser Wagen hier hatte schon einige Jahrzehnte auf dem Buckel. Lotte sah sich um. Die Schränke waren eindeutig aus Sperrholz, dunkel lasiert und mit vielen Kratzern und Macken übersät. Der Bezug des Sofas, auf dem sie verschnürt wie ein Postpaket lag, war grün-gelb gemustert. Sie versuchte, sich aufzusetzen. Das war allerdings gar nicht so einfach, denn ihre Hände waren hinter ihrem Körper mit einer gelben Wäscheleine zusammengebunden. Auch ihre Füße waren gefesselt. Wie lange war es her, dass sie ihre Mutter mit so einer Leine an den Küchentisch gebunden hatte? Ihr Zeitgefühl war völlig abhanden gekommen. Plötzlich, mit einem Schlag, kehrte die Angst zurück. Rudi war der Mörder von Fuerteventura. Er hatte die Kosmetikvertreterinnen auf dem

Gewissen, und Lotte konnte sich denken, was er jetzt mit ihr vorhatte.

Auf ihn wäre sie im Leben nicht gekommen. Aber sie lebte noch. Offenbar war in dem Pillenröhrchen kein Fentanyl, sondern ein Betäubungsmittel gewesen. Das war doch schon mal ein Ansatz, mit dem man arbeiten konnte. Sie versuchte, die Schnur an den Unterarmen zu lösen, indem sie die Hände aneinanderrieb. Dann zerrte sie an der Leine. Aber der Knoten war recht fest, den würde sie wohl nicht mal mit den Zähnen aufbekommen. Lotte wälzte sich hin und her und versuchte, sich aufzurichten. Schließlich schaffte sie es. Sie saß auf den Knien. Ihr Schädel brummte, als habe sie literweise Alkohol getrunken, und ihr Hals war trocken wie jedes Bachbett auf dieser vermaledeiten Insel. Während ihre Augen nach etwas Scharfem oder Spitzem suchten, versuchte sie weiter, die Arme auseinanderzudrücken. Es musste doch möglich sein, diese grässlichen Fesseln loszuwerden!

Beim Anblick der traurigen Einrichtung fiel ihr ein traumatisches Kindheitserlebnis aus einem ihrer Campingurlaube ein. Damals war sie vielleicht vier oder fünf Jahre alt gewesen. Sie hatte auf die Küchenablage des Wohnwagens ihrer Eltern klettern wollen. Bei dem Versuch, sich hochzudrücken, war sie versehentlich mit dem Fuß unter die extrem scharfe Kante eines Schrankes gekommen. Der Riss auf dem Spann war so tief, dass er sogar genäht werden musste. Sie hatte immer noch eine kleine Narbe an dieser Stelle.

Lotte drehte sich vorsichtig zur Bettsofakante und kletterte hinab auf den Boden. Hier lagen die Badeschlappen, die sie vorhin angehabt hatte. Der Teppich war voller widerwärtiger roter und brauner Flecke. Sie wollte gar nicht darüber nachdenken, was das sein mochte. Langsam robbte sie zu den Küchenschränken. Sie lehnte sich rückwärts an eine Ecke, schob sich langsam nach oben, hielt ihre Handfesseln unter die Kante und bewegte die Hände hin und her. Es schien zu funktionieren. Die Leine war schon merklich dünner geworden. Die äußere Plastikschicht war teilweise abgesprungen, und ihre Hände ließen sich ein bisschen besser bewegen. Sie rieb noch zwei Minuten weiter und riss immer wieder ruckartig ihre Arme auseinander. Mit einem leichten Ratsch gab die Schnur schließlich nach. Jetzt musste sie nur noch die Füße befreien. Das schaffte sie mit einem Küchenmesser, das sie in einer Schublade fand. Sie war frei. Mit beiden Händen massierte sie ihre Füße, die ziemlich taub waren. Sie spürte, wie das Blut zurück in ihre Gliedmaßen floss. Wo war Elisabeth? Lotte öffnete die Tür zu der kleinen Nasszelle. Sie war leer. Ihre Mutter schien nicht hier zu sein.

Lotte versuchte, die Tür des Wohnwagens aufzumachen, aber der Griff bewegte sich nicht. Also warf sie sich gegen die Tür. Vergeblich. Rudi hatte sie wohl von außen verriegelt. Lotte bekam jetzt wahrscheinlich einen dicken blauen Fleck auf der Schulter. Aber das war egal. Sie versuchte es an den Fenstern, aber auch die gaben keinen Millimeter nach. Sie konnte nicht einmal nach draußen schauen. Es schien, als stände der Wohnwagen in einer dunklen Höhle. Dagegen sprach allerdings, dass sie regelmäßiges Wellengeplätscher hörte. Außerdem pfiff der Wind ganz ordentlich um sie herum.

Plötzlich fiel ihr etwas ein. Sie tastete ihre Kleidung ab. Und tatsächlich: In der untersten Tasche ihrer Cargohose steckte immer noch das Handy. Falls Rudi überhaupt danach gesucht hatte, musste er es wohl übersehen haben. Lotte schaltete es ein. Eine fröhliche SMS begrüßte sie mal wieder bei T-Mobile Spanien. Sie drückte die Nachricht weg und schaute auf die Liste der letzten getätigten Anrufe. Die vorletzte musste Julios Nummer sein. Sie drückte auf die grüne Wähltaste und wartete.

»Hola. Conches. Digame.«

Julios Stimme klang gehetzt und streng. Lotte hätte weinen können vor Erleichterung. Sie schluckte.

»Ich bin es, Lotte.«

»Lotte, Gott sei Dank, du lebst! Geht es dir gut? Wo bist du?«

»Wenn ich das wüsste. Ich bin eingesperrt, in einem alten Wohnwagen. Rudi, der Freund meiner Mutter, muss mich hierhergeschafft haben. Ich glaube, er hat etwas mit den Morden zu tun.« Sie machte eine Pause und unterdrückte ein Schluchzen.

»Ja, ich weiß Bescheid. Er war mit Sybille Möller verheiratet. Aber das ist jetzt nicht so wichtig. Jetzt geht es erst mal darum, dich zu befreien.« Er zögerte, bevor er weitersprach. »Wir haben deine Mutter gefunden. Es geht ihr gut. Sie lag bewusstlos auf dem Fußboden ihrer Küche, neben ihr klebte ein Zettel, auf dem stand, er habe dich in seiner Gewalt, und Elisabeth solle es nicht wagen, die Polizei zu informieren. Er würde ihr dein Versteck erst bekannt geben, wenn er außer Landes sei. Im Moment ist er irgendwo auf der Insel untergetaucht. Ausgeflogen ist er jedenfalls noch nicht.«

»Das ist gut. Lasst ihn nur nicht entkommen, diesen Mistkerl, diesen elenden.«

»Wenn wir dich vorher finden, sicher nicht. Wir haben versucht, dein Handy zu orten. Aber es war wohl ausgeschaltet. Gut, dass du es überhaupt dabeihast. Wir werden gleich noch mal versuchen, dich zu lokalisieren. Aber beschreib doch mal, was du siehst, wenn du rausschaust. Vielleicht können die Kollegen dann erkennen, wo du bist. So groß ist die Insel ja nicht.«

»Ich sehe gar nichts, es ist stockdunkel. Aber der Wohnwagen muss irgendwo im Freien stehen, direkt an der Küste. Ich höre das Meer und den Wind.«

»Hm. Das hilft uns gar nicht weiter. Das könnte überall auf Fuerteventura sein. Hast du keine anderen Anhaltspunkte? Hörst du vielleicht irgendetwas Außergewöhnliches?«

Lotte konzentrierte sich und presste ihr Ohr an die Tür. Draußen meckerte jemand. Sie war begeistert, dass sie noch etwas zu ihrem Auffinden beitragen konnte.

»Ich höre Ziegen, hier müssen irgendwo Ziegen sein!«, rief sie euphorisch und stockte, weil ihr just in diesem Moment einfiel, dass es auf Fuerteventura von Ziegen nur so wimmelte. Dann dachte sie an das, was sie geträumt hatte, bevor sie das Bewusstsein wiedererlangt hatte. Sie war sicher, dass die Geräusche kein Traum gewesen waren. Tatsächlich, da war das Gackern wieder. »Außerdem höre ich Enten oder Gänse. Hier scheinen jede Menge zu sein. Eine ganze Schar.«

Julio klang nervös. »Das kann nicht sein, die gibt es hier nicht. Hör noch mal genauer hin.«

»Warte, ich schlage ein Fenster ein, dann kann ich das Geräusch besser hören.« Lotte sah sich nach einem Schlaginstrument um. Einen Hammer oder ein Beil könnte sie jetzt gut brauchen. Aber Julio bremste ihren Eifer.

»Nein, tu das nicht. Rudi hat dich bestimmt nicht mutterseelenallein dort gelassen. Da wird irgendjemand Wache schieben. Und der hört dann, dass du wach bist und versuchst auszubrechen.«

In diesem Moment hörte Lotte es wieder, und zwar ganz deutlich. Vor dem Wohnwagen quakten eindeutig Enten, und auch das Gänsegeschnatter von vorhin war wieder da.

»Also gut, ich bin aber sicher. Hier gibt es Enten.«

»Okay, ich werde die Kollegen darauf ansetzen. Ziegen, Meer, Wind und Enten. Wenn es diese Kombination irgendwo auf der Insel gibt, werden wir dich finden. Verhalte dich einfach ruhig. Tu so, als ob du schläfst, und leg dich auf keinen Fall mit Rudi oder sonst jemandem an. Einem Kerl, der schon drei Frauen auf dem Gewissen hat, kommt es auf eine mehr auch nicht an. Bis gleich, halt die Ohren steif.«

»Ja, bis gleich. Ich warte!«

Lotte drückte die Lautlos-Taste. Sie wollte sich keinesfalls durch ein Klingeln verraten. Sie presste ihr Ohr noch einmal an die Tür. Außer den ihr bereits vertrauten Geräuschen war nichts zu hören. Vielleicht hatte Rudi sie doch allein hier gelassen. Sie überlegte. Schließlich war er damit beschäftigt, irgendwie von der Insel zu kommen. Er konnte ja auch nicht wissen, dass sie sich befreit hatte. Und dass er hier einen Komplizen hatte, war doch ziemlich unwahrscheinlich. Sicher hatte er sie einfach hier eingesperrt, um sie aus dem Weg zu haben. Vielleicht konnte sie sich ja ganz leise und unauffällig aus dem Wohnwagen befreien?

Sie suchte in allen Schubladen und Schränken nach einem geeigneten Werkzeug. Schließlich fand sie es in Form eines überdimensionalen Fleischspießes, an dessen Spitze noch ein bisschen ranziges Fett klebte. Lotte versuchte, damit ein Fenster aufzuhebeln. Das letzte gab tatsächlich ein wenig nach. Sie zog und zerrte, bis sich ein kleiner Spalt aufgetan hatte. Das Geschnatter draußen war nun noch viel deutlicher zu hören. Wenigstens hatte sie keine falschen Hinweise gegeben. Außerdem hörte sie nun aber auch ein leises Schnarchen. Rudi würde doch wohl nicht vor dem Wohnwagen liegen und schlafen? Lotte zögerte kurz. Nein, sicher nicht. Warum sollte er das tun? Wenn er hier wäre, um auf sie aufzupassen, wäre er wach. Wahrscheinlich war es eine gebrechliche Ziege mit leichtem Asthma.

Vorsichtig schob sie den Fleischspieß in die Lücke zwischen Fenster und Rahmen und lehnte sich mit aller Kraft dagegen. Mit einem entsetzlichen Lärm barst die Plexiglasscheibe und zerfiel in Hunderte Einzelstücke.

Im Bruchteil einer Sekunde war vor dem Wohnwagen die Hölle los. Es klang, als würde ein ganzes Rudel Hunde in wildes Gebell ausbrechen, unterstützt von kreischenden Gänsen und schrill hustenden Ziegen. Es schien Lotte, als habe Noah die gesamte Fracht seiner Arche an eben jenem Platz der Erde abgeladen, an dem sie sich gerade befand. Sie fluchte leise vor sich hin. Auf beißwütige Hunde hatte sie sich nicht eingestellt.

Sie streckte vorsichtig ihre Hand durch das offene Fenster. Das Schwarze, das sich davor befand, war eine Plastikplane, die wohl über dem Wohnwagen lag. Jetzt oder nie, dachte Lotte und stach mit dem Fleischspieß hinein. Die marode Plane riss fast unmittelbar auseinander. Durch ein klaffendes Loch von der Größe eines Autoreifens starrte Lotte entsetzt in die braunen Augen eines riesigen Kettenhundes. Der Hund starrte wütend zurück. Dann kläffte er wieder, was das Zeug hielt, und versuchte, sich auf sie zu stürzen. Als Lotte bemerkte, dass die Kette zu kurz war und er nicht an sie herankommen konnte, streckte sie ihm gehässig die Zunge raus. Vorsichtig, um sich nicht an dem Fensterrahmen zu verletzen, kletterte sie aus dem Wagen.

***

Es dämmerte und war relativ kühl. Nach der Helligkeit zu urteilen, musste es früher Morgen sein. Also war sie etwa fünfzehn Stunden lang bewusstlos gewesen. Eine ganz schön lange Zeit. Kein Wunder, dass Julio so angespannt geklungen hatte. Sie schaute über das Meer in Richtung Horizont, wo sie an den ersten beiden Tagen ihres Urlaubs, als sie morgens noch gut aus dem Bett gekommen war, den Sonnenaufgang beobachtet hatte. Von der Sonne war aber noch nicht das geringste Fitzelchen zu sehen. Sie befand sich also an der Westküste.

Lotte wandte sich um. Der Wohnwagen war einer von mehreren altersschwachen Campern. Sie standen in einer winzigen Bucht, umgeben von hohen schwarzen Felsen. Weiter hinten schmiegten sich einige baufällige Hütten an den Berg. Vor manchen stand ein Wassertank. Dieser Ort wirkte wirklich sehr abgeschieden. Aber es schienen immerhin Leute hier zu wohnen. Ein paar Meter weiter, ganz vorne an dem steinigen Strand, gab es ein Lokal. Dahinter war ein kleiner Teich, in dem tatsächlich putzmunter einige Enten und Gänse schwammen, mittlerweile wieder völlig ungerührt von dem ohrenbetäubenden Lärm, den der unsympathische schwarze Köter immer noch machte. Lotte rannte auf das Lokal zu und suchte nach dem Namen. »Casa Pon« stand in großen, leicht verwitterten Lettern an der Vorderfront. Sie kramte ihr Handy aus der Hose, um Julio noch einmal anzurufen. Jetzt konnte sie ihm genau mitteilen, wo sie sich befand. Der Hund kläffte pausenlos weiter. Er klang bereits ein bisschen heiser. Trotzdem ließ sich keine Menschenseele blicken. Was für ein Glück!

Lotte wollte gerade wählen, als sie von Weitem ein Auto nahen hörte. Blitzschnell warf sie sich auf den Boden und kroch um das Lokal. Dort waren mehrere Türen, von denen sich eine glücklicherweise öffnen ließ. Es war eine stinkende Herrentoilette. Egal, Hauptsache, sie hatte erst einmal eine Zufluchtsstätte gefunden. Julio würde sicher nicht so schnell hier sein, also war es jemand anders. Lotte linste durch den Türspalt. Das schien Rudis schwarzer Kombi zu sein. Mist! Gleich würde er merken, dass sie weg war. Sie wartete, bis der Wagen an dem

Lokal vorbeigefahren war. Dann spurtete sie über eine kleine Steinbrücke auf die andere Seite eines Baches, der in den Teich mündete. Sie überlegte. Wenn sie nach links lief, kam sie auf die Straße, aber hier würde Rudi sie mit dem Wagen schnell einholen. Nach rechts ging ein felsiger Pfad auf den Berg hinauf. Das war nicht gerade der ideale Fluchtweg mit Flip-Flops an den Füßen. Aber vielleicht konnte sie sich dort oben irgendwo verstecken und Julio noch einmal anrufen. Sie raste los. Der Hund schien keine Energie mehr zu haben, jedenfalls war er nicht mehr zu hören. Dafür hallte eine wütende Stimme zu ihr hoch.

»Bleib stehen, Charlotte Köhler! Sonst schieße ich. Wenn du jetzt weiterläufst, bringe ich deine Mutter um. Ich habe sie hier im Wagen.«

Lotte blickte sich kurz um. Der Hund hüpfte an seiner Kette wie ein durchgedrehtes Jojo und kläffte ohne Unterlass. Neben ihm stand ein aufgebrachter Rudi, die stacheligen Haare wild aufgestellt. Sein Kopf war hochrot, und er fuchtelte mit den Armen. Keine Pistole war zu sehen. Sie rannte ungerührt weiter. Rudi nahm die Verfolgung auf. Er keuchte, trotzdem kam er schnell näher. Lotte fluchte. Er schien das bessere Schuhwerk zu tragen. Als sie den Rand der Klippe erreicht hatte, endete der Weg.

Na super, auch das noch! Sie stolperte weiter über schwarzes Geröll. Dabei schlug sie mit dem Knöchel gegen einen großen Stein. Wütend verfluchte sie die Schuhindustrie und die modischen bunten Gummilatschen, die sie trug und mit denen sie beinahe über ein Erdhörnchen gefallen wäre, dass ihr entgegengehüpft kam. Wahrscheinlich hoffte es auf Nüsse oder wenigstens ein kleines Stück Brot. Lotte hinterließ ihm stattdessen den rechten Badeschuh, bei dem als Folge ihres Fastzusammenpralls der Zehensteg abgerissen war. Nun versuchte sie halb barfuß, einen Weg durch die vulkanische Wildnis zu finden. Da gab auch der linke Schlappen auf. Lotte schleuderte ihn weg. Ihre Füße brannten. Unbeirrt lief sie weiter. In diesem Moment hörte sie von unten ein lautes Rufen.

»Chudi, Chudi.«

Sie blickte sich im Laufen um. Auch Rudi, der nur noch wenige Meter hinter ihr war, sah nach unten. Neben dem Wohnwagen stand ein einarmiger Mann. Er winkte aufgeregt mit seinem Stumpf.

»Chudi. Der Wagen ist kaputt. Frau weg. Hund völlig krank. Hat keine Stimme mehr.«

»Ach verdammt. Verpiss dich! Du solltest aufpassen, nicht schlafen.« Rudis Stimme überschlug sich beim Schreien. Seine Augen stierten wie wahnsinnig nach unten und wieder zurück zu Lotte. Er wollte folgen, doch gleich darauf blieb er wieder stehen und lauschte.

Lotte hörte ebenfalls ein Motorengeräusch. Sie jubelte innerlich. Drei Streifenwagen kamen, ohne Blaulicht, aber mit gehöriger Geschwindigkeit, auf die kleine Siedlung zu. Ohne Rücksicht auf ihre schmerzenden Füße rannte Lotte über den Schotter bergab, in Richtung Straße. Der erste Wagen hielt bereits an. Kurz bevor sie unten war, verlor sie das Gleichgewicht. Mit lautem Geschrei rollte sie über den Abhang genau vor Julios Füße.

»Du hättest ruhig ein bisschen früher hier sein können«, ächzte sie. »Er hätte mich beinahe erwischt.« Sie zeigte nach oben, wo Rudi versuchte, den uniformierten Polizisten zu entkommen.

»Du hättest ruhig in dem Wohnwagen bleiben können, wie ich es dir gesagt habe.« Julios Stimme klang streng, aber in seinen Augen blitzte es.

Lotte versuchte zu grinsen, dann brach sie in Tränen aus.

ACHTZEHN

Am Abend hatte sich der Wind gelegt. Die Sonne schien, und das Meer plätscherte sanft vor sich hin. Lotte saß am Strand von Caleta de Fuste. Sie wartete auf Julio. Überall an Händen und Füßen hatte sie Pflaster, auf denen lustige Micky Mäuse zu sehen waren. Elisabeth hatte gemeint, die bunten Dinger würden sie etwas aufmuntern. Der rechte Fuß war verbunden, aber auch dort waren zum Glück nur ein paar Kratzer, keine ernsthaften Verletzungen. Allerdings hatte sie sich bei ihrem Sturz auf den letzten Metern den Daumen gebrochen. Der war am Vormittag im Krankenhaus in Puerto del Rosario geschient worden.

Lotte trug eine weiße Hose und ein rosa T-Shirt. Sicherheitshalber hatte sie den neuen dicken Pullover mitgenommen, schließlich war das Klima hier ziemlich unberechenbar.

»Na, alles klar?« Julio setzte sich neben sie. Sie war froh, ihn wiederzusehen und lehnte sich leicht an ihn. Er legte den Arm um ihre Schultern.

Lotte streckte Hände und Füße wie ein Käfer von sich und zeigte ihre Verbände. »Siehst du ja. Mir geht es blendend wie noch nie. Ich wollte schon immer mal aussehen wie eine zerfledderte Mumie.«

Julio nahm vorsichtig ihre Hände und lachte. »Deinen Humor hast du jedenfalls nicht verloren. Tut es sehr weh?«

»Geht so. Ich bin froh, dass ich noch lebe. Und außerdem bin ich gespannt, was ich alles verpasst habe.«

»Wir haben ihn.«

»Ja, das habe ich noch mitbekommen. Und weiter? Wie habt ihr ihn gekriegt? Hat er gestanden? Warum hat er die Frauen umgebracht? Muss ich dir jetzt jede Einzelheit aus der Nase ziehen?«

Julio grinste und musterte sie von oben bis unten. »Du hast eine super Konstitution. Kannst du laufen?«

Lotte nickte und streckte den kaputten Daumen hoch. »Solange ich nicht auf den Händen gehen muss.«

»Dann komm, ich erzähle dir unterwegs, was wir alles herausgefunden haben. Übrigens, willst du die wiederhaben?« Er zog ein paar angefressene gelbe Badelatschen aus einer Tüte. »Die konnten wir einer gierigen Erdhörnchenfamilie entreißen. Vielleicht möchtest du sie ja als Erinnerung an dieses Abenteuer behalten?«

Lotte schüttelte den Kopf. »Du hättest sie ihnen ruhig lassen können. Vielleicht hätten sie sich damit eine Hütte gebaut. Schmeiß sie weg, wenn du sie nicht als Beweismittel brauchst.«

Julio stand auf und zog Lotte vorsichtig hoch. Nebeneinander schlenderten sie den Strand entlang. Der Sand war warm, und der Wind säuselte erstaunlich leise um sie herum. Aber Lotte nahm außer dem, was Julio zu erzählen hatte, nicht viel wahr.

»Also, es ist wohl tatsächlich so, dass Rudi die Morde begangen hat. Und zwar alle drei. Er hat sehr schnell gestanden.«

»Aber was war sein Motiv? Einfach nur Frauenhass? Wäre meine Mutter die Nächste gewesen?«

»Nein, wohl nicht. Er war mit Sybille Möller verheiratet. Das hattet ihr ja schon herausgefunden. Die beiden lebten schon viele Jahre getrennt, hatten sich aber nie scheiden lassen. Frau Möller, in Wirklichkeit hieß sie Möller-Hinze, war ziemlich vermögend. Rudi hat bis zuletzt in ihrem Haus in München gewohnt. Vor einer Weile hat sie dann diese neue Frau kennengelernt, Claudia Manz, und sich ernsthaft in sie verliebt. Die beiden hatten überlegt zu heiraten. Also wollte Sybille Möller die Scheidung einreichen. Da ihr das ganze Vermögen gehörte, hätte Rudi mit seiner Pension auskommen müssen. Die war zwar ganz ordentlich, aber für seinen Lebensstil hätte es hinten und vorne nicht gereicht. Also hat er sich mit seiner Frau getroffen, angeblich um die Scheidung und alles zu besprechen. Dazu hat er ihr Orangenlikör mitgebracht. Ein besonders nettes Geschenk. Das Fentanyl war ihm übrigens selbst verschrieben worden, gegen sein Rheuma.«

»Und Claudia Manz? Warum wollte er sie loswerden? Sie war doch gar keine Gefahr für ihn?«

»Das war wohl ein Versehen. Es sollte eigentlich gleich Gertrude Steinbrecher erwischen. Er hatte nämlich Angst, dass sie seine Anwesenheit auf der Insel mitbekommen hatte und eins und eins zusammenzählen würde. Oder dass irgendjemand durch die Fotos, die nach dem Tod seiner Frau in ihrem Besitz waren, diese Schlussfolgerung ziehen konnte. Was ja dann später auch passierte.« Er grinste. »Durch dich!«

»Weil er sie netterweise selbst vorbeigebracht hat. Sonst wäre ich da nie draufgekommen.«

»Du warst viel zu fixiert auf deine verschiedenen mutmaßlichen Täter im Beziehungsreigen der Damen und dem Kosmetikkonzern. Da wird man dann schon mal ein bisschen betriebsblind.«

Lotte blieb stehen und spielte mit den Zehen im Sand. Eine Möwe segelte gemütlich über sie hinweg in Richtung Wasser. Ihre privaten Ermittlungen wollte sie jetzt keinesfalls mit ihm diskutieren. Sie war froh, dass alles vorbei war und sie es relativ unbeschadet überstanden hatte.

»Und wieso hat dann Claudia Manz den Likör getrunken? Wenn er doch für Gertrude Steinbrecher gedacht war?«

»Rudi hat ausgesagt, dass er den Orangenlikör in einer Geschenkpackung vor das Haus von Gertrude Steinbrecher gestellt hat. Vermutlich hat Frau Manz die Flasche von dort weggenommen.«

»Und Gertrude Steinbrecher?«

»Er behauptet, damit habe er nichts zu tun, das sei Selbstmord gewesen. Aber ich denke, durch deine Aussage bezüglich der unterschiedlichen Medikamentenpackungen und wegen der entwendeten Fotos können wir ihm diesen Mord auch beweisen. Zwei hat er jedenfalls gestanden. Dazu noch deine Entführung und die Freiheitsberaubung deiner Mutter. Das ist ja auch nicht ohne.«

»Ich glaube, er hat auch meine Tauchausrüstung manipuliert.«

»Ja, auch das hat er gestanden. Er ist durch ein geöffnetes Fenster in die Tauchschule reingekommen, ohne Spuren zu hinterlassen, und wusste auch, wonach er suchen musste. Dein Name stand ja dick und fett auf der Kiste mit den Sachen.«

Lotte nickte. Sie bemitleidete sich ein bisschen, als sie über das Tauchen und die Entführung nachdachte. Dann linste sie unauffällig zu Julio. Letztlich war ja doch alles prima ausgegangen.

Als sie am Ende des Strandes angekommen waren, schlenderten sie gemächlich über die Mole zu dem kleinen Strandrestaurant. Es war auf einer künstlich angelegten Insel gebaut worden, und die letzten Meter führten über grünliche Holzplanken. Einige Sitzgruppen aus verwittertem Holz standen unter kleinen, mit Reisig gedeckten Schirmchen. An der Seite war ein Kakteengarten angelegt worden, dessen Pflanzen sich tapfer in dem kargen roten Lavaboden hielten. Innen in dem kreisrunden Restaurant waren bereits einige Tische besetzt. Teelichter schimmerten, die Gläser funkelten.

»Drinnen oder draußen?«

Mit einem süffisanten Lächeln zeigte Lotte stolz auf ihren Pulli. »Draußen natürlich. Wir sind schließlich im Süden.«

Sie setzten sich nebeneinander, direkt an den Rand der künstlichen Insel. Lotte fühlte sich wie auf einem Schiff. Sie waren von Wasser umgeben. Ihr Blick fiel auf eine vereinzelte Aloe-Vera-Pflanze, die zwischen den Kakteen ein Plätzchen gefunden hatte.

»Was ist denn eigentlich mit Karin Möller und ihrer dubiosen Schönheitsfirma? Habt ihr da noch etwas herausgefunden?«

»Ja. Wir haben sie gefunden. Du wirst nicht glauben, wo: in einer Schönheitsklinik. Sie hat sich nämlich liften lassen, um weiter als Symbol für ewige Jugend ihre Cremes und Lotionen zu bewerben. Den Rückflug hat sie verstreichen lassen, weil die Narben noch nicht ausreichend verheilt waren und ihr das Ganze ein wenig peinlich war. Von dem, was ihrer Schwester und den anderen Frauen passiert ist, war sie völlig geschockt. Rudi kennt sie natürlich auch, sie war sogar Trauzeugin bei der Hochzeit der beiden. Sie selbst und ihre Firma haben allerdings nichts damit zu tun. Fuertebeauty verspricht sicher viel mehr, als die Mittelchen bewirken. Und sie beschäftigen tatsächlich stundenweise Asylbewerber, die natürlich nicht angemeldet sind. Deshalb bekommen sie auch eine Anzeige. Alles andere ist absolut rechtens, die Firma lebt aber in erster Linie von der Dummheit der Frauen, die sich den ganzen Kram aufschwätzen lassen.«

Lotte nickte. »So wie meine Mutter.«

»Wie hat sie eigentlich verkraftet, dass ihr Liebster sich als Mörder entpuppt hat?«

»Gar nicht. Von Männern hat sie die Nase endgültig voll. Zumindest behauptet sie das. Sie möchte jetzt zur Abwechslung Golf spielen lernen.« Lotte verzog das Gesicht.

Julio schaute sie ernst an und nahm zärtlich eine Hand. »Und du?«

»Ich?« Lotte bemerkte zu ihrem Entsetzen, dass sie wieder rot wurde. Freundlicherweise rettete Julio sie aus der Situation, indem er weiterredete.

»Ich meine, könntest du dir vorstellen, dass wir uns auch in Deutschland öfter mal treffen? Wir wohnen ja nur ein paar Kilometer auseinander.«

Lotte lächelte. »Ich wüsste nicht, was dagegen sprechen sollte. Im Gegenteil, ich würde mich freuen.«

Julio legte den Arm um ihre Schultern und schaute ihr in die Augen. Dabei bemerkte sie ein grünes Funkeln in seinen braunen Augen. Er zog sie vorsichtig an sich heran, bis ihr Gesicht nur noch eine Handbreit von seinem entfernt war. Er duftete wieder nach seinem aufregenden Rasierwasser. Dann drückte er seine Lippen sanft auf ihre. Lotte erwiderte den Kuss und vergaß alles, was in den letzten Tagen passiert war.

Als sie die Augen wieder öffnete, hatte sich der Wind gelegt. Der Mond schien auf Fuerteventura, als wäre nie etwas geschehen.

ANHANG

Fuerteventura

Die Insel Fuerteventura gehört zur Inselgruppe der Kanaren. Sie liegt am nächsten an der Sahara. Die Folge sind Hitze, karge Berglandschaften und gelegentlicher Wassermangel.

Auf der Insel leben rund fünfzigtausend Menschen. Die Hauptstadt ist Puerto del Rosario.

Der Name leitet sich ab aus »fuerte« und »ventura« und bedeutet »starker Wind«. Die Insulaner bezeichnen ihr Eiland aber auch als die »ruhige Insel«. Mit Recht: Auf Fuerteventura passiert nicht viel, und auch die Landschaft strahlt mit kilometerlangen Sandstränden, Dünen, bizarren trockene Berglandschaften und einer spärlichen Vegetation sehr viel Ruhe aus.

Einnahmequellen sind der Tourismus und die Fischerei.

Die in diesem Buch erwähnten Orte und Lokale gibt es auf der Insel tatsächlich. Sogar den Wirt des Guantxa kann man persönlich kennenlernen, mit dieser Geschichte hat er aber natürlich nichts zu tun. Die ist frei erfunden, genau wie alle anderen Protagonisten. Ähnlichkeiten mit wirklichen Personen sind zufällig und nicht beabsichtigt.

Aloe Vera

Die Aloe-Vera-Pflanze wird auch als Wüstenlilie bezeichnet. Ihre ursprüngliche Heimat sind die kanarischen Inseln. Sie wird als Zierpflanze verwendet, viel wichtiger aber ist ihr Einsatz als Heilpflanze. Aus dem Blattinneren, einem Gel, werden Medizin, Kosmetik und Nahrungsergänzungsmittel hergestellt, deren Wirkung nachgewiesen ist.

Auf Fuerteventura gibt es zahlreiche Unternehmen, die Aloe Vera verarbeiten und vertreiben.

Die Firma »Fuertebeauty« gibt es nicht. Sie ist, genau wie ihr Vertriebssystem, reine Fiktion. Alle Ähnlichkeiten mit tatsächlich existierenden Unternehmen sind zufällig und nicht beabsichtigt.

DANKE

So ein Buch zu schreiben ist gar nicht so einfach. Man braucht nicht nur eine Idee und jede Menge Wörter, sondern auch Zeit, Energie und Disziplin. Deshalb war es für mich ganz wichtig, dass viele nette Menschen immer mal wieder nachgefragt haben, wie es denn um meinen Roman steht, und mich dadurch motiviert haben, weiterzuschreiben.

Mein besonderer Dank gilt Anne Haase, Gabi Ramme, Dr. Jochen Strasmann und Moritz Platzer für das Lesen und Kommentieren des Manuskripts. Andere haben mich durch besondere Kenntnisse unterstützt: Andreas van Thiel (Tauchen), Jan-Frederik Strasmann (Spanisch) und Sabine Bauermann (Sächsisch).

Danke auch an meine Lektorin Marit Obsen für den letzten Schliff und an Dr. Christel Steinmetz vom Emons Verlag für das Vertrauen in meinen Erstling.